뒤집기 한판

뒤집기 한판

조혁신 소설집

미디어밥

뒤집기 한판

초판 1쇄 발행 2007. 2. 15. (도서출판 작가들)

개정판 1쇄 발행 2023. 9. 20. (미디어밥)

지은이 : **조혁신**
펴낸곳 : **미디어밥**
편집자 : 장한섬
전화 : 032)777-8776
홈페이지 : media**bab**.com
e-mail : media-bab@naver.com
주소 : 인천광역시 중구 제물량로232번길 19-4

ⓒ 조혁신
ISBN 979-11-972689-5-3

이 책은 아모레퍼시픽 아리따글꼴을 사용했습니다.

| 차례 |

작가의 말 07

1장_부처산 똥8번지 10

2장_사노라면 42

3장_호황기 66

4장_구만길 씨의 하루 98

5장_ 똥막대 한 자루 128

6장_뒤집기 한판 160

작품해설 190

작가의 말

 다락방에 틀어박혀 하루 종일 소설을 읽었던 시절이 있다. 청년이 되고 난 후 더는 소설을 읽을 수가 없었다. 책 읽는 자에게 세계는 부조리했기 때문이다.
 한동안 나는 부조리한 세계에 저항했다. 출구를 향해 내장 같은 암흑의 동굴을 길있다. 그러나 길은 보이지 잃있다. 말을 걸이도 불분명한 잔향만이 귓전에 맴돌 뿐인 동굴의 세계에서 나는 절망했으며 동굴 벽에 비친 내 그림자에서 위선을 목격했다. 나는 발걸음을 되돌려 원래 자리로 돌아왔다. 처음부터 모든 것을 다시 시작해야 했다. 막막했다.

원점으로 돌아온 나는 소설을 쓰기로 마음을 굳혔다. 부조리한 세계와 내 정신, 육체에 깃들어 있는 위선을 소설에서나마 바로잡고 싶었다. 출발부터 내게 소설은 고행일 수밖에 없었다. 낮에는 공사장에서 막일을 하며 돈을 벌었고 밤에는 책을 읽고 소설 습작을 했다. 둘 다 쉽지 않은 일이었다. 특별한 기술이 없었던 탓에 돈 벌이는 늘 신통치 않았고 힘겨운 육체노동이 어깨를 짓누르고 허리를 꺾었다. 내 몸은 하루하루 병 들어갔으며, 술 마시는 일이 늘었다. 그러자 내 소설은 바닥이 보이지 않는 나락에 빠져들었다. 답이 없었다.

1999년 연초에 나는 무슨 이유에선지 모르지만 신혼인 아내를 끌고 송림동 산동네로 들어갔다. 그곳에서 무허가 건물의 세평 남짓한 가게방에 월세를 들었다. 그곳에서의 삶도 역시 녹녹하지 않았다. 그곳 사람들의 삶은 거칠었다. 나와 같은 백면서생은 그곳 사람들에게는 거저 먹는 밥이었다. 그러나 나는 그곳의 삶을 결코 미워하거나 부정하지 않았다. 짧은 거주 기간이었지만 그곳은 내게 고향 같은 곳이었으며 그들을 사랑하지 않을 수 없었다. 나는 다시 글을 쓰기 시작했다. 애초부터 글에 기교 따위를 부릴 생각은 없었다. 살갗에 와 닿는 산동네 겨울 바람의 매운 촉감을 기억했으며, 사내들의 술주정과 훈훈한 술 냄새를 추억하며 그곳 삶을 끄집어냈다. 물론 그들의 삶에 약간의 거리를 두었다. 그곳 사람들의 삶에 깊숙이 뿌리를 내린 이야기를 만들어내지 못한 것은 내 소설의 큰 약점일 수도 있지만 그것은 감히 내가 넘볼 영역은 아니었다. 능력을 벗어나 욕심을 부리면 삶을 왜곡하거나 과장하기 마련이기 때문이다. 나는 조악하지만 투박하게 내가 오감으로 느낀 변두리 서민들의 삶을 욕심 부리지 않고 느린 걸음으로 써갔다.

  소설 쓰기에만 몰두할 수 없는 아쉬움이 컸지만 소설이 삶의 전부라는 생각을 버린 지 오래됐기 때문에 과거와 같은 조급함 따위는 들지 않는다. 결국 내 느린 발걸음이 이제 한 권의 책으로 묶여 나오게 된 것이다. 천천히 내 길을 걸어가고 싶다.

  책이 나오기까지 많은 분들의 도움을 받았다. 깊이 감사드린다.

2007년 새봄, 인천에서
조혁신

부처산 똥8번지

1

 송림동 산8번지, 동네 어른들은 이곳을 부처산 8번지라 부른다. 푸지게 살찐 부처가 낮잠을 자듯 드러누운 산동네라 부처산이라 일컫는다. 어머니 뱃속에서 세상 밖으로 머리를 내밀었을 때부터 공부와 출세와는 만리장성을 쌓은 동네 형들은 제 입맛대로 아망스런 허풍을 떨며 '똥번지' 또는 '똥8번지'라 부른다.
 어쨌든 동네 이름이야 그럴 듯하게 송림(松林)이지만 이 동네엔 소나무는커녕 썩어빠진 쇠말뚝 하나 찾아 볼 수가 없다. 그래서 우리가 사는 동네 이름이 어디서 유래했는지 알아오고, 그와 관련된 흔적이나 증거를 찾아오라는 학교 숙제가 내게 벅차게만 여겨졌다.
 "아버지 우리 동네 이름이······."
 "시끄러!"

아버지는 퉁명스럽게 말했다. 아버지의 대답은 늘 이런 식이다. 가래를 칵 하고 뱉는 투로 한마디 던지면서 세월의 온갖 풍상을 이맛살에 잔뜩 움켜쥔다.

무허가 보신탕집 주인인 아버지는 개가죽 벗기는 데 정신이 팔려 있다. 한동안 나는 고기를 담아놓은 붉은 플라스틱 대야 앞에 쭈그리고 앉아 꾸물거렸다. 물을 가득 채운 대야에는 시뻘건 고깃덩어리와 내장이 비릿한 피 냄새를 풍기며 잔뜩 부풀어져 있다. 햇볕에 빛나 윤기가 흐르는 고깃덩어리를 나는 검지 끝으로 쿡쿡 찌르며 부모님이 내게 관심을 가져주길 지루하게 기다렸다. 그러나 아버지는 잡아 놓은 개를 손질하기 바빴고 어머니는 손님들 주문을 받느라 분주했다.

나는 슬그머니 집을 빠져나왔다. 마당 한쪽 구석 철창에 갇혀있는 잡종 개들이 나를 보더니 밥을 달라고 안달을 부렸다. 녀석들은 철창 사이로 길쭉한 주둥이를 내밀고 헉헉거린다. 아, 불쌍한 놈들. 밥 주는 일은 내 몫이었기에 녀석들은 아버지와 어머니가 일을 마칠 때까지 오랜 시간을 굶주려야 한다.

아버지가 왈살스레 부아통을 머리꼭지까지 부리는 이유는 지난주에 갑숙이 누나가 집을 나갔기 때문이다.

누나가 집을 나간 게 한두 번이 아니었지만 작년 여름 단란주점에서 술시중 드는 누나를 아버지가 복날에 개 끌 듯 머리끄덩이를 잡아채 집으로 끌고 온 뒤로, 누나는 요조숙녀처럼 집안에만 틀어박혔다.

"마음 단단히 잡고 조신하게 장사나 도우며 있다가 시집가라. 알았지?"

어머니는 아버지에게 흠씬 두들겨 맞아 머리가 산발이 된 누나를 다독거리며 눈물을 찍어냈다.

 누나는 그날 이후 집밖을 얼씬거리지 않았다. 누나는 개고기를 먹으러 온 손님들에게 주문을 받고 설거지도 하며 별다른 불평 없이 집안일을 거들었다. 그러나 개 버릇 남 못 준다고 누나는 화류계 버릇이 남아 노랗게 물들인 머리를 틀어 올리고 얼굴은 화장으로 떡칠한 채 아슬아슬하게 차려입은 몸에 향수냄새를 풍기며 손님들을 상대했다.

"어이, 아가씨 여기 고추 좀 갖고 와."

"개고기집 고추가 시들해서 쓰겠나. 푸릇푸릇 화끈한 걸루."

"없어요!"

"없으면 우리 것이라도 따 가. 싱싱하진 않어두 굵직굵직 하거든. 히히."

 손님들은 누나의 볼록한 가슴과 팽팽한 엉덩이를 위아래로 훑으며 농담을 해대곤 했다. 그럴 때마다 누나는 작은 입술을 조가비처럼 단단히 맞물고는 사내들 농담에는 대꾸하지 않았다. 새침한 누나의 태도에 안달이 난 사내들은 종종 단골이 돼 간판도 없는 무허가 개고기 집에 들렀다. 질겅질겅 고기를 씹으며 뚝배기 밑바닥까지 혓바닥으로 핥아먹고는 입맛을 쩍쩍 다시며 개고기 씹듯 갑숙 누나의 몸을 씹어댔다.

"염병, 지긋지긋한 새끼들! 개고기 삶는 냄새도 싫구, 집두 지겹다."

 입버릇처럼 불평을 뇌었던 누나는 그 해 여름과 가을, 겨울을 보내고 봄바람이 불자 또다시 집을 뛰쳐나갔다.

2

 나는 방앗간을 향해 걸어갔다. '당진 방앗간'에는 마음씨 좋은 이씨 아저씨도 있고, 대학생인 병훈이 형도 있다. 반대머리 이씨 아저씨는 내가 찾아가면 가끔씩 콩고물을 듬뿍 묻힌 인절미 조각을 주곤 했다.
 운이 좋게도 송림동에서 40년을 살았다는 이씨 아저씨는 낮술을 해 혀 꼬부라진 소리로 부처산 그러니까 송림동 8번지의 동네 유래를 늘어놓았다.
 "네 아부지가 처음 부처산에 들어왔을 땐데 사실 이곳은 딱히 땅임자가 없었거덩. 솥단지 걸고 흙바닥에 이부자리 먼저 깐 놈이 임자였지. 근데 그래두 먼저 자릴 틀고 앉은 사람들에게 텃새란 게 있었어. 동네 건달들이 벽돌장 올리고 판자에 못질하는 네 아부지한테 텃새를 놓았어. 어지간한 사내들은 건달들에게 쥐어터지고 땅값 명목으로 돈 뜯기는 게 일쑤였는데 갑수 아부지에겐 씨알도 먹히지 않는 공갈이었지. 맨 앞에서 얼쩡거리는 녀석 면상을 설굿공이 같은 주먹으로 냅다 들이박고 벽돌장 하나를 박치기로 부숴 버렸지. 그러고는 살림살이에서 댓 병짜리 막소주 한 병을 집어 올리더니 병째 나발을 부는 거야. 벌겋게 부라린 눈알이 성난 황소 같았지. 소주병을 거꾸로 쥐고 그걸 당수로 비스듬히 반 토막을 내더니 시퍼렇게 날이 선 소주병으로 뎅겅 목이라도 자를 기세로 휘둘렀어. 무릎을 꿇고 싹싹 빌며 형님으로 모시겠습니다 하는 건달들에게 네 아부진 막소주를 받아다가 냉면 그릇으로 한 잔씩 돌렸어. 마셔! 하고 윽박지르면서 말야. 그리고 담부터는 주먹질 허지 말구 살라고 일장 훈시까지 했지. 허허, 깨진 이마에서 선지피가 냉면그릇으로 뚝뚝 떨어지고 벌건 핏물이 섞인 소주를 벌컥벌컥 들이키는 장면은 정말 볼만했지. 동네사람들이 죄다 나와 구경했거든. 그 후로 빈터마다 우후죽순 집들이 들어서도 건달들이 삼베바지에 방귀 새듯 슬금슬금 피하며 부처산 근처에는 얼씬도 못했어. 갑수 네 아부지 덕에 집 없는 뜨내기들이 터를 잡고 오보록이 동네를 이룬 거지. 그때만 해두 대단했지. 네 아부지가 만석동 부두에서 등짐 지다 허리만 다치지만 않았어두 지금처럼 성질이 골골하지는 않았을 거야. 하여간 네 아부지가 부처산에 말뚝을 박지 않았다면 이 동네에 서캐 끓듯 뜨내기들이 모여들지 못했을 거야. 그들이 자리잡고 사는 데에는 네 아부지의 피소주 한사발 덕은 있는 게지."

"우리 아부지가 그렇게 셌어요?"

나는 아저씨 말에 반신반의하며 물었다.

"그럼. 박씨, 그러니까 네 아부지 주먹 덕에 돈벌이 한 이가 동네에 한 둘이 아니었어. 똥8번지 인간들이 가방줄이 기냐 아니면 푼돈이라도 밑천이라는 게 있냐. 그저 가죽만 남은 제 몸뚱이 하나에 주렁주렁 뒤웅박 매달 듯 애새끼만 내질렀지. 변변한 벌이도 없는 집구석들만 다닥다닥 처마를 맞대서 집집마다 서로 쌀 꾸러 가기도 어려웠어. 애새개끼들은 제비새끼처럼 주둥이를 짝짝 벌리고 먹이 달라고 목소리를 쥐어짜지 사내들이라곤 대낮부터 막걸리나 깡소주에 취해 빈둥거리지. 그런 인간들이 동인천이나 송림시장 모퉁이에 나가 노점이라도 할라치면 건달들이 엉겨 붙었지. 그런 걸 죄다 박씨가 주선하고 길을 터 주었어. 물론 제 일도 아닌 이웃 일에 괜스레 나서다가 주먹다짐도 붙고 큰집 살이도 몇 해 하며 별을 달았지만 말야."

 침을 튀겨가며 열변을 토하던 아저씨는 입을 헤벌쭉 벌리고 있는 내게 방금 쪄내 따끈따끈한 찹쌀떡 하나를 집어주었다.

 "하지만서두 봇물 터지듯 흐르는 세월을 주먹만 믿고 당해 낼 재간이 있어야지. 요새 동네가 철거가 된다 해서 보상금 때문에 들썩들썩하고 박씨더러 주민대표를 맡아달라고 안달이지만 세상이 바뀌었잖니. 쇠심줄 같던 네 아부진 늦둥이인 갑수 네 녀석 키우는 재미에 산다더라. 하기야 박씨두 별 재간이 없지…… 동네 인심도 예전 같지 않구."

 아저씬 입맛을 쩍 다시며 소주잔을 연신 기울이며 담배를 빼물었다. 아저씨 말이 죄다 맞는 말인지 모르겠지만 어쨌든 선생님이 내준 동네 유래를 알아오라는 숙제는 해결된 셈이다. 그러나 담임선생님께 아버지가 냉면 그릇에 피소주를 받아먹고 건달들과 주먹다짐을 해서 동네가 들어서게 됐다는, 날두부에 쇠젓가락도 안 꽂힐 소리를 하긴 왠지 속이 켕겼다.

 비록 가난뱅이들이 모여 사는 똥8번지 동네지만 그럴듯한 전설이 있었으면 하는 바람이 들었다. 예컨대 요즘 들어서는 아파트단지처럼 과거 포도농장이 있던 자리라 '포도마을', 기름진 논이 있던 자리라 '당곡마을', '라일락 마을', '신비마을'처럼 말이다.

"아저씨, 송현동 아파트 동네는 솔빛마을이라 부르는데 우리 동네에는 그런 전설이나 유래가 없나요?"

 벌겋게 낮술을 한 넓적한 얼굴에 멋쩍게 머리를 긁적이며 아저씨는 말했다. "송림동이란 동네 이름은 그러니까…… 뭐랄까…… 소나무 송, 수풀 림. 그래! 소나무 마을…… 솔숲마을이란 뜻이지."

 나는 지금처럼 방앗간 아저씨가 유식한 말을 하는 건 처음 들었다. 아, 얼마나 멋진 이름인가 솔숲마을!

 방앗간 아저씨 말대로 송림동 8번지가 들어선 부처산이 옛날 소나무 숲이 있었는지 모르겠지만 선생님이 내준 숙제는 거지반 해결된 셈이다. 내친김에 송림동 부처산 언덕을 뒤지면 소나무 한두 그루 정도는 찾을 수 있을 것 같았다. 나는 아저씨에게 인사하고 우쭐대며 방앗간을 나왔다. 바지 호주머니에는 아저씨가 준 따끈한 찹쌀떡이 불룩이 들어 있어 마음까지 든든했다.

3

 아무리 눈을 까뒤집고 다녀도 동네에는 소나무가 없다. 아니, 우리 동네엔 소나무는커녕 빨래 방망이로 쓸 나무 한 그루 없다. 마당도 없이 네모반듯한 성냥갑 같은 집들이 너저분하게 붙어 있을 뿐이다.

 다리에 힘이 빠지고 어깨가 축 늘어졌다. 실망감은 단물 빠진 껌 씹을 때 느껴지는 퍽퍽함이 내 머릿속을 멍하게 했다.

'선생님은 별 이상한 숙제를 내줘서 이 고생을 시킨담. 거지발싸개, 배불뚝이!'

비록 혼잣말이지만 선생님 욕을 하고 나니 속이 후련해졌다.

나는 송림복덕방에 가서 내게 주어진 문제에 대해 물어볼까 했다. 송림복덕방 할아버지는 이 동네에서 가장 오래 살았다고 하지 않은가. 하지만 동네 노인들과 화투장 돌리는데 정신이 팔린 송림복덕방 할아버지는 생쥐 눈을 뜨고 파리새끼가 날아들었나 하는 눈초리로 쳐다볼 게 뻔하다.

아무래도 일남이에게 도움을 청할 수밖에 없을 것 같다. 배가 고파왔다. 나는 바지호주머니 속에 들어있는 찹쌀떡을 꺼내 먹을까 생각했다. 구수하고 쫄깃쫄깃한 찹쌀떡이 벌써부터 입 안에 쏙 들어온 느낌이다. 하지만 아껴두어야 했다. 약아빠진 일남이가 순순히 내 말을 들어주지 않을 것이기 때문이다. 이를테면 찹쌀떡은 뇌물인 셈이다.

다른 날 같으면 나, 박갑수도 일남이와 함께 오락실에 틀어박혀 있어야 했다. 그리고 신나게 게임을 해야 했다.

하지만 이번만큼은 숙제를 해 가고 싶은 생각이 간절했다. 이번 숙제가 어려운 것일수록 나는 더욱 포기하고 싶지 않았다. 그나저나 소나문지 쇠밀뚝인지 하는 길 어디서 찾는단 밀인가?

나는 다시 언덕을 내려가 큰길 건너에 있는 거북오락실을 찾았다. 오락실 안은 내 또래 아이들과 중학생 둘이 게임을 하고 있다. 거북오락실 최씨 아저씨는 곁방에 들어앉아 담배를 피워 물고 재탕 삼탕 우려낸 유선방송 재방송 드라마를 보고 있다. 부처산 8번지 골목 초입에 PC방이 생긴 후 거북오락실은 늘 한산하다. 오늘만 해도 중학생 손님을 빼면 코흘리개 조무래기들은 구경꾼이 대부분이다. 최씨 아저씨는 장사가 그럭저럭 되던 시절에는 공짜 게임도 한두 번 찍어주었는데 이즈막엔 인심이 박해졌다. 조무래기들 틈에 일남이가 돈이 떨어졌는지 오리새끼처럼 주둥이를 쳐들고 게임을 구경하고 있다.

"일남아, 소나무 찾으러 가자."

나는 일남의 어깨를 잡아 끌며 말했다.

밖으로 나오며 나는 일남에게 방앗간 이씨 아저씨에게 들은 소나무 송, 수풀 림을 인용하며 송림동 부처산의 유래를 얘기해 주었다. 그리고 지금까지 줄곧 소나무를 찾으러 돌아다니며 허탕친 얘기를 무슨 중요한 사건이라도 되는양 덧붙여 주었다.

"야, 이 바보야. 붕어빵에 붕어 있어?"

"아니."

"곰탕엔 곰 있어?"

"없어."

"그러니까 개뼉다구 같은 솔숲마을인가 하는 송림동에 소나무는 없어."

일남이는 얼굴 가득 차가운 무관심을 내보이며 간단하게 내 제안을 물리치며 입막음을 했다.

"찹쌀떡 하나 줄 테니 같이 가자."

아직도 노릇노릇한 찹쌀떡을 슬쩍 꺼내 보이며 나는 일남을 유혹했다. 그러나 일남이는 흥, 하고 콧방귀를 뀔 뿐 뾰족한 반응을 보이지 않았다.

"찹쌀떡에다 100원짜리 동전 하나 얹어주면 수가 있지."

녀석은 뻔뻔스런 얼굴로 천연덕스럽게 말했다.

아, 능구렁이 같은 녀석! 나는 녀석이 나를 또 속이려고 수작을 부리는 건 아닌지 걱정이 됐다. 하지만 어른들 속담에 갑갑한 놈이 우물 판다는 말이 있잖은가. 울며 겨자 먹기로 녀석의 요구를 들어줄 수밖에. 때마침 내 호주머니에는 100원짜리 동전 두 개가 들어 있었다. 나는 여전히 미심쩍어 호주머니 속에 들어 있는 동전을 만지작거렸다.

"너 거짓말하는 거 아니지?"

동전을 쥔 손에 끈적끈적한 땀이 배어 동전이 자꾸 손바닥 밖으로 빠져나가려 했다.

"그럼."

"너 수작부리면 재미없어."

나는 일남에게 찹쌀떡과 동전 한 푼을 건네주었다. 일남이는 도둑고양이처럼 떡과 동전을 낚아채더니, 분홍빛 혀를 날름거리며 떡을 한입 베어 물었다.

"걱정 마. 이따 언덕에서 보자."

일남이가 우물우물 떡을 씹으며 말했다. 침이 꼴깍 넘어갔다. 하지만 그깟 떡은 하나도 아깝지 않다. 녀석에게 묘수가 있다는 말을 나는 굳게 믿었기 때문이다.

일남이는 오락실로 들어가 격투기 게임에 열중하기 시작했다. 녀석은 제법 영악하고 눈치도 빠르다. 녀석은 못 하는 게임이 없다. 그 중에서도 흘러간 옛노래 같은 게임이지만 스트리트파이터를 가장 잘한다. 일남이는 동전 하나 달랑 들고 한껏 눈치를 보다가 돈 좀 있을 듯한 중학생이나 고등학생이 하고 있는 스트리트파이터 게임에 끼어든다. 일남이는 새로운 도전자가 되는 것이고 먼저 게임을 하고 있던 형들은 일남이와 맞서 싸워야 한다. 일남이와 붙은 상대는 순식간에 녹초가 되어 동전 환전기에 연신 지폐를 넣고 동전을 바꾼다. 결국 동전이 다 털릴 때까지 상대는 도전자가 되어 끝내 이기지 못한다.

녀석은 게임에 재주가 있어 인터넷게임도 잘 한다. 그러나 집에 컴퓨터가 없고 PC방은 시간당 1000원을 내야 하기 때문에 용돈이 궁한 가난뱅이 집 자식 일남은 PC방에는 거의 얼씬거리지 못한다.

해가 기운다. 나는 축대 위에 걸터앉아 멍하니 텅빈 하늘을 쳐다보며 일남이를 기다린다. 한 시간이 지났는데도 녀석은 나타나지 않는다.

'비겁한 자식!'

내 입에선 나도 모르는 욕설이 튀어 나왔다.

멀리 금곡동과 송현동 언덕 중턱은 민둥산이 되어 정상 부근에만 게딱지 같은 집들이 다닥다닥 붙어 있다. 황혼에 붉게 젖은 언덕 위 허물어진 집들과 삽날을 땅에 처박고 있는 외팔이 포클레인의 황량한 모습이 눈에 들어온다. 어른들은 그곳에 아파트 단지가 들어설 것이라 말했다. 나는 일전에 당진방앗간 이씨 아저씨와 화평동 세숫대야 냉면집 하상득 아저씨가 우리 집 가게청 마루에 주저앉아 개장국 국물에 소주를 마시며 근심스레 얘기 나누는 걸 귀동냥으로 들었다. 어른들은 부처산 8번지도 곧 재개발이 될 것이라 했다.

일남이 아버지가 다녔다는 제철소 건물의 파란 지붕이 거북이 등딱지처럼 엎어져 있다. 굴뚝에선 시커먼 연기가 꾸역 솟아오른다. 성냥갑 같은 집들과 실타래처럼 엉킨 좁은 골목들이 이곳 부처산까지 이어져 있다. 송림동 부처산 어디에서도 소나무 숲은 찾을 수 없었다. 이곳에서 볼 수 있는 나무라곤 도로변에 있는 미련하게 살찐 플라타너스가 전부다.

하지만 그것은 소나무가 아니다. 또한 우리 동네 나무도 아니다. 물론 그 도로도 우리 것이 아니다. 작년에 일남 어머니께서 큰길 플라타너스 나무 밑에서 호떡장사를 하다 근처 상인들에게 쫓겨난 적이 있다. 아주머니가 호떡장사를 시작했을 때, 나는 일남이 덕에 맛있는 호떡을 배터지게 먹을 수 있었다. 나와 일남이는 학교 수업이 끝나면 곧장 집으로 가지 않고 일남 어머니의 호떡 리어카가 있는 곳으로 달려갔다. 그러면 아주머니는 방금 구워내 따끈따끈하고 막걸리 냄새가 얼큰한 호떡을 우리에게 주곤 했다. 일남이 아버지가 천식을 앓아 직장을 그만두었기 때문에 아주머니의 호떡장사는 유일한 생계수단이었다. 장사도 그럭저럭 잘돼 아저씨 약값도 얼추 보태는 모양이었다. 그런데 아주머니와 일남이가 그렇게도 자랑스러워했던 호떡장사를 사람들은 윽박지르며 못하게 한 것이다. 어쨌든 개똥철학자 같은 말이지만 도로는 그냥 도로일 뿐이다.

"갑수야, 소나무 찾았어?"

일남이가 드디어 나타났다.

우리는 학교 수업이 끝나면 이곳 축대 위에서 함께 놀곤 했다.

"너 얼굴이 왜 그래?"

일남의 눈두덩이 시커멓게 멍이 들고 볼도 부어 얼굴이 만신창이다. 땟물이 앉은 양볼에 눈물 자국이 지렁이 새끼처럼 그어져 있다.

"중학생 놈한테 얻어 터졌어."

"오락실에서?"

"어. 자식이 나한테 상대가 안 되니까 열 받았나 봐."

일남이는 대수롭지 않다는 듯 말하며 내 옆에 걸터앉았다. 우리는 나란히 축대 위에 앉아 언덕을 내려다봤다. 일남이는 코피까지 흘렸는지 콧구멍 밑에 검붉은 딱지가 붙어 있다.

"아팠지?"

"아니, 괜찮아. 우리 아버지가 나보다 더 아픈 걸."

일남이는 제법 어른스럽게 아버지 걱정을 한다. 천식을 앓아 몸이 허약한 일남이 아버진 전에 살던 동네에서 철거반원과 싸우다가 허리까지 다쳐 지금은 꼼짝달싹 하지 못한다. 당연히 일남이 어머니가 집안 살림을 책임지느라 식당 허드렛일을 해야 했다. 멀리 보이는 금곡동 언덕이 전에 일남이네가 살던 동네다. 이곳 축대 위에서 바라보면 일남이네가 살던 녹색 양철지붕이 또렷이 보인다. 하지만 지금은 꼭대기에 몇몇 집을 제외하고 동네는 사라지고 없다. 붉은 흙이 드러난 살풍경한 언덕이 우리들이 앉아 있는 부처산 언덕과 마주하고 있을 뿐이다.

우리들은 한동안 말을 잊은 채 어둠에 젖어 가는 변두리 도시 풍경을 바라보았다. 천광교회 붉은 십자가등이 밝혀졌다. 깨알 같은 주황 불빛이 일남이의 초롱초롱한 먹머루빛 눈에 비춰진다. 녀석은 고개를 돌리고 훌쩍훌쩍 울고 있다. 바보 멍충이!

4

두부장수의 딸랑거리는 종소리가 들려왔다. 두부장수의 리어카 뒤로 미장이 양씨 아저씨가 한쪽 어깨에 연장 가방을 늘어뜨린 채 비실비실 언덕길을 올랐다.

"대추방망이 지나간다."

일남이가 내 귀에 조그맣게 속삭였다. 녀석은 언제 죽을상을 했냐 싶게 입을 함함히 벌리고 흐물흐물 웃었다. 녀석의 기분이 풀어진 모양이라 나도 기분이 한결 나아졌다.

양씨 아저씨는 짧은 다리를 부지런히 놀려 팔자걸음을 걸었다. 우리는 양씨 아저씨의 걷는 모양새가 우스워 키득거렸다. 양씨 아저씬 짤막한 키에 비쩍 마른 체구지만 오랜 세월 노동으로 단련된 몸이라 황소처럼 단단했다.

동네 어른들은 그런 양씨 아저씨를 빨래터 대추방망이라 불렀다. 물론 양씨 아저씨의 생김새 때문에 그런 별명이 붙은 건 아니다. 아저씨는 보잘 것 없는 외모와 딜리 주색을 밝히는 길로 동네에서 소문이 자자했다. 물론 주색이란 말이 무슨 뜻인지 우리는 어림짐작으로 알고 있다. 일남이와 나는 이제 겨우 초등학교 4학년이지만 결코 풋내기 꼬마들이 아니다.

어른들 말에 따르면, 공사장에서 하루 일을 마친 양씨 아저씨는 집으로 곧장 돌아가지 않고 목욕탕에 들러 목욕을 한다. 그리곤 작업복을 훌렁 벗어 던지고 제법 말끔한 양복으로 갈아입는다. 양씨 아저씨가 행차하는 곳은 송림로터리 현대극장 옆 봉봉카바레다.

  부처산 아줌마들 중 바람이 동한 몇몇이 그곳에서 양씨 아저씨를 만났다고 한다. 거기서 양씨 아저씨는 제법 얼굴이 반반한 아줌마를 꿰차고 팔자걸음으로 무대 위를 호들갑스럽게 누비고 있었다는 것이다. 다행히 아줌마들은 양씨 아저씨를 먼저 발견했고, 춤에 정신이 팔린 양씨 아저씨는 동네 여자들을 알아보지 못했다. 누구 입에서 불쑥 튀어나온 얘기인지 모르지만 여관을 몰래 빠져나오는 양씨 아저씨를 목격한 사람도 있다고 한다.

"양씨가 보기 보담 단단하대, 여자들이 깝죽 죽는다더구먼."
하는 소리가 한동안 동네 여자들 사이에서 절굿공이 떡 치듯 입 방아질를 쳤다.

  부처산 똥번지 아저씨들도 한마디씩 거들어,
"양씨가 물건 값 하네 그려."
"그러니까 음씨가 아니고 양씨지."
하고 이상한 소리를 떠들어대기 일쑤였다.

  우리 같은 조무래기 녀석들은 어른들이 하는 소리를 죄다 알아들을 수는 없었다. 한 귀로 듣고 한 귀로 흘릴 수밖에. 하지만 언젠가 일남이와 신호목욕탕에서 양씨 아저씨를 만났는데, 양씨 아저씬 정말 별명대로 엄청난 대추방망이였다. 일남이와 나는 목욕할 생각은 안 하고 양씨 아저씨의 그 커다란 대추방망이와 우리들의 여물지 않은 풋고추를 흘끔흘끔 번갈아 보며 키득키득 웃어댔다.

"인석들아, 집에 들어가지 않고 뭘 하냐?"

양씨 아저씨는 우릴 보고 소리쳤다.

"학교 숙제해요."

일남이가 천연덕스레 대꾸했다.

"숙제? 길바닥에 나앉아 하늘만 쳐다보는 게 공부고 숙제라면 머리 쉰 나두 하겠다."

양씨 아저씨는 투덜거리며 골목 안으로 사라졌다. 양씨 아저씨가 골목으로 사라진 걸 확인한 후 우리는 거의 동시에 큰소리로 외쳤다.

"대추방망아!"

양씨 아저씨가 사라진 골목길로 송림슈퍼 집 큰딸 정자 누나와 송림시장에서 오뎅을 파는 총각 아저씨가 실랑이를 벌이며 올라왔다. 우리는 초등학생이지만, 젊은 여자와 남자가 으쓱한 저녁에 그것도 사람들 발길이 뜸한 골목길을 어슬렁거리는 건 분명 이유가 있다는 걸 눈치로 알았다. 우리는 차가운 땅바닥에 찰싹 배를 붙이고 눈만 멀뚱멀뚱 골목 아래로 향한 채 조심스레 정자 누나와 오뎅 총각 아저씨를 훔쳐봤다.

"오뎅 리어카는 어따 팽개치구, 여자 뒤만 쫓아다니나……."

"조용히 해, 인마."

나는 일남이의 옆구리를 찔렀다.

오뎅 총각 아저씨를 보자 오뎅 꼬치와 뜨끈한 국물이 떠올라 침이 꼴깍 넘어간다. 일남이도 옆에서 침 넘기는 소리를 냈다. 하지만 일남이는 배가 고파서라기보다 뭔가 재미난 일이라도 일어났으면 하는 눈치였다. 이를테면 영화에서처럼 남녀가 서로 부둥켜안고 입술이라도 걸쭉하게 맞추는 일이라도 벌어질 것 같은 기대감에 부풀어 있었다. 조숙한 일남이 녀석의 꿍꿍이란 항상 그런 식이다. 나는 현대극장에서 언젠가 본 이상한 영화의 야릇한 장면을 떠올렸다. 아, 아찔하다. 하지만 그런 일은 영화에서나 가능하지 분위기 잡치는 산동네 뒷골목에선 꿈도 꿀 수 없는 일이라 생각했다. 하지만 그런 일이 없었던 것은 아니다.

일남이가 우리 동네로 이사 왔던 어느 여름이었다. 가난한 동네 아이들은 쉽게 친해지는 법이라 일남이와 나는 금방 단짝 친구가 되었다. 부처산 아이들은 서로를 재거나 따질 것이 없다. 우리는 거의 날마다 지금 우리가 엎드려 있는 축대 위에서 놀곤 했다. 축대는 10년 전 장맛비에 휩쓸려 무너진 것을 다시 쌓아 올린 것이다. 어머니의 말에 따르면 당시에 많은 사람들이 흙더미에 깔려 죽었다고 한다. 집집마다 줄초상이 났고, 어떤 집은 식구들이 몰살당해 초상을 치러줄 사람도 없었다고 한다. 그래서 사람들은 이곳을 지나길 꺼려했다. 뭐, 유령이 나온다나. 하지만 우리 같은 개구쟁이 녀석들은 어른들의 입바른 말을 곧이곧대로 받아들일 만큼 어리지 않았다. 유령이 나온다는 말은 아이들이 위험한 축대 위에서 놀지 못하게 하려는 어른들의 뻔한 거짓말이란 걸 깨달을 만큼 우리들 머리통은 굵었다.

아무튼 우리는 잡풀과 잡목이 우거진 언덕에서 메뚜기나 풍뎅이를 잡으며 뜨거운 여름 한낮 동안 축대 위를 망아지처럼 뛰어 다녔다. 우리들은 바늘처럼 쏟아지는 햇볕을 맞으며, 마른 흙더미 위를 구르고, 원시적인 기쁨에 짜릿한 전율을 느끼곤 했다. 그리고 저녁에는 멀리 갯골과 바다에서 불어오는 비릿한 바람을 맞으며 땀에 젖은 몸을 식히고 일몰을 바라보곤 했다. 대낮에 보면 그렇게 지저분하고 우스워 보이던 산동네의 슬레이트 지붕들이 놀이 지는 저녁에는 동화 속 나라처럼 아름답게 보였다. 황혼은 천대 받고 가난살이에 찌든 부처산 사람들의 치부를 낱낱이 숨겨주었다. 붉은 일몰은 깨진 장독과 냄새나는 변소간, 마구 자란 잡목 같은 텔레비전 안테나, 빨랫줄에 엉성하게 걸린 누더기들을 수채화 속 풍경으로 채색하는 것이었다. 쇠를 달군 듯이 빨갛게 불타오르는 태양과 붉은 황혼에 잠겨 있는 산동네를 보고 있으면 우리들의 벌어진 입가에선 저절로 탄성이 흘러 나왔다.

그런데 어느 날 이곳 언덕 축대에 침입자가 나타났다. 여느 때처럼 우리는 축대로 모여들었다. 그날따라 우리는 구의원인 고광해 아저씨의 막내아들 뚱보 용철이까지 데리고 축대 위 언덕을 올랐다.

한참 풀밭을 뒤지며 놀고 있던 우리들은 무언가 이상한 낌새를 느꼈다. 풀숲에서 인기척이 났다. 나이 어린 조무래기들은 지레 겁을 먹고 줄행랑을 쳤고, 일남이와 나, 용철이 셋이 남았다. 물론 용철이 녀석은 담이 커서 그곳에 남은 것이 아니다. 녀석은 오금이 절여 꼼짝달싹 할 수 없었기 때문이다. 우리는 얼어붙어 있는 용철이를 뒤에 남겨둔 채 풀숲을 헤치며 살금살금 인기척이 나는 곳으로 기어갔다.

아, 그곳에서 벌어진 광경이란! 풀숲에 젊은 여자가 앉아 있고 한 청년이 여자 허벅지를 베고 누워 있었다. 우리는 한동안 숨을 죽이고 젊은 남녀의 꼴을 지켜봤다. 그때 일남이와 나는 얼마나 겁을 집어먹었던지 쿵쾅거리는 서로의 심장 뛰는 소리를 들을 정도였다. 그런 와중에 내 바지춤 한가운데는 방정맞게 불룩해졌다. 나는 점점 묘한 기분에 젖었다. 그런데 재수 없게도, 청년의 부채 같은 손이 여자 가슴을 더듬는 순간, 일남이 녀석이 방정맞은 웃음을 터뜨렸다. 그와 동시에, "누구야!" 청년의 묵직한 목소리가 우리의 귀청을 때렸다. 비겁하게도 일남이는 후다닥 도망쳤다. 나도 벌떡 일어나 뛰었다. 언뜻 뒤를 돌아보니 청년은 우리를 뒤쫓았다. 다행히도 우리는 풀숲 지형에 익숙해 어렵지 않게 도망쳤다. 그러나 겁에 질려 벌벌 떨던 용철이는 그만 청년에게 붙잡혔다.

"아무 것도 못 봤어요…….'

"이 자식이, 뭘 못 봤는데!"

"용서해 주세요."

용철이는 도살장에 끌려온 짐승처럼 미친 듯이 울부짖었다. 용철이의 멱 따는 소리는 어찌나 큰지 우리들의 발걸음을 붙잡을 정도였다.

철썩. 철썩.

청년은 부채 같은 손을 번쩍 치켜들고 도야지처럼 포동포동 살찐 용철의 뺨을 후려쳤다. 용철이는 얻어맞는 경황에도 우리 쪽을 흘끔흘끔 쳐다보았다. 마치 구원병이라도 기다리는 포로처럼 애처로운 표정을 지으면서……. 하지만 우리 같은 꼬맹이들이 우락부락한 청년을 당해낼 수 없는 노릇 아닌가. 우리가 할 수 있는 일이라곤 고작 허둥지둥 뒷걸음질치며 소리치는 것뿐이었다. 그나마 그것도 용철이가 같은 반 친구라는 알량한 의리 때문이었다.

"야, 인마. 어른이 애 때리면 못쓴다!"

"네 놈들도 걸리면 국물도 없어!"

"어디 잡아봐라!"

"이놈들이!"

청년은 서너 발자국 쫓아오는 시늉을 해 보였으나 우리가 미꾸라지같이 열댓 걸음 도망치자 곧 그만두었다. 대신 용철이를 구하려던 우리의 의도와 다르게, 청년은 우리 몫의 매를 용철이 뺨에 사정없이 올려붙였다. 청년의 욕지거리와 뺨 때리는 소리, 용철이의 멱 터지는 소리로부터 우리들은 더 멀리 달아나려고 정신없이 비탈길을 뛰어 내려갔다. 아, 불쌍한 용철이…….

5

우리의 기대와는 다르게 정자 누나와 오뎅 총각 사이에는 아무 일도 벌어지지 않았다. 정자 누나의 새끼 밴 암고양이 같은 앙칼진 목소리가 골목에서 울려 퍼졌고, 오뎅 총각은 풀이 죽어 정자 누나를 똑바로 쳐다보지 못했다.

"싫다는 사람 붙들고 늘이지지 말고 장시에니 신경 쓰세요."

"장사야 내일부텀 다시 시작해두 상관없읍께요."

분명 정자 누나는 오뎅 총각 아저씨를 업신여기고 비아냥거린 것인데 미련한 오뎅 아저씨는 자기를 염려해서 하는 소리로 알아들은 모양이다. 정자 누나는 무너지는 한숨을 내쉬더니 언덕길을 서둘러 올라갔다.

"저엉자 씨, 살펴 가십쇼."

오뎅 아저씨는 정자 누나의 삽날 같은 뒤통수에 대고 공손히 절까지 한다.

"저런 멍충이."

일남이가 말했다.

"오뎅 아저씬 헛방 짚고 있는 거야. 정자 누난 꼰대가 따루 있어. 일전에 골목 끝에서 정자 누나가 꼰대에게 안기던 걸. 오뎅 아저씨한텐 그렇게 못되게 굴던 누나가 꼰대 앞에선 꼬랑지 내린 강아지마냥 설설 기던데."

곰곰이 생각해 보니, 오뎅 아저씨가 딱하다는 생각이 들었다. 얼마나 여자가 궁하면, 정자 누나 같은 말대가리를 사랑하는 걸까.

"왜 정자 누나는 오뎅 아저씨처럼 마음씨 좋고 돈도 잘버는 사람을 싫어할까?"

"그건 말야. 정자 누난 고등학교까지 나왔고 오뎅 아저씨는 중학교밖에 못 나왔기 때문이야. 또 오뎅 아저씨가 돈을 많이 번다고 하지만 오뎅 팔아서 버는 돈이란 게 얼마나 되겠어."

일남이는 우쭐대며 타이르듯 내게 말했다.

"응…… 왜 아저씬 말대가리에다 뚱보인 정자 누나를 쫓아다니는 거지? 아저씰 업신여기는데도 말야."

"어른들은 대개 젖소 같은 여자를 좋아해. 알았어? 이 쪼다야."

"젖소? 어른들이란 참 이해할 수 없어."

"인생이란 말야. 우리 조무래기들이 이해할 수 없는 일들로 가득한 거야. 아버지가 말했어. 나는 너무 어리기 때문에 어른들의 세계를 알 수 없다고. 하지만 아버지는 내가 어른이 되면 인생뿐만 아니라 이 세상의 이치를 깨달을 수 있다고 했어. 그리구 인생과 세상에 대해 많은 것을 아는 순간 머리는 복잡해진다고 했어. 그래서 어른들은 모든 걸 잊기 위해 술을 마시고 담배를 피운대."

일남이는 제법 어른스럽게 말했다.

우리 꼬마들이 이해할 수 없는 세상이란 걸 어른이 되어 깨닫고 싶지는 않다. 개를 때려잡고 손에 피를 묻히는 아버지나 어머니, 술집에서 술시중을 드는 갑숙이 누나, 병이 들어 꼼짝도 못하는 일남이 아버지 같은 어른이 되기는 죽기보다 싫다. 하지만 어쩔 수 없는 일 아닌가. 하룻밤 자고 일어나면 우리는 부쩍 커버린 느낌을 받는다.

날은 저물었다. 황사 먼지에 뒤덮인 집들이 다닥다닥 들어선 산동네는 화려한 야경으로 바뀌었다. 활시위 모양의 달이 하늘에 걸려 우리들을 내려다보고 있었다. 멀리 반대편 언덕에서 모닥불이 타올라 불꽃과 검은 연기가 어둠 위로 솟구치고 있었다. 공장지대에서도 연기가 솟구쳤다. 나는 온몸에서 피로가 독버섯같이 솟는 것을 느꼈다. 뱃속에는 거지가 들어앉았는지 밥을 달라 꾸르륵꾸르륵 아우성이다.

"야 서기. 똥바가지 태호 아저씨 지나간다."

일남이가 골목 아래를 향해 손가락질하며 말했다. 녀석은 개구리처럼 펄쩍펄쩍 뛰며 태호 아저씨를 불렀다.

"똥바가지. 똥바가지."

똥바가지 태호 아저씨는 순희 삼촌이다. 15년 전인가 뺑소니 사고를 당한 이후 태호 아저씨는 벙어리가 됐다. 아저씨는 벙어리만 된 게 아니라 나이도 거꾸로 먹었다. 태호 아저씨는 올해 서른 살인데 행동거지는 우리보다 어렸고, 그래서 우리가 나이를 먹을수록 태호 아저씨는 거꾸로 어려졌다.

우리는 태호 아저씨에게 먹을 것도 나눠주고 동네 악동 녀석들에게 돌팔매질 당하는 것도 막아준다. 그래서 요즈음 똥바가지 태호 아저씨는 온순한 애완동물처럼 우리를 졸졸 따라다닌다. 태호 아저씨는 눈이 붕어처럼 툭 튀어나오고 입도 불만있는 사람처럼 내밀고 다녔다. 뿐만 아니라 나이를 먹을수록 배가 불룩하게 나왔다. 똥바가지처럼. 그래서 우리는 태호아저씨를 똥바가지라 부른다.

태호 아저씨가 하는 일이라곤 청소차를 쫓아다니며 동네 쓰레기봉투를 청소차에 던져 넣는 것이다. 태호 아저씨는 청소차 오는 시간과 장소를 훤히 꿰차고 있다. 순희 할머니는 아저씨가 밖으로 못나가게 아저씨 발목에 개줄을 묶기도 했다. 하지만 그 따위 억압은 부질없는 짓이었다. 태호 아저씨는 마술사가 탈출 묘기를 부리듯 개줄을 벗어 던지고 매번 밖으로 뛰쳐나와 청소차를 뒤쫓았다.

태호 아저씨가 청소차를 쫓아다니며 귀찮게 굴자 청소부 아저씨는 윽박질러 청소차에 얼씬 못하게 했다. 하지만 태호 아저씨는 아침마다 팥죽 같은 땀을 뒤집어 쓴 채 침까지 흘리면서 청소차 뒤를 쫓으며 중뿔나게 언덕길을 오르내렸다. 동네 사람들은 혀를 찼지만, 청소차를 쫓아다니는 태호 아저씨 입가에는 늘 행복한 웃음이 흘렀다. 그러나 요즘, 태호 아저씨는 교통사고 후유증에 시달리는지 예전만큼 청소차를 따라다니지 못한다. 비루먹은 강아지 몰골로 겨우 골목을 어슬렁 돌아다니며 사람들이 집 앞에 내다 놓은 쓰레기봉투를 들고 집으로 돌아가 대문간에 쌓아두는 일이 그의 유일한 일과였다.

"저놈은 쓰레기차에 치였어. 그러니 웬수놈의 쓰레기차만 쫓아다니지."

순희 할머니는 한숨을 내쉬며 말하곤 했다.

똥바가지 태호 아저씨가 축대 밑으로 다가왔다. 초봄이라 날씨가 꽤 쌀쌀했지만 태호 아저씨는 낡은 스웨터만 입고 있었다. 발목이 훤히 드러난 바지는 아저씨를 무척이나 쓸쓸하게 보이게 했다. 하지만 아저씨는 뭐가 그리 좋은지 히죽히죽 웃었다.

"가자."

일남이가 엉덩이에 묻은 흙을 털며 말했다.

"어딜?"

"너는 내 얼굴을 뭉개 놓은 놈을 가만둘 거야?"

일남이 눈에서 포도빛 광채가 흘렀다. 일남이는 살기등등해졌다. 하지만 일남이를 두들겨 팬 그 중학생 녀석에게 무슨 수로 앙갚음을 한단 말인가. 더군다나 오락실에서 주먹질이나 하는 놈을.

"나두 그 자식이 밉지만…… 우리 힘으론 어림없는 걸."

"바보야. 힘이 달리면 머리를 써야지."

일남이는 툴툴거리며 손가락으로 똥바가지 태호 아저씨를 가리켰다. 태호 아저씨는 자신을 겨눈 일남이의 손가락을 놀란 눈초리로 쳐다봤다. 나는 그제야 일남이의 계획을 알 것 같았다. 그것은 우리들의 온순한 동물, 태호 아저씨를 맹수처럼 보이게 하자는, 유식한 어른들 말을 빌리자면 허장성세였다. 태호 아저씨는 어른이고 게다가 덩치도 씨름 선수만큼 크지 않은가! 우리는 기분 좋게 골목길을 뛰어갔다. 아저씨를 앞장세우고서.

일남이를 두들겨 팬 그 중학생 녀석은 입때껏 오락실에서 빈둥거렸다. 녀석은 키는 그다지 크지 않았는데 인상은 험상궂었다. 여드름투성이 얼굴이 꼭 썩은 멍게 같이 생겨 먹었다. 이거 괜히 매만 벌고 가는 건 아닐까? 나는 오금에 아찔한 전류 같은 것이 번져오는 걸 느꼈다.

"얌마!"

나는 큰소리로 썩은 멍게를 불렀다. 녀석은 어리둥절 주변을 둘러보더니, 자신을 부른 녀석이 고작 초등학생 꼬마라는 걸 확인하고서 이맛살을 찌푸렸다.

"뭐야!"

"네가 내 친구 때렸냐?"

나는 일남이를 가리키며 태연한 척 말했다. 하지만 그 짧은 몇 마디 말을 끄집어내기까지 얼마나 고생했는지 모른다. 게다가 썩은 멍게의 살기등등한 눈빛이란! 나는 숨이 막힐 뻔했다.

"그래서?"

썩은 멍게는 침을 찍 뱉으며 가소롭다는 듯이 말했다.

"너두 나만큼 맞아야겠다."

일남이가 불쑥 앞으로 나서며 소리쳤다.

"어쭈, 뭐 이런 개뻑다구가 다 있어."

썩은 멍게는 일남이의 멱살을 틀어쥐려는 듯 앞으로 손을 뻗치며 달려들었다. 그 순간 우리는 재빨리 밖으로 뛰쳐나가 골목을 향해 줄행랑을 쳤다. 물론 우리들의 온순한 동물, 똥바가지 아저씨가 있는 곳으로.

썩은 멍게 녀석과 우리의 간격은 점점 좁혀지고 있었다. 짧은 순간이었지만 나는 썩은 멍게의 손이 내 목덜미를 움켜쥘 것 같아 머리털이 곤두서는 느낌을 받았다. 미꾸라지 같은 일남이 녀석은 나보다 서너 걸음은 앞서 가고, 썩은 멍게는 온갖 짐승들과 그 짐승 자제 이름을 들먹이며 쫓아오고, 아, 곧 잡힐 듯 말 듯한 순간이었다. 이제 겨우 열한 살짜리 소년이 감당하기엔 너무도 벅찬 시련이었다.

더군다나…… 골목에서 튀어나오기로 약속한 태호 아저씨…… 아니, 이 미련한 똥바가지가 보이질 않는다. 나는 계속 뛰면서 흘끔 뒤를 돌아보았다. 썩은 멍게가 가죽이라도 벗겨먹을 듯이 눈알을 부릅뜨고 나를 향해 돌진했다. 녀석은 무슨 원한이 그리 많은지 '죽여! 죽여!' 악을 쓴다. 순간, 나는 내 뒷덜미에서 묵직한 힘과 소름이 돋는 불쾌감을 동시에 느꼈다.

나는 딱딱한 콘크리트 바닥 위에 나뒹굴었다. 동시에 썩은 멍게의 발길질이 내 왼쪽 눈을 때렸다. 눈앞에 별 하나가 번쩍 떠올랐다. 녀석은 연달아 내 얼굴을 걷어찼다. 얻어맞으면서도 바짝 정신 차려야 한다고 되뇌있다. 순간 무슨 힘이 솟아있는지 나는 날이드는 썩은 멍게의 발을 양손으로 붙잡았다. 그리고 녀석의 다리를 잡아당겼다. 녀석도 바닥에 벌렁 드러누웠다. 곧 나와 썩은 멍게는 한 덩어리가 되어 바닥을 뒹굴며 주먹질을 주고받았다.

일남이가 싸움을 거들지 않았다면, 아마 내 얼굴은 잼이 터진 호떡처럼 납작해졌을 것이다. 썩은 멍게의 주먹은 몹시 매웠다. 주먹을 얼굴에 매길 때마다 뜨거운 쇳물을 얼굴에 끼얹는 느낌이었다. 썩은 멍게에게 우리가 더 당한 편이었지만, 우리도 맞은 만큼 녀석 얼굴에 주먹을 되돌려 주었다. 우리들은 부처산 똥번지에서 산전수전 다 겪은, 노름꾼 장기팔 아저씨의 말투를 빌리면, 굴러먹을 대로 굴러먹은 녀석들이다.

그러나 시간이 지날수록 싸움의 형세는 점점 우리가 일방적으로 얻어터지는 쪽으로 바뀌었다. 썩은 멍게의 주먹이 내 얼굴을 스칠 때마다 나는 똥바가지 아저씨를 원망했다. 아, 비겁한 똥바가지! 그때였다.

꺼어억!

짐승의 울부짖음. 아니, 분노와 노여움으로 충만한 맹수의 포효가 골목 안에 울렸다. 썩은 멍게와 우리는 누가 먼저랄 것 없이 주먹질을 멈추고 소리 나는 쪽으로 고개를 돌렸다. 아, 거기에는 태호 아저씨가 가로등을 등지고 당당히 버티고 서 있는 것이 아닌가. 그것도 한 손엔 번뜩이는 칼을 쥔 채. 가로등 불빛은 우리를 향하고 있고, 불빛의 눈부심 때문에 우리는 잔뜩 눈을 찡그리고 우리들의 구원자인 똥바가지 아저씨의 검은 형상을 넋이 나간 채 바라보았다.

"어어어!"

썩은 멍게는 비명을 지르며 허둥지둥 뒷걸음질 쳤다. 그러자 아저씬 손에 쥔 칼을 휘두르며 한발자국 앞으로 다가왔다. 그래 잘한다. 똥바가지, 녀석을 혼쭐내줘요. 하지만 제발 그 칼은 버려요. 나는 속으로 이렇게 부르짖었다. 그런데 아저씨는 칼을 덥석 무는 게 아닌가. 아, 태호 아저씨가 불량배 흉내를 내는구나! 썩은 멍게는 놀란 두꺼비처럼 고개를 휙 돌리고 달아났다. 아, 그러나 불쌍한 썩은 멍게 녀석은 바로 뒤에 전봇대가 있는 줄도 모르고⋯⋯ 고개를 휙 돌려 도망치는 순간, 그만 전봇대에 박치기를 했다. 썩은 멍게는 이마를 감싸고 소금밭에 기어든 지렁이처럼 쪼그라들며 바닥을 나뒹굴었다.
"이 자식아! 또 까불래?"
일남이는 바닥에서 뒹굴고 있는 썩은 멍게의 엉덩이를 걷어찼다.
"너 또 걸리면 재미없어."
나는 동네 형들 말투로 녀석에게 소리쳤다. 그런데⋯⋯ 똥바가지 태호 아저씨가 보이질 않는다. 아저씨는 저 멀리 도망치고 있는 것 아닌가. 우리는 아저씨를 뒤쫓았다.
"아저씨, 같이 가요!"
우리가 부를수록 아저씨는 줄행랑을 쳤다.
우리는 축대 위에서 간신히 태호 아저씨를 따라 잡을 수 있었다. 아저씨는 몹시 놀랐는지 가뜩이나 튀어나온 눈알이 더욱 휘둥그레졌다. 한 입 가득 바나나를 베어 문 채. 어이없게도 태호 아저씨가 휘둘렀던 것은 칼이 아니라 바나나였다.

6

"갑수 니가 날 도와줬으니까 이제 소나무를 찾으러 가자."
일남이가 우쭐대며 말했다.

"어디로?"

"인마, 따라와 보면 알아."

일남이가 나와 태호 아저씨를 이끌고 간 곳은 부처산 언덕에 있는 큰 집이었다. 고광해 의원 집. 그러니까 뚱보 용철이 집이다. 우리는 그 집을 언덕 위의 하얀 집이라고 불렀다. 담벼락도 건물도 온통 흰색이었다. 담은 무척 높고 철조망이 감겨 있어 감옥처럼 보였다.

"여기야."

일남이는 손가락으로 하얀 집을 가리켰다.

"도둑질 하자는 거야?"

"이 바보야. 우리는 잠시 소나무를 빌리자는 것뿐이야. 소나무를 언덕에 옮겨 심는 거야. 그러면 부처산에 소나무가 생기는 거야."

남의 물건을 훔친다는 게 내키지 않았지만 일남이 말도 일리가 있는 것 같았다. 나는 고개를 끄덕였다. 그래 일남이 말마따나 우리는 소나무를 옮겨 심는 것이다.

"그런데 어떻게 들어가지?"

"걱정하지 마. 저기 뒤로 돌아가면 개구멍이 있어."

일남이 말대로 마른 덤불 속에 구멍이 하나 숨겨져 있다. 우리는 개구멍을 통해 안으로 들어갔다. 태호 아저씨는 덩치가 커 겨우 그 구멍을 빠져 나왔다. 우리는 정원 안으로 살금살금 기어갔다. 대문 옆에 염소새끼 만한 개가 있었지만 일남이가 다가가 머리를 쓰다듬어 주자 이상하게도 얌전해졌다. 집에서 텔레비전 소리가 흘러나왔다. 용철이의 투정 소리도 들렸다. 잔디가 깔린 정원에는 소나무 말고도 나무가 많앉다. 단풍나무와 살구나무, 대추나무, 무화과나무 따위가 정원 곳곳에 심어져 있었다. 마치 부처산에 있는 모든 나무를 이곳에 옮겨다 심은 것처럼 말이다. 일남이는 우리 키보다 머리통 하나 더 높은 소나무가 있는 곳으로 우리를 안내했다.

"자아, 이걸 꺾어 가자."

일남이와 나는 소나무 가지를 하나 꺾으러 손을 뻗었다. 그러자 태호 아저씨가 우리를 가로막으며 손사래를 쳤다. 아저씨는 돌멩이를 하나 줍더니 땅을 파기 시작했다. 우리도 돌멩이를 하나씩 주어들고 땅을 팠다. 흙을 헤치는 소리는 왜 그렇게 크던지. 부스럭부스럭 소리가 날 때마다 나는 가슴이 터질 것만 같았다. 아니, 도둑질을 한다는 죄책감과 불안감이 나의 어린 양심을 무섭게 억누르는 것이었다. 하지만 일남이는 이깟 일쯤은 대수롭지 않다는 듯이 조개껍질 같은 단단한 표정을 짓고 있었다. 태호 아저씨의 바보 같은 얼굴에도 즐거운 웃음이 가득했다.

뿌리는 생각보다 깊었다. 30분쯤 땅을 파서야 소나무를 뽑았다. 피로와 긴장으로 내 등줄기는 걸레처럼 젖었다. 태호 아저씨가 소나무를 어깨에 걸쳐 매고 앞장섰다. 개구멍을 빠져 나왔을 때야 비로소 나는 안도의 한숨을 내쉬었다.

밤이 깊어졌다. 우리는 축대 위 비탈면에 소나무를 옮겨 심었다. 차가운 밤바람이 땀에 젖은 등줄기를 스쳤다. 그리고 은은한 달빛이 우리들의 지친 어깨를 부드럽게 감싸주었다.

"박갑수, 오늘부텀 넌 도둑놈이 되었다."

나는 갑자기 토해낼 정도로 울적한 기분이 들어 쓸쓸히 말했다.

"바보야. 길을 잃고 헤매던 어린양을 구한 것처럼 우리는 정원 안에 갇힌 소나무를 구해 이곳 언덕에 심은 거야. 나무는 이제 참세상을 바라볼 수 있게 됐어. 부잣집 정원이 아닌 우리들 세상을 말야. 비록 초라한 세상이지만 나무는 비로소 자신의 고향을 찾은 거야."

"하지만 나무가 찾은 고향이 너무 초라하지 않니? 온통 가난한 산동네뿐인데 말야."

"우리는 부자동네에서 살고 싶어 하지만 막상 부자동네에서 살라고 하면 살 수 없어. 우리의 친구가 돼 줄 수 있는 가난한 아이들이 없기 때문이야. 그래서 우리는 산동네 아이들과 어울리는 거야. 나무도 마찬가지야. 나무의 고향은 원래 산동네였으니까."

일남이는 타이르듯 말했다.

시간이 흘렀다.

집집마다 별처럼 불빛이 반짝였다. 멀리 반대편 언덕 정상에서 불길이 치솟았다. 바람을 타고 매캐한 냄새가 밀려왔다. 우리는 그 불길이 무엇을 뜻하는지 잘 안다. 불길이 치솟은 다음 날이면 어김없이 언덕의 집들은 허물어져 사라졌다.

"무슨 생각해?"

일남이가 물었다.

"누나 생각…… 너는?"

"……"

일남이는 말 없이 병에 걸린 어린 새처럼 몸을 떨었다.

내일 아침이면 다시는 뜰 것 같지 않은 해가 또 다시 솟아오를 것이며, 반대편 언덕은 헐벗은 채 붉은 속살을 더 많이 드러낼 것이다. 우리는 나이를 하루 더 먹을 것이고 똥바가지 아저씨는 거꾸로 나이를 하루만큼 까먹을 것이다.
 망할 놈의 눈물이 왜 자꾸 솟아나는지. 나는 목구멍으로 껄떡껄떡 넘어오는 울음을 참으려고 이를 악물었다.

사노라면

 모래먼지가 하늘을 뒤덮었다. 멀리 헐벗은 언덕, 초라한 가옥들이 웅크리고 있는 산동네가 황사에 가려 뿌옇다. 초봄의 매운바람이 풍경분식 유리문을 두들겼다. 그러나 유리문을 경계로 내다보이는 바깥 풍경은 그럭저럭 평온해 보인다. 야채장수와 달걀장수가 경쟁이라도 하듯 확성기로 꽥꽥 거위 울음 같은 소리를 질러댔으나 소음은 점점 멀어지고 곧 잠잠해진다.
 한기준은 의자에 걸터앉아 유리문 밖 거리를 막연히 쳐다본다. 화사하게 봄옷을 차려입은 여대생들이 삼삼한 몸매를 뒤뚱거리며 연이어 지나간다. 처음 이 골목에 들어왔을 때 기준은 삭막한 동네 분위기에 적잖게 당황했다. 동네 여자들의 싸늘한 눈초리. 먼저 인사라도 받아야겠다는 심보로 수탉처럼 목을 곧추 세운 사내들. 불량한 아이들. 하나같이 그들은 기준 부부를 잡아먹을 듯이 사납게 눈빛을 흘기고 있었다. 눈빛만큼이나 송림동 부처산 8번지 사람들과는 악연이 이어졌다.

"쓰레기봉투를 왜 남의 집 앞에 놓는 거유. 냄새나게."

이사 온 첫날부터 송림슈퍼 철수엄마는 제 가게 옆에 쓰레기봉투를 두었다고 까탈을 부렸다. 송림슈퍼 옆 전봇대에 기대어 쓰레기봉투들이 켜켜이 쌓였기에 기준은 무심코 그곳에 쓰레기봉투를 내다 놓았다. 그런데 송림슈퍼 여자는 유독 기준만을 몰아세웠다. 그뿐만이 아니다.

"군대는 댕겨왔나?"

"예비군에 편입됐는가?"

"전입신고는 했나?"

뭐 꼬투리 잡을 게 없나 하는 표정이 역력한 송림복덕방 송영감은 통장 위세를 떨며 생쥐상을 치켜들고 하루가 멀다 하고 찾아와 귀찮게 굴었다.

"일회용품 쓰면 벌금에 처하는 거 알죠?"

"알켜 줘야 알지."

협박조로 말하는 구청 직원이 얄미워 퉁명스럽게 대응하기라도 하면, 구청 직원은,

"어디 허가증 좀 봅시다."

하고 까칠한 말투로 기준을 쏘아 붙였다.

기준이 세든 건물은 무허가 건물이라 음식업 허가증이란 게 있을 턱이 없다. 배알 꼴리는 일이지만 기준은 호주머니에서 10000원짜리 지폐 두 장을 꺼내 구청 직원에게 쥐어주고 허리를 굽신거리며 "먹구 살게 없어 하는 짓이니 좀 봐주십쇼." 얼렁거리며 통사정을 했다.

맘에 차지 않는 건 사람들뿐만이 아니다. 부처산 언덕은 왜 그렇게 방

정맞게 가파르고, 바람은 살이라도 뜯어먹을 듯 불어대는지 약간 뚱뚱하고 추위를 잘 타는 한기준으로선 이곳이 시베리아 유배지나 다름없었다.

사정이 이렇다 보니 '이놈의 동네는 바람두 사람을 닮아 주린 이리떼처럼 달려드남' 하는 볼멘소리를 기준은 늘 입에 달고다녔다. 그러나 어찌됐든 기준은 이곳 송림동 부처산 8번지에 정을 붙이고 살아야 했다. 이곳 산동네는 그가 신혼살림을 차린 인생의 새로운 출발지였기 때문이다. 비록 두 식구가 겨우 두 다리를 뻗을 수 있는 궁색한 단칸방이지만 가게청이 딸린 이곳은 그의 혈거이자 생존 터전이기도 했다.

끼이익.

귀청 찢는 금속성이 울리고 가게 문이 열렸다. 기준은 이사 온 첫날부터 레일이 찌그러진 여닫이 알루미늄 새시 문을 고쳐야겠다고 되씹곤 했는데 만만찮은 수리비용 때문에 입때껏 고치지 못했다.

"어서 옵쇼!"

기준은 입에 밴 소리를 반사적으로 질렀다.

처음 '어서 오십시오' 라는 소리를 지를 때는 낯이 간지럽고, 여간 어색하고 쑥스러웠던 것이 지금은 장삿물 좀 먹었다고 어지간히 익숙해져서, 가게 문 열리는 소리만 나면 기준은 탁자에 머리를 박고 낮잠을 자다가도 벌떡 일어나 '어서 옵쇼' '안녕히 갑쇼' 목청을 돋우었다.

가게에 들어온 사람은 손님 같지 않았다. 풍경분식점을 찾아오는 손님이라야 근처 전문대생 아니면 고등학생이기에 그 연령대를 넘어선 사람들은 대개 시비를 걸어오는 사람 아니면, 물건을 팔러 오는 장사치가 대부분이다. 지금 가게청에 들어온 사람은 술집 작부처럼 보이는 중늙은이 여자다.
"무슨 일로 오셨는지……."
 기준은 경계의 눈빛을 흘리며 말했다. 그런데 이 여자는 그의 물음에 대답도 하지 않고 불만스러운 눈초리로 가게청을 휘둘러보기만 한다. 주름살이 거미줄처럼 엉킨 얼굴에 덕지덕지 화장을 하고 입술에 피 칠을 한 듯 시뻘겋게 루주를 바른 중늙이 여자는 심술이 난 얼굴이다.
'웬 무식한 여잔가? 예의도 없이.'
 속으로 씹어 삼키는 중에도 오늘 하루가 결단코 녹녹치 않을 것이란 불길한 예감이 가슴 한편에 똬리를 틀었다.
 분위기가 심상찮아 기준의 처도 설거지를 하다 말고 뒤를 돌아보았다.
"여기 라면 얼마에 파우?"
 여자는 가게 안을 대충 둘러보고 나서 기준에게 하는 소린지 기준의 처에게 하는 소린지 따지듯이 물었다.
"예?"
 중늙은이 여자는 큰길 버스정류장 앞 송림식당 주인집 여자였다. 한 달 전, 계약기한이 지났다고 세든 사람을 내쫓은, 동네에서 성질 고약스럽기로 소문이 난 여자다. 쫓겨난 식당주인은 2년 전 권리금 800만 원을 주고 가게에 들어왔는데 생각만큼 장사가 되지 않아 월세나 겨우 내며 근근이 버티다가 계약기한이 지나자 식당에서 손을 털었고, 주인집 여자가 송림식당을 거저 차지했다는 것을 기준도 귀동냥으로 익히 알고 있는 터였다.

"시침이 뗄 생각 말라구. 여기서 라면을 1000원에 판다고 하던데 뭘."
여자는 표독이 묻어나는 소리로 쏘아붙였다.
"무슨 소릴 하시는지 모르겠군요."
기준은 송림식당 여자가 비록 어머니뻘 되는 연장자이지만 남의 영업집에 와서 다짜고짜 따지는 것이 내심 못마땅했다. 그래서 기준도 퉁명스럽게 말했다.
"그딴 식으로 장사하면 안 돼. 누군 1500원에 라면 파는데, 누군 1000원에 팔면 되겠어. 양심두 없이."
여자의 을러대며 말하는 투가 갈수록 가관이다. 송림식당 여자는 기준네 부부의 인상이 만만해 보인 터라 더욱 드세게 시비조로 씨부렁댔다.
희한한 경우다. 분식점 라면 값이 땅값처럼 공시지가가 정해진 것도 아닌데, 라면을 1500원에 팔든 1000원에 팔든 그건 장사꾼이 정하기 나름 아닌가. 기준은 씨알도 먹히지 않는 생트집에 잠시 말문이 막혔다.
"어디서 그런 소릴 듣구 왔는지 모르지만, 우린 라면 1500원에 팝니다."
"허튼 수작 하지 말어! 내 다 알구 왔다구!"
여자는 황금빛 금니를 드러내며 으르렁거렸다.
"아주머니도 1000원에 팔면 될 것 아녜요. 우리가 라면을 얼마에 팔든 아주머니가 도대체 무슨 상관예요? 참, 별꼴이야."
지금까지 여자가 하는 꼴을 물끄러미 지켜만 보던 기준 처는 따지듯 쏘아붙였다. 송림식당 여자는 갑자기 드세게 나오는 기준 처의 태도에 뒤꽁무니를 빼며,
"함께 먹구 사는 처지에 서로간 사정을 봐줘야지. 새댁도 장사를 해

서 알 테지만 상거래란 질서란 게 있는 법이구, 상도리로 치자면 누굴 뺨치구 얼러선 안 되는 법이지. 더군다나 조막만한 동네에서 함께 장사밥 먹는 처지에 물건 값 가지구설랑 장난쳐선 안 돼."
하고 기세등등했던 태도를 우물우물 누그러뜨렸다.
"예. 무슨 말씀인지 잘 알았으니 염려 마시고 돌아가세요. 아주머니야 세월이 한적한지 모르지만 우린 지금 장사 준비하느라 바빠요."
 기준 처는 노골적으로 싫은 내색을 드러내며 송림식당 여자를 밖으로 내몰았다.
"젠장, 라면을 1000원에 팔든 10000원에 팔든 왜 상관야."
 방금 전까지 고양이 앞에 생쥐처럼 찍 소리도 못 내던 기준이 송림식당 여자가 돌아가고 나서야 한 마디 했다.
 이번 일뿐만 아니라, 송림동 8번지 골목 분식점들은 보이지 않는 전쟁을 치르고 있다. 말이 대학가 상권이지 장사 형편은 변두리 상권보다 못하면 못했지 눈곱만큼 나을 것이 없다. 흔히 대학가 하면, 뻘겋고 퍼런 네온 간판이 방정맞게 번쩍이고 술집이다, 밥집이다, 고깃집이다 해서 흥청망청 기대하겠지만 이곳 8번지 대학가는 사정이 영 딴판이다. 학교가 워낙 외진 산동네 꼭대기에 들어선 데다, 학생 중 다수가 서울에서 통학하기 때문에 수업이 끝나면 학생들은 송림동 8번지를 썰물처럼 빠져나가 제물포역 유흥가로 몰려간다. 그러니 8번지 골목은 점심 끼니때나 밥 한술 뜨러 오는 손님이 있을 뿐, 대학가에서 흔히 볼 수 있는 흥청대는 풍경과는 거리가 멀다. 게다가 골목에 분식점은 잇달아 들어섰지만 장사가 되는 곳은 두서너 군데에 불과했다. 그래서 분식점마다 제 살 깎아먹기 식으로 1500원짜리 라면을 1000원에 팔며 어떻게든 손님을 끌어 보려고 두 눈에 쌍불을 켜는 것이다. 결국 이 집에서 음식 값을 내리면 저 집에서 들고 일어나 삿대질을 하며 한판 질펀하게 싸움질을 한다. 서로를 질투하고 시기하는 사정은 부처산에 터를 잡고 학생들 쌈짓 돈만을 오매불망 바라보고 사는 부처산 장사치들 간 흔히 있는 다툼이다.

 기준은 담배를 빼 물었다. 아내는 장사 준비를 하느라 밥을 짓고 야채를 다듬고 분주한데 기준은 아침부터 하는 일없이 살이 푸지게 오른 엉덩이를 의자에 뭉그적대면서 유리문 너머만 본다. 기준의 뭉그적거림은 아내에 대한 일종의 시위였다. 아까 아침에 대판 부부싸움을 벌이고 속이 틀어져 서로를 외면하고 있다. 기준의 처도 남편을 무시한 채 장사 준비에만 열중한다. 사나운 칼질은 남편에 대해 불편한 심기를 그대로 드러내는 것이다. 아내가 투덕투덕 칼도마질을 할수록 기준은 '그래, 어디 네 맘대로 해봐라.' 똥배짱으로 밀어붙였다.
 기준의 처가 남편에 대해 불평을 갖는 건 남편의 물러터진 성격 때문이다. 방금 송림식당 여자가 와서 허무맹랑한 시비를 걸고 넘어져도 찍소리 한마디 못하는 것처럼 남편이란 인간은 팥고물 없이 속에 밀죽만 가득 찬 풀빵 만큼 물렁물렁했다. 남편 말로는 뭐, 초등학교 때까지 씨름을 했대나. 하지만 결혼하고서야 알게 된 사실인데 남편 한기준은 허우대는 임꺽정 같은 인간이지만 겉보기와 다르게 속은 영 허방이었다. 오늘 아침 일만 해도 그랬다. 기껏 장을 봐 오라고 시켰더니 이 인간이 장사를 해서 돈을 벌려는 건지 아니면 인근 시장 장사치들 주머니만 배불리는 수작인지, 장 본 물건이란 게 죄다 썩어 문드러진 것 아니면, 그나마 제대로 된 물건은 턱없이 비싼 값을 치르고 사온 것뿐이다.

 진물이 쭉쭉 흐르는 마늘하며 쓸데없이 한 무더기 안고 온 팔뚝만한 무는 죄다 바람이 들었고, 다섯 근이나 되는 돈가스용 고기는 흐늘흐늘 풀어졌고, 양배추는 속이 텅 비었고, 김밥용 김은 시세보다 1000원을 더 주고 산 건 제쳐두더라도 몇 년을 묵힌 것인지 모르게 빛깔이 불그데데하고 묵은 군내가 풀풀 났다. 장사꾼은 한두 푼에 울고 웃는다고 하는데 오히려 기준은 인근 야채 깡시장 상인들의 봉이었던 셈이다.

"장사를 하자는 거야, 말아먹자는 거야."

 기준의 처는 양배추 통을 바닥에 팽개치며 성깔을 부렸다. 평소 같으면 기준은 아내의 핀잔을 한 귀로 듣고 한 귀로 흘려버렸다. 헌데 이날 아침, 기준은 20kg 쌀 한 포를 짊어지고 양손에는 야채 보따리를 한 무더기 들고 딴에는 서두른답시고 시장에서부터 가게까지 파발꾼처럼 한달음에 달려와 숨이 씨근벌떡 차오르고 혈압이 잔뜩 오른 상태였다. 그래서 그만 부아통을 참지 못하고 저도 모르게 발치에 굴러다니는 양배추를 집어 들고, 보란 듯이 재차 패대기쳤다. 양배추는 부엌 바닥에서 산산조각이 났다.

"누군들 알구 그랬나! 아침부터 이 여자가 정말, 장사꾼들이 주는 대로 받아왔지, 난들 지랄 맞은 무가 바람이 났는지 염병이 났는지 알게 뭐야."

 기준은 아내에게 큰소리를 버럭 질렀다. 바깥 숙맥이 안에서는 되레 큰소리친다더니 기준이 꼭 그 꼴이었다.

　순간, 아내의 울 듯 말 듯 감정이 북받친 표정을 보고서야 기준은 '아뿔싸! 내가 뭘 잘했다구 지랄이지.' 중얼거렸다. 하지만 곧 '이놈의 여편네 요번 참에 단단히 버릇을 잡아 놔야지. 어디 갈 때까지 가자.' 하는 심통 맞은 심사로 마음을 단단히 고쳐먹었다. 그러면서 '장사구 뭐구 될 대루 되라.' 하고 지금까지 딴청을 부렸다. 아내는 기가 죽었는지 더는 대꾸하지 않았다. 뭉개진 양배추를 줍고 돌아서서 제 할 일만 말없이 했다. '그럼 그렇지. 마누라란 신혼 초부터 확 드세게 잡아 놔야지.' 기준은 기가 살아 만족스런 웃음을 지었다. 그런데 뒤돌아선 아내가 낮게 훌쩍거리자 기준의 마음 한구석이 찡해지며 조금씩 허물어졌다. '사과를 하긴 해야겠는데, 사내 체면에 먼저 말을 꺼내 기두 그렇고……'

　점심시간은 한가했다.

　한가하다는 말은 누군가에게는 세월아 네월아 호시절이지만 기준과 같이 하루 벌어 하루 먹는 처지의 장사꾼에겐 입술이 마르고 속이 바짝바짝 타 들어가는 일이다. 남들은 한참 분주히 일을 하며 알뜰살뜰 돈을 긁어모을 때, 한가롭게 가게청에 죽치고 앉아 담배나 꼬나물고 있는 시간이 기준에겐 고문이나 다름없었다. 가게청에 무거운 침묵이 감돌았다. 아내와 싸우지만 않았어도 말을 건네 붙여 볼 텐데. 마땅히 할 일이 없는 기준은 신문을 벌써 두 번이나 뒤적거리고, 줄담배를 태우며 지루한 시간을 죽였다. 내가 왜 장사를 시작해서 이 고생인가 하는 후회가 가슴팍에 차올랐다. 그런 낭패감은 시간이 지날수록 묘한 두려움으로 바뀌었다. 폭풍 전야처럼 고요한 시간들. 차라리 시간이 후딱 지나 밤이 오고 이불을 뒤집어쓰고 드러눕고 싶었다. 형편을 모르는 사람들이 보기엔 뭐 그리 죽는 시늉이냐 하겠지만, 이 순간만큼은 혈기왕성한 사내의 알량한 자존심마저도 구겨져 무기력한 피로감에 젖어들었다.

 시곗바늘이 1시를 가리켰다. 여태껏 밥통에 밥이 꽉 차 있고, 밑반찬은 말라붙고 있다. 맞은편 딕시랜드 햄버거 가게와 밀알칼국수집도 파리를 날리는 눈치다. 학생들은 새카맣게 내려오는데 이들은 한기준의 풍경분식은 거들떠보지도 않고 건너편 아래 영분식으로 몰려갔다. 풍경분식에 들어오는 손님이라야 영분식에 자리가 들어차 어디로 갈까 기웃거린 끝에 꿩 대신 닭이다 하는 식으로 오는 이들이 대부분이다. 그나마 그런 손님들마저도 밀알칼국수집과 나눠먹는 형편이다. 어쩌다 손님이 들면, 음식 장사와는 전혀 어울릴 것 같지 않은 허우대 큰 주인장을 보고 오던 발걸음을 되돌리는 손님도 더러 있다. 이래저래 풍경분식은 파리를 날렸다.

 기준은 가게 문을 열고 밖으로 나왔다. 바깥 공기를 쐬니 머리가 한결 가벼워진다. 그는 담배를 뽑아 물었다. 담배를 자주 피는 편은 아니지만 손님이 없는 날은 바짝 타 들어가는 속마음을 날랠 겸 이렇듯 줄담배를 태운다. 밀알칼국수집 여자도 바깥에 나와 윗동네를 기웃거리다 기준과 눈이 마주친다. 칼국수집도 손님이 없기는 마찬가지다. 칼국수집 주인 여자는 윗동네 분식집은 장사가 어떠냐, 하고 염탐을 하는 것이리라. 윗동네라야 불과 15미터 떨어진 지척이다. 윗동네 음식

장사도 별반 다를 바 없었지만 순희 할머니가 운영하는 만나분식점은 학교 정문 앞 길목을 차지해 목이 좋았고 순희 할머니 음식 솜씨도 맛깔스런 게 썩 괜찮았다. 때문에 부처산 언덕길 장사치들이 겨우 입에 풀칠이나 하는 형편과 달리 만나분식엔 아침부터 파장 때까지 손님들이 버글버글 했다.

대학생들 점심시간이 끝나고 중고등학교 점심시간이 된 모양이다. 짧은 머리의 학생들이 언덕길을 내려온다.

"고통분담. 가격파괴. 오늘의 특별 메뉴, '쇠고기 콩나물 비빔밥 2300원'. 웃기고 있네."

고등학생들이 풍경분식 유리문에 붙은 메뉴판을 쳐다보고 낄낄대며 지나갔다. 그 메뉴판은 기준이 손님을 끌어볼 요량으로, 제 딴에는 일종의 광고 효과를 기대하고, 형광색지에 매직펜으로 정성스레 써놓은 것이다.

'애초부터 분식집을 차리는 게 아니었는데…… 사내놈이 이게 뭔 짓거리란 말이냐!'

기준은 후회한들 흘러간 두만강 옛 노래요, 죽은 자식 불알 만지기란 걸 뻔히 알면서도 속을 태웠다. 기준은 멍하니 하늘을 올려다보며 푸른 허공을 향해 담배 연기를 날려 보낸다.

결혼을 앞둔 작년 겨울. 그때까지만 해도 그는 회사에서 유능한 사원이었다. 헌데 그의 그 물러터진 성격이 그를 실업자로 내몰았다. 그는 회사에서 수입 원목 입출고를 관리하는 자재 담당이었다. 일이란 비교적 간단해서 입출고 원목 수를 서류에 기록하고 도장을 찍으면 그만이다. 그러던 어느 날 그의 직속 상사 오과장이 원목 입출고가를 조작해서 뒷돈을 챙기는 비리를 알게 됐다. 오과장은 기준에게 대학 동문이라는 걸 은근히 내세우며 자신의 비리를 슬쩍 눈감아 달라 요구했다. 기준은 처음엔 완강히 거부했으나 대학 선후배 사이라는 인간적인 유대를 들먹이며 통사정하는 오과장의 집요한 요청을 뿌리칠 수 없었다. 그날 그는 오과장에게 이끌려 단란주점에서 떡이 되도록 술을 마시곤 취해 떨어졌다. 다음날 아침, 술이 깼을 땐 여관방이었고 그의 양복저고리에는 두툼한 봉투가 찔러져 있었다. 결국 한기준은 오과장의 비리에 연루되어 덜컥 해고되었다.

그런 전후 사정도 모르고, 기준이 분식집을 한다고 했을 때 그의 장모는 비아냥거렸다.

"한 서방은 뭐 좋은 계획 있는감? 넘들은 들어갈라고 용을 써도 못 들어가는 직장을 하루아침에 떡하고 때려치우니 원. 사지는 멀쩡해갔고 겨우 한다는 짓거리가 잘난 분식집인가? 넘들이 사위가 뭐 하는 사람이냐고 물어보면 인자부텀 분식집 사장님이라고 해야겠구먼."

송림동 부처산 8번지 주민들 사이에서도 한기준에 대한 뒷공론이 무성했다.

"비록 보잘 것 없는 분식집을 하고는 있지만 한씨는 가방끈이 쎄 긴 것 같다니깐. 한씨네 살림방에 가보면 책으로 병풍을 쳤고, 병풍을 치고도 모자라 책을 베개 삼는다구요. 모르긴 몰라도 한기준 그 사람, 대학시절 운동권에 몸을 담아 감방을 들락거리기도 한 모양이요. 그렇지 않구 설랑 배울 만큼 배우고 사지가 멀쩡한 사내가 코딱지만한 분식집에 틀어박혀 어떻게 마누라 등쳐먹고 살겠냐 이 말이지요."

치마폭이 넓은 송림슈퍼 철수 엄마가 허튼 소릴 지껄이면 그 소문은 금방 뻥튀기 되어, 한기준 그 사람이 가끔 맹하게 하늘을 쳐다볼 때가 있는데 그건 예전 전두환, 노태우 군사정권 시절 고문을 받은 후유증으로 그런 것이다. 그의 오른쪽 머리에 500원짜리 동전 크기 땜통이 있는데 그건 전기고문을 받은 흔적이라는 뜬소문이 돌았다. 송림동 8번지 주민들의 추측대로, 한기준은 운동권 출신이긴 했다. 하지만 8번지 주민들이 떠올리는 것처럼 전경을 각목으로 후려치고 거리를 쑥대밭으로 만드는 행동파는 아니었다. 여느 386세대 청춘처럼 기준도 일종의 낭만파였고 양심세력이었다. 또한 순정파에 불과했다. 송림동 8번지 주민들의 오해와 달리, 그의 살림방에 가득 들어찬 책은 학창시절 문예부에서 활동하던 때 읽은 소설책 나부랭이였고, 머리에 난 흉터는 학창시절 술에 취해 지하 자취방으로 기어들다 계단에서 굴러 생긴 상처였다. 또한 바깥에 나와 멍하니 하늘을 쳐다보는 건 가게에 손님이 없어 할 일이 없기에 생긴 버릇이다.

"안녕하십니까?"

기준은 반쯤 탄 담배꽁초를 바닥에 비벼 끄며 집주인인 천광교회 이권사에게 서먹서먹한 인사를 건넸다. 주인 여자는 곁눈질로 기준을 흘겨보더니 대문을 열고 2층으로 올라갔다.

보름 전부터 기준네 부부를 대하는 주인집 식구들 태도는 냉랭했다. 주인집과 틀어진 것은 기준이 주점 간판을 올렸을 때부터다. 그러니까 분식만으로는 별로 벌이가 신통치 않아, 궁여지책으로 저녁에 술이라도 팔아볼 속셈으로 기준은 주점 간판을 올렸다. 명색이 대학교 앞이고 하니 잘만 하면 푼돈이라도 만질 수 있겠다 하는 생각이었다. 그는 당장 주류상에 전화를 넣어 막걸리와 소주 한 짝을 배달시키고 없는 밑천 탁탁 털어 그릇도 몇 벌 더 장만했다. 그러나 주점 간판을 올린 첫날부터 말썽이 생겼다. 교회에서 저녁 예배를 보고 밤늦게 귀가하던 이권사 댁 식구들이 풍경분식에 주점 간판이 걸리고 가게청에서 흥청망청 술판이 벌어진 것을 보고 기겁하였다.

"한씨, 있수?"

주인집 여자가 가게 문을 비시시 열고 밖에서 기준을 불렀다. 주인집 여자, 이권사는 잔뜩 골이 난 얼굴이다.

"무슨 일이시죠?"

기준은 손님이 주문한 두부김치 접시를 아내에게 맡기고 밖으로 나갔다.

"술장사를 하면 어떡하우?"

"예?"

"난 말이지 한씨가 분식점을 한다기에 세를 내준 거지, 술 팔아먹으라구 가게를 내 준 게 아니란 말이우."

이권사의 치떠진 두 눈에는 분노와 경멸의 빛이 가득했다. 기준은 주인집 여자의 매서운 눈초리에서 마치 자신과 아내를 악마, 굳이 교회 말씀을 빌자면 사탄 족속으로 여기고 있는 듯한 느낌을 지울 수 없었다.

"아, 예. 그게…… 벌이가 영 신통치 않아서……."

기준은 더듬더듬 말끝을 흐렸다. 그의 얼굴이 절박함으로 뜨겁게 달아

올랐다. 밖을 내다보는 기준의 처도 어리둥절 막막한 얼굴빛을 띠었다.
"아무리 그래도 그렇지. 술을 팔면 되겠어. 그것도 학생들한테."
　기준이 흐리멍덩하게 대답하는 것과는 대조적으로 주인집 여자는 벼린 칼로 무를 썰 듯 또박또박 따지고 들었다.
"고등학생한텐 팔지 않고 대학생들에게만 팝니다만, 시끄럽게 굴지 않도록 조심할 테니 아주머니가 사정을 좀 봐주시지요."
　그러나 기준의 말이 끝나기 무섭게 가게청에서 술에 취한 학생들이 고래고래 악을 쓰며 노래를 불러 제쳤다. 엎친 데 덮친 격으로 술이 잔뜩 오른 학생 하나가 바깥으로 비실비실 튀어나오며 꾸역꾸역 질펀한 토사물을 길 한가운데에 토해냈다. 주인집 여자는 고개를 돌리며 낯을 찌푸렸다. 기준은 울상이 되었다.
"사정이고 뭐고 간에, 술장사는 안 되니 그리 아시우."
　주인집 여자는 기준을 매몰차게 닦아세우곤 뒤돌아섰다.
　생각 같아서는 지금 당장 주인집 여자에게 쫓아가 '내가 술장사를 하든 말든 무슨 상관이냐. 예수님도 최후의 만찬에서 포도주를 나눠 마셨다는데. 그 포도주는 술이 아니면 설탕물이냐.' 따지고 싶었다. 하지만 기준은 남과 티격태격 다투는 걸 꺼려하는 성격이라 제 속으로만 끓어오르는 부아를 삼켰다. 그러더니 시간이 지나자 기준은 오히려 주인집 이권사 댁 식구들이 모두 기독교 신자이고 큰아들이 목사이기 때문에 세든 사람이 술장사 하는 것이 교회 사람들에게 면목이 없을 것이라며, 제 먹고 살 길은 잊어버리고 주인집 사정을 되려 걱정했다.
　결국 다음날, 기준은 주점 간판을 내렸다. 주점 간판을 내리는 일로 기준은 아내에게 속 빈 인간이라는 소리를 바가지로 들었다. 팔다 남은 막걸리와 소주는 기준이 매일 한두 병씩 마셔 지금은 소주 댓 병쯤 냉장고 안에 깊숙이 처박혀 있다.

저녁 햇살이 따갑게 가게 안으로 쏟아졌다. 아내는 장을 보러 밖으로 나갔고, 한기준은 혼자 가게에 남아 설거지를 했다. 아내가 점심상을 차려주지 않아 기준은 지금까지 끼니를 굶었다. 밥통엔 아침에 해놓은 밥이 남아 있었지만 기준은 저녁밥만큼은 아내와 함께 들기로 했다. 그는 설거지를 끝내고 아내 대신 저녁상을 차려놓을 속셈이다. 도란도란 밥술을 뜨며 은근슬쩍 아내에게 화해를 신청하면 모질지 못한 아내도 맞장구치며 웃어 주리라. 이런저런 생각에 슬며시 웃음이 나왔다.
끼이익.
"어서 옵쇼."
고등학생들이 몰려왔다. '오늘은 저녁 장사가 좀 되는 날이구나.' 모처럼 기준은 흡족한 웃음을 지었다. 학생들은 6명이다. 그들은 돈가스 둘, 라면 둘, 떡볶이 하나를 주문했다. 기준 혼자서 주문을 감당하기에는 조금 벅찼다. 하지만 그는 라면을 끓이고 돈가스 튀기는 운명을 타고난 것처럼 익숙한 동작으로 주문 받은 음식을 마련하기 시작했다. 솥을 얹은 화덕에 가스 불을 붙이고 두루치기로 쓸 물을 끓이고, 그릇에 반찬을 담고, 숟가락 젓가락을 손님 머릿수에 맞게 골라놓고, 냉장고에서 고기를 꺼내고, 돈가스 접시를 장식하고, 고기를 튀겨내고, 라면봉투를 뜯어 라면을 냄비에 던져 넣는다. 그의 등줄기와 이마에 흠뻑 땀이 흘렀지만 스스로 대견스러울 정도로 재빨랐다.
"아저씨, 밥 한 그릇만 더 줘요."
"그래. 그래."
 학생들은 순식간에 음식을 먹어치우더니 천연덕스럽게 담배를 꼬나 물었다. 학생들은 저희들끼리 상소리를 섞어가며 지껄이기 시작했다. 기준은 못 본 척 뒤돌아서서 설거지에 열중했다. 학생들이 담배를 피우는 게 못마땅했으나 그들이 손님인 이상 나무랄 수 없었다. 한참 설거지를 하고 있는데 분위기가 이상했다. 순간 새시 문 열리는 예의 '끼이익' 하는 금속성소리가 귀청을 후비고, 학생들이 후닥닥 밖으로 튀어나가는 것이 아닌가. 기준이 허겁지겁 뒤쫓아 나갔으나 이미 한발 늦었다. 녀석들은 벌써 길모퉁이를 돌아 도망쳤다. 맨 나중 녀석은 돌아서며 기준을 향해 가운뎃 손가락을 치켜드는 여유를 보였다.
"젠장, 오늘 장사는 글러먹었다!"
 기준은 가게청으로 들어와 신경질을 부리며 빈 그릇을 챙겼다.
 기준은 투덜대며 설거지를 했다. 재수 옴 붙은 놈은 뒤로 자빠져도 코가 깨진다더니. 그러나 오늘 하루 기준의 불행은 이것만이 아니었다. 한참 그릇에 비누칠을 하고 있을 때였다. 1톤 트럭이 풍경분식 가게 문을 떡 가로막으며 멈춰 섰다. 기준의 가게 바로 옆 일신중고가전센터 주인 장기팔이라는 사내의 트럭이다. 기준의 미간이 찌푸려졌다. 한달 전부터 장기팔은 기준 가게 앞에 차를 주차하곤 했다. 물론 중고 냉장고나 세탁기 따위의 가전제품을 부리려고 잠시 차를 세워 두는 것이지만, 양심이 돼지털끝 만치라도 있다면, 남의 가게 앞에, 그것도 출입문을 가로막고 차를 세우지는 않는다. 처음에는 바빠서 그러겠지 하고 이해했다. 그런데 갈수록 장기팔이라는 사내는 눈꼴사납게 굴었다. 한번쯤은 사정이 이래저래 해서 차를 잠시 세우니 이해해 달라 양해를 구할 법도 한데 이 자는 기준 가게 앞이 제 집 앞마당이라도 되는 양 뻔뻔하게 차를 세우곤 했다. '내가 맘이 좋아서 참는다.' 하고 기준은 지금까지 그렇게 참아왔다.

하지만 기준의 심사도 그리 편치 않다. 그래서 오늘만큼은 저 무식한 작자의 버릇을 단단히 고쳐주어야겠다 하고 굳게 마음을 고쳐먹었다. 물론 아침에 아내와 다투지만 않았다면, 고등학생들이 음식 값을 떼먹고 달아나지만 않았다면, 기준은 오늘도 그냥 속없는 사람처럼 넘어갔을 것이다. 기준은 비눗물이 잔뜩 묻은 고무장갑을 벗고 던지고 마음을 단단히 잡아먹고 밖으로 나갔다.

"여보쇼. 차를 대려거든 돌려 대시죠. 남의 가게 문 막지 말고……."

그러나 나갈 때 드잡이라도 한판 하려던 기세와는 달리 막상 기준의 목소리는 기어 들어가는 모기 목소리였다.

장기팔은 차문을 열다 말고 마치 명예훼손이라도 당한 사람처럼 오만상을 찌푸리며 그 자리에 우뚝 멈춰 섰다. 그의 너부데데한 얼굴과 추켜올린 어깨는 웬 개새끼가 버릇없이 짖나 하는 식의 거만한 태도가 엿보였다.

"앞으론 차를 대시거든……."

기준이 한마디 더 꺼내려는 순간, 장기팔은 기준을 한 번 흘기더니, "좀 전까지는 쪼끔 미안했는데, 그 소릴 들으니 덜 미안한데, 엉."

기준은 기가 찼다. 미안하면 미안한 것이지, '쪼끔' 미안한 건 뭐고 덜 미안한 건 뭐란 말인가. 이 작자가 자신을 깔보는 것이로구나 하는 생각이 들자 기준은 기분이 잡쳐버렸다. 이런 자들은 사람이 약하게 나오면 더 강짜를 부린다는 걸 기준은 익히 알고 있다. 막돼먹은 족속들이 하는 수작이란 늘 이런 식이 아닌가. 아니다. 가진 놈 못 가진 놈, 배운 놈 못 배운 놈, 사람들은 모두 그랬다. 기준은 더 강하게 나갔다.

"이봐 형씨, 미안하면 미안한 거지. 뭐, 딴 소리야."

"이 새끼 봐라. 쥐털만한 놈이 기어오르네."

장기팔은 팔을 걷어붙이고 다짜고짜 기준의 멱살을 틀어쥐었다. 이 모든 동작이 하나의 동작처럼 일사불란한 게 싸움깨나 해본 솜씨다.

"야 새꺄, 한 번 더 씨부려봐. 엉!"

기준은 숨이 막혔다. 해골문신이 새겨진 사내 팔뚝은 억셌다.

"이거 못 놔!"

"못 논다. 씨펄!"

장기팔은 틀어쥔 손에 힘을 주며 주먹을 치켜들었다.

기준은 장기팔의 기세와 징그러운 그의 팔뚝에 낙서하듯 새겨진 해골문신에 주춤했다. 그러나 곧 그깟 문신이야 옛날 소싯적 양아치 시절에나 통하는 이야기이고, 지금은 제 놈도 처자식이 딸린, 그러니까 아무리 꼴통이라 하더라도 대한민국이라는 법치국가에서 법이 얼마나 호되다는 걸 알 만하다는 생각이 들었다. 그래서 까짓 한판 붙어봐야 절구통 엎어놓은 것 같은 놈한테 봉변이나 당하겠냐 싶어,

"어디 쳐라!" 얼굴을 내밀었다.

그 순간 눈앞이 아찔하고 정신이 어리벙벙한 게 별 몇 개가 보였다. 장기팔 주먹이 기준 눈두덩을 강타했다. 기준은 뒤로 주춤 물러섰다. 장기팔은 발길질을 하려고 황소처럼 돌진했다. 그러나 장기팔의 잇따른 기습공격은 한기준에게 반격할 기회를 제공한 셈이다. 비록 한기준이 속이 물러터지고 사람 좋은 성격이었지만 공매를 맞고도 허허 웃고 넘길 만큼 싱겁지는 않았다. 게다가 기준은 초등학교 시절 씨름선수로 활약한 바 있어 겉보기와 다르게 몸이 날랬다.

기준은 날아오는 장기팔의 발길질을 한손으로 막고 바깥다리 후리기로 상대를 넘겼다. 실로 오랜만에 한 씨름이다. 장기팔은 뒤로 발랑 나자빠져 콘크리트 바닥을 굴렀다. 이어 눈 깜짝할 사이 기준은 바닥에 쓰러진 장기팔의 머리를 겨누고 발을 치켜들었다.

구둣발을 치켜든 순간, 기준은 아침에 시장 장사치들에게 속아 물건을 산 것이며, 물러 터졌다는 아내의 핀잔과, 송림식당 여자의 야료와, 주인집 여자의 냉랭한 얼굴, 음식 값을 떼먹고 달아난 학생 녀석들이 모두 떠올랐다. 거기다가 송림동 8번지에 이사 온 날부터 지금까지 그를 괴롭혔던 많은 사람들, 송림슈퍼 여자, 송림복덕방 송영감, 구청 직원 등등 겁에 질린 장기팔 얼굴 위에 겹쳐졌다. 기준은 눈을 질끈 감고 장기팔 얼굴을 세게 걷어찼다. 발끝에 짜릿한 촉감이 와 닿았고 답답했던 가슴 한 귀퉁이가 허물어지는 느낌이었다.

기준과 장기팔은 파출소에 끌려갔다. 한기준의 발길질은 장기팔 이마를 살짝 비껴 상처는 그리 크지 않았다. 오히려 상처는 기준 쪽이 더 심한 편이었다. 기준의 한쪽 눈은 시퍼렇게 멍이 들고 퉁퉁 부어올라 마치 썩은 고등어 껍질 같았다.
"순경 양반. 저 자식, 순 깡패야. 저딴 놈은 콩밥을 먹어야 해."
 파출소에 왔을 때부터, 장기팔은 허리가 아프다는 둥 머리가 지끈거린다는 둥 엄살을 떨며 고소를 하겠다고 길길이 날뛰었다.
"여보세요. 먼저 시비를 건 쪽은 그쪽이라구요. 어디 고소를 할 테면 해봅시다. 오히려 심하게 당한 쪽은 이 사람이라구요."
 기준의 처도 맞고소를 하겠다며 악에 차서 대들었다. 한기준은 파출소 철제 의자에 몸을 파묻고 고개를 숙인 채 굳게 입을 다물었다.
"다들 조용히 하세요."
 당직 순경이 소리를 질렀다.
"한기준 씨! 거, 배울 만치 배운 사람이 함부로 주먹질을 해서야 되겠습니까?"
 기준은 아무런 대답을 하지 않았다.
"동네 사람들이고 상처도 크지 않으니 서로 화해합시다. 허허, 이거 원 이웃 간에 서로 몹쓸 짓을 하고 살아서 되겠소."
 통장인 송림복덕방 송영감이 짐짓 점잔을 빼며 화해를 주선하고 나섰다. 파출소 순경도 고소해 봤자 양쪽 모두 벌금 물고 폭력전과자로 찍히니 합의를 보라고 종용했다. 장기팔은 무슨 소리냐고 펄쩍 뛰었으나 사태가 자신에게 별로 유리할 것도 없다는 생각이 들었는지 고개를 끄덕였다.

언덕에 짙은 어둠이 깔렸다. 야간부 학생들을 가득 실은 전문대학교 셔틀버스가 좁은 언덕길을 비집으며 기준 부부 옆을 스쳐 지나갔다. 기준과 아내는 말없이 언덕을 올랐다. 동네 여자들과 아이들이 새까맣게 몰려나와 기준네 부부를 흘끔흘끔 훔쳐보며 수군거렸다. 기준은 사람들 시선이 모두 자신에게 향한다는 느낌을 받아 뒤통수가 따가웠다. 풀이 죽어 고개를 숙인 채 걷고 있는 남편의 뒷모습이 측은해서인지 기준의 처는 훌쩍거렸다. 무허가 보신탕가게 박씨 막내아들 갑수와 과일가게 길씨 큰아들 일남이가 기준 뒤꽁무니를 졸졸 따라갔다.

"아저씨, 싸움 잘 한다. 장씨 아저씨 보통 아닌데."

"이놈들아, 어여 집에 들어가!"

송림복덕방 송영감이 아이들을 나무랐다.

집에 돌아오자마자 기준은 자리를 펴고 드러누웠다. 고달픈 하루였다. 기준은 오늘 하루가 악몽이었다. 이날 입때껏 누구와 다퉈본 적이 없는 그였다. 그런데 오늘은 무슨 마가 씌웠는지 아내에게 성깔을 부리고, 결국에는 사소한 일로 이웃집 사내와 주먹질을 주고받았다.

"얼음찜질 해줄까?"

아내가 물었다.

"됐어."

"배고프지?"

"아니."

부부간에 살갑게 말을 나누는 것은 장사를 시작한 후 처음 있는 일이다. 그때, 가게 문 열리는 소리가 들렸다.

사노라면

"여보쇼. 한형, 있소?"

장기팔이다. 기팔은 가게 문턱에 한발을 엉거주춤 걸친 채 서 있었다. 기팔 뒤로 송림복덕방 송영감과 화평동 세숫대야 냉면거리에서 냉면을 파는 하상득이 밤 장막을 비집고 서 있었다. '저 자가 또 싸움을 걸려는 수작이 아닌가' 하는 의심이 들어 기준은 잠시 머뭇거렸다. 그러나 곧, 동네 사람들도 함께 와 있고, 아까 파출소에서 악수까지 하고 서로 통성명을 한 터라 별 일이 없을 것이라 여기고는 가게청으로 내려섰다.

"어쩐 일로?"

기준은 덜퍽지게 부어오른 눈두덩을 멋쩍게 문질렀다.

"술이나 한 잔 함세."

장기팔은 검정 비닐봉투를 들어 보였다. 쩔렁, 술병 부딪치는 소리가 경쾌하게 울렸다.

"일단 안으로 들어오십쇼."

사내들은 가게청 안으로 들어섰다. 기준은 석유난로에 불을 지피고, 송영감에게 먼저 자릴 권했다. 하상득, 장기팔, 기준 순서로 자리를 잡고 둘러앉았다. 기준 처가 안주를 내놓았다. 연이어 소주잔이 돌았다.

"한형, 보기 보담 단단하던데, 머리털 난 후로 정말 오늘 호되게 임자 만났어."

"뭘요."

기준은 쑥스러워 머리를 긁적였다.

"자네, 나이가 어떻게 되나?"

송영감이 벌겋게 달아오른 얼굴에 웃음을 띠며 기준에게 물었다.

"잔나비띱니다."

"그럼, 기팔이가 범띠니 큰 형뻘 되네 그려. 앞으론 이웃간에 의좋게 지내야지."

하상득이 거들며 말했다.

"예, 그럼요."

술자리가 무르익자 데면데면한 사내들 얼굴에 친근한 웃음이 퍼졌다. 사내들은 잘나갔던 왕년 시절을 한마디씩 끄집어냈다. 송영감도 젊었을 적 한주먹 했다고 허풍을 떨었다. 기준은 입을 헤벌쭉 벌리고 잠자코 듣기만 했다. 술기운이 퍼지고, 송영감이 먼저 자리를 떴다. 사내들 허풍은 차츰 넋두리로 바뀌었다. 세상살이는 힘들고, 그래서 술 먹는거라구, 없이 사는 사람은 화풀이 할 데가 없어 애꿎은 연탄재라도 걷어차 괜스레 서로를 미워하고 주먹다짐 하는거라구. 그런데 말이지 정말 사람이 몹쓸 놈이라서 그런 건 아니야. 벌겋게 얼굴을 붉히다가두 쐬주 한 잔 들이키면 쓰렸던 속이 확 풀어져 형님, 아우 하는 거지. 아무렴, 그렇지. 여보게, 노래 한곡 하세. 그럼, 그럼, 얼씨구. 왕소금 같은 세상살이에 지렁이처럼 꿈틀대다 오그라드는 게 우리네 인생이지, 물레방아처럼 돌고 도는 게 인생이지…….

기름이 떨어졌는지 석유난로에서 시커먼 그을음이 솟아올랐다. 기준은 불그스름히 타오르는 불꽃을 애꾸눈으로 바라보며 연방 하품을 한다. 꾸벅꾸벅 졸며 넋두리를 늘어놓는 사내들 입에서 소줏내가 물씬 풍겨왔다. 내일은 오늘보다 나아질 텐가. 기준은 오직 그것만을 생각했다. 이윽고 사내들은 탁자에 엎어져 모두 곯아 떨어졌다.

호황기

"이런 쌍놈들! 언놈인지 잡히기만 해라. 내 고놈의 손모가지를 똑 분질러놓을 테다."

파자마 차림의 고광해 씨가 대소쿠리처럼 불룩 튀어나온 배를 들썩이며 소리를 질렀다. 송림동 구의원이기도 한 고의원이 채신머리없이 아침부터 게걸게걸 소리를 지르는 건 부처산 8번지 주민들 들으라는 심사에서 비롯된 것이다. 갑작스런 소란에 행인들이 놀랄 일이지만, 이미 출근 시간이 훌쩍 지나버린 어중간한 아침이라 골목을 지나는 사람들은 드물고, 허구한 날 아옹다옹 뒤웅박 터지는 고성이 들끓는 8번지 골목에서 고의원의 수퇘지 때려잡는 목소리에 신경을 쓰는 사람은 눈을 까뒤집고 찾으래야 찾을 수 없었다. 다만 고의원의 아내 장여사만 난데없는 소란에 마당으로 뛰쳐나와 벌렁대는 가슴을 진정시키며 남편 눈치를 살필 뿐이다.

"문단속을 어떻게 했기에 이 모양이야!"

"그걸 나한테 다그치면 어떡하우······."

장여사는 볼을 씰룩이며 기어드는 소리로 답했다.

"원, 참."

일리 있는 말이라 고의원은 혀를 찼다. 사실 더 소릴 질러봐야 흰소리에 불과하고 목만 아플 따름이니 자기만 손해였다. 가뜩이나 육중한 몸집에 고혈압 기가 있어 한약 양약 가릴 것 없이 약 보따리를 집안에 쌓아두고 밥 먹듯 하는 사정이라 고의원은 제 몸 걱정을 하지 않을 수 없었다.

"그게 얼마짜린데······. 자그마치 석 장이라구. 석 장! 그것두 큰 걸루 말야."

고의원이 아쉬운 입맛을 다시며 말하자,

"석 장! 당신 미쳤수?"

장여사는 눈알이 휘둥그레졌다.

큰 거 석 장이란 300만원을 이르는 말이겠고, 고의원이 아침부터 열불을 내는 이유는 바로 거금 300만원을 지불하고 집 앞마당에 심어놓은 소나무가 하룻밤 사이에 뿌리째 뽑혀 감쪽같이 사라졌기 때문이다. 비록 도둑을 맞긴 했지만 이러저러한 사연이 칡넝쿨처럼 뒤엉켜 있는 소나무였다. 고의원에게 소나무를 팔아넘긴 송림만물상 변씨 말에 따르면, 그것이 지금이야 한낱 묘목 수준에 불과하지만 국보급인 종이품 소나무가 150년 만에 새끼를 친, 사람으로 치자면 그야말로 뼈대 굵고 족보 있는 소나무라는 것이다.

"이름 석 자만 들이대도 애 놈들까지 다 아는 모재벌 회장님도 탐내는

호 황 기   67

귀한 것인디요, 이번 기회에 장만하시면 후일 재산가치도 있을 뿐더러 의원님 댁 정원 분위기를 고매하게 싹 바꿔놓을 겁니다. 조선시대 풍류를 즐길 줄 아는 선비들 거지반은 소나무와 벗하고 시도 한 수씩 치지 않았습니까. 더군다나 소나무란 절개의 상징이라 뼈대 있는 가문의 선비들은 서책이나 기생보다 소나무를 가까이 했습지요."

만물상 변씨는 씨알머리 없는 소리로 은근히 고의원을 떠 보았다. 그런데 고의원은 절개니 가문이니 선비니 하는 말만 나오면 등등한 기세가 한풀 꺾이는 주변머리였기 때문에 변씨의 수작에 앞뒤 재지 않고 덜컥 걸려들었다. 일전에도 변씨는 이조백자니 분청사기니 하며 어디서 주워 모았는지 모를 사금파리를 때 빼고 반들반들 광을 내서 고의원에게 팔아 넘겨 쏠쏠한 재미를 보았다.

어찌됐든 고의원은 제 집 마당에 정원수로 심어놓은 '종2품' 새끼 소나무를 터무니없이 엄숙한 낯빛을 띠고서 아침마다 감상했다. 그런데 아뿔싸! 오늘 아침 뒤가 마린 궁둥이를 움찔거리며 조간신문을 주우러 마당에 나섰는데 제 자식만큼 애지중지 하던 종2품 소나무가 눈에 띠지 않는 것이었다. 대신 소나무가 있던 자리에는 움푹한 구덩이가 파헤쳐졌다. 고의원은 화닥닥 놀라 그만 속옷에 묽은 똥을 찔끔 흘리기까지 했다.

'언놈의 짓일까? 분명 동네 녀석들 중 하날 텐데…….'

고의원은 분한 심사를 겨우 다스리며 여러 모로 머리를 굴려 보지만 어느 놈의 짓인지 도무지 알 길이 없다.

"여보, 신고하는 게 어떠우? 도둑질은 아는 놈 짓이라는데."

장여사는 처음엔 그깟 낟가릿대만도 못한 것쯤이야 하고 대수롭지 않게 여겼으나 큰 거 석 장이라는 남편 말을 듣고 보니 몹시 아깝다는 생각이 들었다.
"이 여편네가 미쳤나! 점잖은 체면에 파출소를 들락날락하라구!"
고의원은 아내에게 발끈 성깔을 부렸다.
"아이고, 귀청 떨어지겠네. 관둡시다."
장여사가 도망치듯 집안으로 들어간 뒤에도 한동안 고의원은 움쑥 파인 구덩이를 아쉬운 듯이 멀뚱멀뚱 바라보았다. 그러다가 그의 곱지 못한 시선이 대문 옆 개집으로 옮겨갔다.
"용남이 이 녀석!"
용남이란 고의원이 방범견으로 키우는 진돗개 이름이다. 그의 큰아들은 용대, 작은아들은 용철이니까, 용남이란 짐승은 쓸 용(用)자 돌림으로 고의원의 막내아들인 셈이다. 짐승에 사람 이름을 지어주는 건 요즘 시절에 흔한 일이지만, 돌림자까지 갖다 붙이는 건 매우 보기 드문 경우라 하겠다. 어쨌든 진돗개도 만물상 변씨한테 사들인 것인데, 고의원은 100% 순종으로 알고 있지만 실은 잡종이다.
'어라, 쌍놈의 개새끼가 집안에 도둑이 들어도 짖질 않았겠다!'
고의원은 잉크냄새가 채 가시지 않은 신문지를 둘둘 말아 쥐더니 시뻘건 혓바닥을 빼물고 있는 진돗개를 노려봤다. 진돗개는 머리를 수그리고 흘끔흘끔 흐리멍덩한 눈빛으로 주인을 쳐다본다. 고의원은 신문지 뭉치를 뒷짐에 지고 짐짓 은근한 웃음을 띠고서 진돗개를 향해 살금살금 다가갔다. 무슨 영문인지 알 턱이 없는 짐승은 주인이 웃음까지 지으며 다가오자 꼬리를 세우고 살랑거렸다.
"죽어라!"
고의원은 벌컥 소리를 지르며 신문지 뭉치로 짐승 머리빡을 내질렀다. 꼬리를 흔들며 혓바닥을 날름거리던 짐승은 재빨리 개구멍으로 몸을 숨겼으나, 오히려 그것이 주인의 노여움에 불을 질렀다. 고의원은 신문지 뭉치로 개구멍을 서너 차례 들쑤시고도 성이 차지 않았는지 고함을 지르며 발길로 개집을 연거푸 걷어찼다. 그 순간, 고의원 바짓가랑이에서 뿌직! 하는 단발마적인 소리가 새어 나왔다. 발길질을 해대느라 갑자기 아랫배에 힘이 들어가 고의원은 그만 똥 방귀를 뀌며 묽은 똥을 한 번 더 찔끔거렸다. 이번엔 전과는 달리 질펀하게 싸갈겨 고의원 콧날에까지 미지근한 구린내가 풍겨왔고 질척거리는 게 뒷맛이 영 찝찔했다. 똥을 찔끔 싸지른 고의원은 더더욱 악이 바쳐 소리 지르고 발길질을 했다. 죄 없는 짐승은 깨갱깨갱 서럽게 짖어대서, 사람 고함 소리와 개 짖는 소리가 절묘한 이중창으로 어우러져 골목은 한동안 떠들썩했다. 게다가 소란스런 골목을 두부장수가 쇠종을 딸랑거리며 "두부 사려" 하고 목청을 돋우며 지나가니, 실로 보기 드문 진풍경이라 하지 않을 수 없었다.

고의원은 요즘 만사형통이다. 과거 IMF다. 뭐다 해서 세상이 시끄럽게 돌아갔지만 고리이자로 한몫 단단히 챙겼고 남는 돈은 부동산에 묻어두었다. 또한 사업도 번창일로여서 그를 지금 위치로 올려 세우는 밑거름이 된 가정용 LPG 충전소는 예전보다 벌이가 신통치 못하지만 여전히 또박또박 돈을 벌어들인다. 사실 따지고 보면, 승리가스는 고의원의 여타 사업체에 빗댄다면 졸때기에 불과하다. 그러나 가스 장사는 현찰을 만지는 장사라 재미가 쏠쏠한 편이다. 여태껏 연탄아궁이나 석유풍로를 취사도구로 쓰는 집들이 더러 있기는 했으나 대개는 가스레인지를 썼다. 어느 날 갑자기 세상이 뒤집혀 사람이 돌부처가 되지 않는 이상 하루 세끼는 꼬박꼬박 해먹어야겠고, 사람 머릿수는 기하급수로 늘고, 그러면 당연히 가스가 더 필요하지 않겠는가. 고의원은 피를 뽑듯 가스만 쪽쪽 뽑아 내다 팔면 되는 일이었다. 까짓 일이야 아랫것들인 배달원들과 경리가 알아서 하는 일이었기에 고의원은 신경 곤두세울 일도 없이 가끔씩 사무실에 들러 장부나 확인하고 그날그날 벌어들인 돈만 싹싹 긁어오면 됐다.

 이를테면 고의원은 송림동 부처산 일대에서 크게 성공한 축에 속한다. 처음 송림동에 흘러왔을 때 고씨로 불리던 것이, 어느덧 고사장으로 신분계급이 한 단계 올라갔고, 그나마 "고사장!" 하고 내놓고 호명할 사람은 송림동에선 찾아보기가 드물 정도였다. 지금에 와선 "사장님" 하는 소리가 귀에 익을 대로 익은 그였다.

 그러나 그는 알량한 사장님으로 만족할 사람이 결코 아니었다. 고의원 스스로가 한낱 장사꾼으로 머무르는 걸 용납할 수 없었다. 비록 변두리 산동네 출신이지만 그는 나름대로 뱃보가 있는 사람이다. 사내로 태어나 천하를 호령하질 못할망정 변죽에라도 끼어들어야 하지 않겠는가. 오직 그것만이 고의원의 인생철학이다. 그래서 결국 지방선거 구의원에 출마하여 말석 의원 자리였지만 당당히 배지를 가슴에 달았다.

물론 고의원의 성공가도가 자기 혼자 잘나서 다져진 것만은 아니었다. 어찌 보면 시대를 잘 만난 탓도 무시할 수 없다. 부친에게 물려받은 재산을 밑천으로 가스충전소를 차릴 수 있었고, 연탄아궁이와 석유풍로의 시대가 한물가고 바야흐로 취사도구의 일대 혁명이라 할 수 있는 가스레인지가 가난을 밑천 삼는 부처산 달동네에도 세 집 건너 한 집씩 보급이 되어 가스 장사가 황금알을 낳는 거위가 된 행운도 작용했다. 게다가 인천 변두리 일대에 말뚝 박듯 사놓은 땅뙈기가 개발 열풍에 천정부지로 뛰어오른 덕도 보았다. 또한 부창부수 격으로 아내 장여사는 땅투기를 하고 일수놀이를 찍어서 사채업자 수준으로 사업을 번창시켰다. 금리가 치솟을 땐 은행에, 아파트값이 하늘을 찌를 땐 아파트에 돈을 묻어두니 고의원 부부에겐 물 흐르듯 흘러가는 세월이 그야말로 호시절이 아닐 수 없었다.

"식사는 어째 안 해요?"

장여사는 남편 눈치를 살피며 조심스레 물었다.

"됐어. 바뻐."

퉁명스럽게 말하는 투는 고의원 전매특허다.

"그래두 끼니를 걸러야 쓰것어요."

고의원은 장여사 말 따위에 관심도 없다는 듯 딴청을 부리며 넥타이를 묶는다.

"오늘은 늦을 테니 그리 알어."

고의원은 현관문을 나서며 말했다.

"홍. 맨날 밤늦도록 술타령이니 몸이 성하겠수? 그러니 늙어빠진 영감탱이처럼 똥이나 흘리구 다니지."

좀 전에 고의원이 물찌똥을 흘린 걸 알고 하는 소리다. 욕실에 벗어둔 팬티에 누런 똥찌꺼기가 묻어 있는 것을 보고서 장여사는 남편이 주색에 빠져들더니 이젠 노망이 들어 똥오줌도 못 가리게 되었다고 생각했다.

"뭣이?"

고의원은 도끼눈을 뜨고 장여사를 노려봤다.

"내 말이 틀렸수? 오늘은 또 어떤 년한테 붙어먹을 수작이슈?"

"이 여편네가 재수 없게 아침부터 시비야."

"거시기 달렸다고 그 나잇살에 함부로 휘두르다간 제 명에 못 죽으니 그리 아시우."

"주둥뱅이 닥쳐!"

"급살을 맞지, 급살을!"

장여사는 암고양이처럼 앙앙댔다. 그도 그럴 것이 고의원의 바람기란 알 만한 사람은 죄다 아는 일이고 장여사도 남편이 바깥에서 하는 짓을 모르는 바가 아니었다. 몇 해 전, 남편 거동이 수상쩍어 뒤를 캐보니 시내아이까지 낳은, 젊은 계집과 딴살림을 차렸다. 되알진 성깔의 장여사가 첩살림을 차려놓고 몰래 아이까지 낳아 키운 남편을 가만둘 리 없었다. 장여사는 한바탕 사느니 못 사느니, 집을 나간다느니, 갈라 서자느니 몇 날 며칠 방바닥이 들썩이도록 으르딱딱거렸다. 그러다가 어느 날 막상 남편이 헤어지자고 하자 장여사는,

"멀쩡한 집 놔두고 내가 왜 집을 나가! 내 고년 가랑이를 북어 찢듯 쭉

호 황 기 73

쭉 찢어발겨야 속이 풀리지!"
하고 남편 멱살을 틀어쥐고,
"어여, 가자! 그 여시년 집에 가서, 그년 쌍판떼기 좀 구경하자!"
입에 잔뜩 버캐를 물고 바락바락 악을 썼다.
 성질머리가 장여사 못지않은 고의원이지만 뒤가 구린지라 그때만큼 그도 맞대놓고 성깔을 부릴 수 없었고 선선히 아내를 달래야 했다. 결국 장여사의 강짜에 못 이겨 고의원은 둘째 마누라에게 한 살림 떼어 주고 아이를 맡아 기르기로 합의를 봐야 했다. 고의원의 둘째 마누라는 기껏 20대 중반 나이로 세상 물정을 몰랐기 때문에 순순히 고의원 결정을 따르기로 했다. 물론 그러저러한 사이에 장여사는 어떻게 알아냈는지 둘째 마누라 집에 쳐들어가 집안 살림을 들춰내 죄다 때려 부수고, 머리끄덩이를 쥐어뜯고 사방팔방 팔방십방 도리질 치며 여자의 곱디고운 얼굴에 밭고랑 같은 손톱 자국을 내는 등 치도곤을 쳤다. 비리비리한 젊은 여자가 악이 바친 장여사를 당해낼 도리가 없는 건 당연한 이치다. 설령 맞대서 드잡이를 한다손 쳐도 장여사를 응원하러 따라온 장여사 시누이의 부채 같은 손길을 배겨내지 못했을 것이다. 어쨌든 둘째 마누라한테 얻은 아들이 지금의 막내아들 용철이다.
 고의원은 입맛만 다시고 밖으로 빠져나왔다. 마누라가 찡얼거릴 땐 서로 티격태격해 봤자 자기만 손해라 아예 내놓고 무시하는 것이 상책이었다.
 어느덧 완연한 봄이라 아침 햇볕이 제법 따뜻했다. 대문 밖에선 오씨가 승용차를 닦고 있다. 고의원이 킁, 하고 헛기침을 한다. 이는 오기사에게 제가 나타났음을 알리는 수작이다. 그러자 오기사는 걸레를 집어 던지고 고의원에게 냉큼 달려와 꾸벅 절을 한다.

"편히 주무셨는지요."

 고의원과 나이 차가 10년 안짝에 불과한데도 오기사는 머슴이 상전 모시듯 연방 굽실거렸다.

"흠."

 고의원은 다시 한 번 헛기침을 했다.

 오기사는 고의원 손끝에서 곧 떨어질 듯 달랑거리는 007서류가방을 냉큼 받아들었다.

 007가방은 고의원이 구의원에 당선된 직후 장만했다. 가방끈이 짧은 고의원은 중학생 이후로는 가방과는 전혀 인연이 없었다. 그런데 구의원에 당선되고 보니 뭔가 외모부터 지적이고 고상하게 보여야 했다. 반평생을 장사꾼으로 보낸 탓에 아무리 근엄한 낯빛을 띠려고 애를 써도 고의원 자신이 봐도 제 얼굴에선 무식한 장사꾼 티가 풀풀 묻어났다. 학력 콤플렉스라고나 할까. 그래서 고의원은 이러저러 궁리 끝에 모 대학 경영대학원에 등록했다. 물론 경영대학원은 돈푼께나 있는 자라면 누구나 들어갈 수 있으며, 정치에 뜻을 둔 정치 지망생이나 지역 기업인들이 사교클럽 삼아 모여드는 곳이다. 정식 학위를 수는 건 아니시만 대학 문턱도 밟지 못한 사람들에게는 명함에 '경영대학원 수료' 라는 그럴싸한 글귀를 써넣을 수 있으니 어지간히 구미가 당기었다.

 고의원은 무슨 크나큰 벼슬딱지라도 되는 듯 으스대며 007가방을 들고 다녔다. 벌써 10년 세월이 훌쩍 지난 일이지만, 노(盧)장군께서도 대통령직을 인수한다며 007가방을 들고 다니지 않았나. 말끔한 양복 차림에 007가방을 든 대통령 모습에는 신사다운 풍모가 갖춰져 있고 군대 짬밥으로 단련된 걸음에는 젊은이 못잖은 패기가 흐르지 않았던가. 고의원은 007가방을 든 노장군과 자신을 비교하며 남몰래 우쭐한 웃음을 흘렸다. 그런데 차츰 시간이 지남에 따라 가방을 들고 다니는 게 여간 귀찮은 일이 아니었다. 또한 007가방이란 게 생김새와 달리 속이 텅 비어도 꽤나 묵직했다. 그래서 이즈막에는 일주일에 한 번 경영대학원 수업을 받으러 갈 때와 허울뿐이지만 의정활동을 하러 구의원 회관에 행차할 때를 제외하곤 자동차 뒷자리 구석에 가방을 처박아 두었다.

　그 후 고의원은 한동안 가방 대신 자주색 보따리를 싸들고 의원회관을 들락날락거리기도 했다. 언젠가 갑작스레 텔레비전을 통해 5공 청문회를 보았던 기억이 새삼스레 떠올랐는데, 국회의원들이 죄다 보따리 꾸러미를 들고 입장하는 것이 아닌가. 당시 고의원은 저놈의 보따리에 대체 뭐가 들었을까, 여간 궁금하지 않을 수 없었다.

"제깟 놈들이 뭐 별 수 있겠나. 보나마나 쓰잘데기 없는 종이 뭉텅이나 들었겠지."

하고 당시에는 비아냥거렸으나, 문득 생각해 보니 자못 진지한 표정으로 보따리를 풀어헤치는 국회의원 본새가 부럽기도 했다. 그래서 그도 국회의원 흉내를 낸답시고 보따리 뭉치를 들고 구의회 회관에 출입했던 것이다. 그런데 동료 의원들이 그를 우습게 취급하는 것이었다.

"금배지라도 단 줄 아나보지."

"그러게. 원, 참. 촌시러워서. 의원 망신은 혼자 시키구 돌아다니니."
"누가 아니래나."
 자신의 뒤통수에 대고 쑥석쑥석 수군덕대는 동료 의원들의 따가운 눈초리를 견딜 수 없어 고의원은 곧 보따리를 내팽개쳐야 했다. 그리고 다시 거치적거리는 007가방을 들고다녔다. 요즘 들어 속이 텅텅 빈 007가방도 꽤나 쓸모 있긴하다만 빈 가방이 어디에 그리 쓸모가 있는지에 대해서는 고의원이 입을 굳게 다물고 있어 그 자신만이 아는 비밀이다. 다만 짐작컨대 고의원이 돈푼이나 있는 사내들과 자주 어울려 다니고 룸살롱을 빈번히 출입하는 걸로 보아 그리 좋은 일에 쓰이지 않는 것만은 틀림없다.

 고의원을 태운 승용차는 좁은 골목길을 빠져나갔다. 고의원은 푹신한 뒷자리에 몸을 파묻고 차창밖에 펼쳐진 산동네 풍경을 바라보았다. 한결같이 더럽고 볼썽사나웠다. 게딱지같이 서로 처마를 맞댄 집들하며, 쥐뿔도 없는 주제에 애새끼들은 어찌 그리 퍼질러 놓았는지 가뜩이나 비좁은 골목길에 꾀죄죄한 애놈들이 벌레떼처럼 버글댄다. 등교시간이라 골목에 아이들이 많은 걸 모르는 바 아니면서도 고의원은 궁시렁거렸다.
"이놈의 동네를 깡그리 갈아엎던가 해야지 원, 참……."
 혀를 차는 고의원 미간에 큼지막한 석 三자가 새겨졌다.
"어디로 모실까요?"
 오기사가 묻자 고의원은 깊은 수심에 잠긴 사람처럼 한동안 아무런 말이 없었다.

  고의원은 딱 부러지게 갈 만한 곳이 없었다. 승리가스야 아우인 고광수가 그 대신 일을 맡아 운영하고 있고, 삼봉금융산업이란 간판이 걸린 사채 사무실은 그의 처 장여사 몫이었다. 전에는 그가 직접 경영하던 알짜배기 돈줄이었으나 정치에만 뜻을 두겠다고 작심을 한 후로는 사업에서 손을 뗀지 꽤 오래 되었다. 그가 경영 일선에 나서지 않더라도 그의 사업은 굴렁쇠 굴러가듯 탈 없이 잘만 굴러갔다. 사정이 그러하니 천하 무사태평인 고의원에게 시름이랄 것은 눈곱만치도 있을 턱이 없었다.

  그러나 요즘 고의원에게도 남모를 고민이 하나 있다. 그건 다가온 지방선거다. 과거 풀뿌린가 무뿌리 민주주의인가 해서 사방팔방 떠들어대기에 고의원은 기회다 싶어 구의원 선거에 입후보했고 당당히 당선됐다. 남부러울 게 없는 고의원이 의원직에 입후보한 건 순전히 관직에 대한 동경 때문이다. 사업을 한답시고 이리 뛰고 저리 뛰다보니 당연 관공서 출입이 빈번해졌다. 거칠 게 없는 승승장구의 길을 걷던 고의원은 세무서나 구청에만 가면 영문도 없이 오금이 오그라드는 것이었다. 이 세상에 널린 게 돈이고 그 돈을 먼저 줍는 게 임자라는 딴에는 지극히 합리적인 생각을 가졌다고 자부하는 고의원으로서는 사사건건 자신의 사업에 끼어들어 훼방을 놓는 자들, 그러니까 자신이 피땀 흘려 벌어들인 돈을 손가락 하나 까딱하지 않고 거저먹으려 드는 관직에 계시는 분들이 저주스럽기도 했고 부럽기도 했다. 그래서 잔머리가 잘 돌아가는 고의원은 손쉽게 돈을 벌어들이는 방법도 있구나 하는 생각에 미치게 되었다. 그리고 끗발로 따지자면 조선시대 말단 아전격에 불과하지만 막상 구의원에 당선되고 보니, 신분상 대우도 달라지고, 비록 많은 돈은 아니지만 공돈도 심심찮게 굴러들어와 구의원 생활에 제법 쏠쏠한 재미를 붙였다.

그런데 정치판 돌아가는 꼴을 보자 하니 선거구 당 둘씩 뽑던 구의원 수가 절반으로 줄어들 모양 아닌가. 예전에 고의원은 사무실에 앉아 신문을 보던 중 선거법이 개정됐다는 기사를 보고 직원들 시선에는 아랑곳하지 않고, 책상을 탕탕 치면서 쇳소리를 질러댔다. 영문을 모르는 직원들은 고개를 책상머리에 구겨 박고 슬금슬금 고의원 눈치를 볼 뿐이었다.

"줄일 테면 제 놈들 밥그릇이나 줄이지 왜 남의 밥그릇 가지고 이러쿵저러쿵 씨부렁댄단 말이야! 제 놈들 의석 수를 줄일라 치면 필시 들쥐새끼 모양으루 들구일어날 테지."

고의원은 신문지를 움켜쥐며 생니를 부드득 갈았다. 그러나 분개한들 소용없는 노릇이다. 끗발 없는 구의원이 감히 국회의원 나리들이 국가의 일년지대사를 논하는 자리에 끼어들어 콩 내라 팥 내라 할 수 없는 일이었다. 그는 머리털 나고 생전 처음으로 힘없고 빽 없는 자의 서러움을 느꼈다. 또한 불경스럽게도 이놈의 나라가 분명 글러먹어도 한참이나 글러먹었다는 생각에 이르게 됐다. 명색이 문민정부다 국민의 정부다 해서 그나마 국민의 기본권이 보장되었기에 망정이지, 만약 전(前) 시대에 그런 생각을 가졌다면 신변에 탈이 나도 벌써 크게 났을 것이다. 하지만 평소 보수주의자―고의원에겐 보신주의와 일맥상통하

호황기 79

는—를 자처해 온 고의원이 서슬 퍼런 군사독재 시절에 그 따위 위험 천만한 발상을 했을 리는 없었을 것이다.

"지금이야 내 한낱 변방의 가객에 불과하지만 앞으로 어디 두고 보자. 당당히 중앙으로 입성해 보일 테다. 이놈들아! 누군 날 때부터 가슴팍에 금배지 달고 나왔냐!"

고의원은 먼 옛날 제갈공명 출사표에 버금가는 웅장한 절규를 퍼부어 댔던 것이 벌써 한달 전 일이다.

"의원님, 어디로 모실까요……?"

오기사는 고의원 눈치를 살피며 재차 물었다. 그의 말이 채 끝나기도 전에 고의원은 퉁명스런 목소리로 그러나 짐짓 점잔을 빼는 투로,

"조합으로 가세."

짧게 말했다.

조합이란 '부처산 주택재개발조합'을 뜻하는 말이다. 조합이 생길 때 고의원은 고문으로 위촉되었다. 물론 무슨 재개발조합이 정당도 아닌데 해괴하게 고문 따위 직책이 있겠냐 의아스럽기는 했다. 게다가 이문 밝기로 소문이 난 고의원이 돈 한 푼 생기지 않는 재개발조합 사무실에 고문이랍시고 들락날락하니 알다가도 모를 일이었다. 하지만 고의원이 누군가! 모르긴 해도 제 잇속과 꿍꿍이를 챙기는 데는 득도를 넘어 입신의 경지에 오르지 않았는가. 우선 그는 송림동 일대에 주택을 일곱 채나 가지고 있다. 그러니 송림동 주택재개발조합 일에 어느 누구보다 지대한 관심을 지닌 걸 이해 못하는 바 아니다.

차는 언덕길을 휘돌아 내려갔다. 멀리 부처산 정상 부근에 우뚝 솟아 있는 성곽 같은 집이 보인다. 그것은 다름 아닌 고의원 집이다. 슬레이트 지붕을 얹은 블록 집들 위로 솟아오른 그의 집은 유난히 돋보였다. 고의원은 헤벌쭉 웃음을 흘렸다.

비록 구중중한 산동네 한가운데 처신사납게 자리 잡고 있지만, 전망만큼은 인천 어디에 내놓아도 꿀리지 않는 명당이다. 2층 창문을 열면 인천의 옛 중심지가 훤히 내다보인다. 멀리 서쪽으로 동인천, 신포동이 눈에 들어오고 그 옆으로 벌거벗은 여인네의 몸뚱이 같은 육중한 영종도 섬 자락이 길게 누워 있다. 날씨만 괜찮다 싶으면 잿빛 바다도 은빛으로 출렁댄다. 그러나 가까운 시야에 들어오는 송림동, 송현동, 금곡동 일대의 언덕들은 쓰레기매립지와 다를 바 없었다. 울그락불그락 빛바랜 지붕들이며, 살을 발라낸 생선뼈 같은 텔레비전 안테나, 집 위에 집을 한 채 더 올려놓은 것같이 빽빽하고 볼썽사나운 무허가 주택들이 고의원 눈에는 가시 같은 존재들이었다.

하지만 흉물스런 풍경도 잠깐 세월이면 깡그리 사라지고 말 것이다. 이미 금곡동과 송현동 일대 산동네들이 황토 빛 민둥산으로 말끔히 뒤바뀌지 않았는가. 머지않아 이곳 송림동 일대에도 재개발 바람이 불 것이다. 그리 되면…… 후후. 생각만 해도 웃음과 지화자가 절로 터져 나온다. 마누라와 자식 놈들이 이사를 가자고 아우성쳤지만 고의원이 집을 팔지 않고 버틸 때는 그만한 이유가 있었던 것이다. 게다가 송림동 터줏대감인 고의원은 장차 이곳을 터전으로 국회의원 선거에 도전할 원대한 꿈마저 품고 있었다.

'영샘이 대중이 형님들도 죄다 제 고향을 뿌리 삼아 대통령까정 해먹지 않았느냐 말이시지. 그런데 나라구 못할 바 없지. 고것도 뭐시 큰 벼슬하자는 것두 아니구. 고장을 대표하는 금배지 한 번 달아 보려는 것인데 누가 뭐라 할 것두 없지.'
고의원이 늘 혼잣말로 뇌까리는 소리였다.

조합 사무실은 한가했다. 조합장 홍종대, 부조합장 박덕순은 코빼기도 보이지 않고, 그밖에 김부장, 최과장은 모두 빈둥거리고 있었다. 고의원이 사무실에 들어섰을 때, 김부장은 스포츠 신문에 고개를 박고 있었고, 최과장은 컴퓨터 앞에 앉아 벽돌깨기 게임에 정신이 푹 빠져 있었다. 경리로 일하는 일미냉면 하상득 씨 큰딸 영순이만 혼자 복사기 앞에 서서 서류를 뽑느라 분주했다.
"흠흠."
고의원이 헛기침을 하자 그제야 김부장, 최과장, 영순이 인사를 했다.
"의원님 오셨습니까."
김부장은 벌떡 일어나 인사를 했으나 최과장은 회전의자를 빙그르 반쯤 돌려 의자에 몸을 기댄 채 뭉그적거리며 고개만 까닥거린다.
'고얀놈.'
고의원은 못마땅한 표정을 지으며 중얼거렸다.
"조합장은 어디 출타했나?"
"아, 예. 지금 조합장님은 방에서 부조합장님과 말씀나누시는 뎁쇼."
김부장은 조합장 방을 턱짓으로 가리키며 실실 웃는다.

'저자가 뭘 잘못 먹었나?'

고의원은 깎은 새서방처럼 말쑥한 김부장 얼굴을 빤히 바라본다. 김부장이란 자는 요모조모 뜯어보아도 정이 붙지 않는 얼굴이다. 양볼이 벽돌로 때려놓은 듯 납작 들어간 데다 짝 찢어진 눈이 영락없는 사기꾼 관상이다.

"흠흠."

고의원은 헛기침을 하고 미적미적 조합장 방으로 향했다. 그러고는 노크도 없이 문을 덜컹 열어젖혔다.

"에구머니!"

부조합장의 낮은 비명이 터져 나왔다.

고의원은 눈이 휘둥그레져 그 자리에 얼어붙듯 멈춰 섰다. 방안에선 낯 뜨거운 장면이 벌어지고 있었다. 조합장 홍종대 무릎 위에 부조합장 박덕순 여사가 다소곳이 앉아 있는 것이 아닌가. 박여사의 치맛자락은 허벅지께로 감겨 올라가 있고, 살이 올라 실팍한 박여사 허벅지가 허옇게 드러나 있다. 허벅지를 드러낸 박여사도, 그녀의 허리에 팔을 감고 평평한 젖가슴을 더듬고 있는 홍종대도, 눈알이 퉁방울같이 휘둥그레진 고의원도 한결같이 입을 벌린 채 아무런 소리도 내지 못했다. 그들의 꼬락서니가 정지된 화면 같다고나 할까. 그러나 일순간 박여사는 화들짝 일어나 치마를 쓸어내리고 헝클어진 옷매무새를 바로 잡았다. 홍종대는 침을 한 모금 삼키더니,

"어이, 고의원 왔나."

천연덕스럽게 딴청을 부렸다. 홍종대의 침 넘기는 꿀꺽, 소리가 고의

원 귀에 들릴락 말락했다.
"재미 좋수다."
고의원은 늠실늠실 웃으며 말했다.
"……."
"의원님은 노크도 할 줄 모르세요."
박여사가 뱁새눈을 뜨고 고의원을 흘겼다. 그녀의 양볼은 빨갛게 상기되어 있었으나 뻔뻔스럽게도 그다지 부끄러운 기색은 아니었다.
"조합장 방이 뒷간인가. 노크하게."
고의원은 능갈맞게 굴며 소파에 육중한 몸을 파묻었다.
박여사는 송림시장에서 건어물 장사를 하는 여자인데 말과 행동이 거쿨져 송림시장 상인들 사이에선 여장부로 통했다. 그녀는 부처산 주택재개발조합에서 부조합장 직책을 맡으면서부터 장사는 뒷전이고 요즘엔 바깥으로 나돌았다. 하긴 부조합장 월급이 200만원이니 장사 따위가 성에 찰 리 없었다. 게다가 직원들 거느리고 날마다 회식하고 손님 접대하며 술도 마시고, 노래방 가서 목이 째져라 노래도 부르고, 이따금 카바레에서 뭇사내 품에 거뿐히 안겨 블루스도 한판 땅기는 녹녹한 재미는 아득바득 북어대가리와 씨름하는 건어물장사와는 애초부터 비교되지 않는 일이었다. 더군다나 사람 팔자란 시간문제여서, 시장에선 그녀를 애새끼나 늙은 놈이나 아줌마라고 부르지만 부조합장이 된 후론 사람들이 꼬박꼬박 부조합장님 내지는 박여사님 하고 깍듯이 존대를 하지 않는가.
"차 한 잔 드릴까요?"

박여사는 고의원과 홍조합장의 대답을 기다리지도 않고 밖으로 팽 나가버린다.

잠시 후 커피가 들어오고, 고의원은 담배를 한 대 뽑아 물며 자못 심각한 표정으로 말을 꺼냈다.

"여보게, 부탁한 일은 잘 되고 있나?"

"무얼?"

"이 사람이 딴청 부리긴 송현동 분양딱지와 주택 구입 건 말일세."

"아, 고것이…… 글쎄 요즘 것들이 약아빠져 가지구설랑. 몇 푼 더 내놓으라고 그러더구만, 그리구 재개발되문 무슨 떼돈이라도 버는 줄 아는지 당최 집 팔 생각들을 안 하네 그려."

삐쩍 곯은 체구의 홍종대는 낯가죽이 간지러운지 볼따구니를 긁적이며 말한다. 그러면서 한숨 돌리며 슬쩍 고의원 눈치를 살폈다. 고의원은 골똘히 무언가를 생각하는 눈치였다.

"돈 좀 더 얹어 주면 딱지를 내놓겠다는 사람이 더러 있긴 한데……."

"염려말구, 알아서 하게. 자네 노고는 잊지 않을 테니."

고의원은 중간에서 거간비 명목으로 돈을 빼먹으려 드는 홍종대의 뻔한 수작을 짐작하면서도 짐짓 모른 체했다. 어차피 공짜로 남의 뒤치다꺼리 해 줄 놈은 세상에 없는 것이니 중간에서 몇 푼 뜯어먹어도 당연한 일이라고 여긴 것이다. 고의원과 홍종대는 각자 따로따로 꿍꿍이 속이 있다. 물론 그들도 그런 사실을 모르는 바 아니다. 다만 겉으로만 서로 웃는 낯짝을 내밀 뿐이다. 그들은 악어와 악어새 같은 공생관계랄까. 고의원은 홍종대를 들러리로 내세워 아파트 분양딱지를 쓸어 모으고 앞으로 헐리게 될 주택들을 구입했고, 홍종대는 중간에서 수수료 조로 돈을 챙기는 것이었다.

'그깟 푼돈 쪼가리야 근천스런 네놈 아귓속에나 실컷 처넣어라. 정작 큰돈은 죄다 내 차지가 될 테니까 말이다.'

남 돕는 일에는 밴댕이 소갈딱지이지만 제 돈벌이에 있어서는 뱃보가 고래 뱃속인 고의원다운 기백 넘치는 발상이다.

하긴 득실을 따지자면, 지금 당장이야 쌈지 돈이 빠져나가는 것이지만, 훗날을 놓고 보면 고의원에게 만만찮은 목돈이 굴러 들어올 혜안 있는 투자였던 셈이다.

반면 홍종대는 송림동 주택재개발조합에서 조합장 월급으로 한 달에 250만원씩 타가고 또한 매달 조합장 판공비조로 200만원을 챙기는 걸로 만족해 했다. 고의원에 비하면 그리 대단찮은 일이지만, 과거 건달로 빈둥거리며 아내에게 용돈이나 타 쓰던 홍종대로서는 신수가 트였다고 아니 할 수 없다.

그런데 주택재개발조합이 무슨 돈이 있어서 사무실을 운영하고 직원들 월급을 주느냐 하면, 조합과 건축 계약을 맺은 건설회사에서 조합 운영비 일체를 대주는 것이었다. 물론 건설회사도 자선단체가 아닌 이윤을 목적으로 한 기업인 바, 다달이 조합으로 나가는 비용에 상응하는 무언가 야료가 있기는 있다. 완곡한 표현을 빌리자면 송림동을 둘러싸고 홍종대, 고의원, 건설회사가 서로 상부상조하여 이윤을 챙기고 부가가치를 높이는 그야말로 서로 돕는 한국식 미풍양속과 미국식 자본주의 경제원리의 조화에 따르는 것이었다. 게다가 한술 더 떠, 한 푼이라도 더 우려먹으려는 인간사의 복잡다단한 복마전이 조합 사무실을 근거지로 벌어지고 있으니, 상부상조와 복마전의 기치를 높이 추켜올린 삼인방의 농간에 등터지고 피를 보는 건 송림동 부처산 주민들임은 더 말할 나위 없는 일이다.

 밤이 깊었다. 낮에 고의원 행적은 특별한 것이 없다. 홍종대와 박여사와 함께 송도에 가서 점심을 먹고, 반주 삼아 소주 몇 잔 걸치고, 찻집에 들어가 차를 마신 게 고작이다. 슬슬 유람 삼아 돌아다니면 돈이 저절로 굴러드니 필시 돈이란 시곗바늘과도 같은 것이었다. 시간이란 흐르는 물과 같아서 고의원에겐 하루 한나절이 아쉬울 만치 짧게 느껴졌다. 그러나 밤은 고의원에게 환락과 유흥을 주는 다른 세상이었다. 그리고 그날 하루 벌어들인 수입이 결산되고 현찰을 거머쥘 수 있는 금싸라기 같은 시간이었다.
 고의원은 홍종대와 박여사를 먼저 돌려보내고 건설회사 실무자와 단골 룸살롱에서 술자리를 가졌다. 술을 푸는 내내 시답지 않은 얘기들이 오고 갔지만 정작 오늘 술자리의 본론이라 할 수 있는 일은 술자리를 파할 즈음 이루어졌다. 접대부들을 물리고, 건설회사 직원은 두툼한 돈 봉투를 고의원에게 건넸다.
 "조합일로 수고가 많으십니다."
 건설회사 직원이 이렇게 생색을 내는 건 조합 일에 사사건건 비토를 걸고넘어지는 고의원 입을 틀어막으려는 수작이다.
 "뭐, 수고랄 게 있남, 서로 잘되자구 하는 일인데."

건설회사 직원이 기대해 마지않는 뼈 있는 선문답이다.

술도 한 잔 걸쳤겠다, 기분도 쌈박한 게 이대로 집으로 돌아가긴 왠지 섭섭했다. 고의원은 염마담 집으로 차를 돌렸다. 차안에서 미리 전화를 걸어 손님이 있나 물어보고, 오늘은 그리로 갈 테니 일찍 가게 문을 닫고 집에 돌아와 있으라고 일러두었다. 그는 손목을 치켜들어 시계를 보며, '오늘은 꼭 두 시간만 있다 간다.' 하고 중얼거렸다. 앞서 잠시 얘기했듯이 첩을 들인 게 화근이 되어, 아내 장여사가 동네 우세스럽게 한바탕 드잡이를 놓았기 때문에 그렇게 다짐했다.

물론 마누라 등쌀이 두려운 것은 아니다. 그깟 쭈그렁 여편네가 제 발로 집을 나가면 오히려 고의원 자신만 복 터지는 일이다. 그 참에 새 장가 들고 새 마누라를 들여놓을 수도 있다. 하지만 집안 일이 두부 썰 듯 쉬운 것은 아니다. 만약 마누라가 이혼을 하자고 한다면 지금까지 피땀 흘려 모은 재산의 절반은 위자료 명목으로 마누라에게 족히 떼어주어야 하는 것이고, 장차 국회의원직에 도전하려는 원대한 포부를 품은 그의 명망에 계집질 한 놈이라는 흠집이 생길게 뻔했다. 뭐가 그리 큰지 클씨(氏) 성을 가진 미국 클린턴 대통령도 스캔들 때문에 곤욕을 치르지 않았는가. 재산 쪼개지는 생각, 정치경력에 흠집이 가는 생각 등등, 이러저러한 궁리 끝에, 고의원은 무슨 일이 있어도 가정만큼은 지켜야겠다고 단단히 다짐했다.

마침내 고의원은 새로 얻은 첩, 염마담 아파트에 도착했다. 염마담은 목욕 가운을 걸친 채 문을 따 주었다. 염마담은 진정 반가워하는 기색 없이 팩 토라진 얼굴로 등을 돌리고 거실로 몸을 내뺐다. 고의원은 영문도 모른 채 멋쩍은 낯을 붉히며 안으로 들어섰다.

"애야, 왜 그러냐?"

고의원은 염마담 어깨에 손을 얹으며 달래듯 말했다.

"흥!"

염마담은 고의원 손을 뿌리치며 돌아앉았다.

"왜 그러냐니까? 내가 무슨 잘못이라두 했냐? 좌우간 뭔일인지 모르지만 내가 사죄하마. 화 풀구 이리 온."

고의원이 설설 기는 소리를 내자 염마담은 입을 삐쭉 내밀고,

"도대체 의원님은 나를 뭘루 아는 거예요! 요즘은 자주 오지도 않고."

토라진 소리를 내는 염마담의 나이는 이제 겨우 스물여섯이라 마담 칭호를 듣기엔 거북살스런 게 없지 아니하나 뱃속에 백년 묵은 여우가 들어앉는지 양 볼에 거짓 눈물까지 그렁그렁 흘려내는 꼴이 탤런트 뺨을 때린다. 하긴 거짓 눈물도 일찍이 열여섯 앳된 나이에 화류계에 입문하면서부터 저절로 터득한 생존비법이다. 이렇듯 눈물을 눈가에 찍어 바르면서, 염마담은 한편으로 고의원 안색을 살폈다. 고의원의 주름살 잡힌 얼굴에서 제법 황망한 빛을 찾아내자 염마담은 제대로 걸려들었구나.' 내심 쾌재를 부르며, 고의원 품에 풀썩 안겼다.

그러한 염마담의 수작을 알 길 없는 고의원은 마음 한 구석이 짠해져 염마담의 가녀린 몸뚱이를 쓸어안고 다독다독 등을 두드렸다.

"아이, 내 또래 애들은 시집가서 도란도란 가정을 꾸미고 사는데, 난 정말 뭐란 말예요. 의원님만 철석같이 믿구 한평생 의지하려 든 내가 바보랄 밖에."

염마담은 슬그머니 꽁무니를 내빼며 울먹였다.

울먹이는 계집이 측은한 생각이 들어, 오십 줄 넘은 고의원 마음도 약간 짠해지기는 하였다. 고의원은 염마담 말대로 자신이 몹쓸 짓을 한다고 생각이 들었다.

남녀가 도색놀음에만 빠져 연애질만 하는 요즘 같은 시대에, 나이 차이가 30년이 넘는 두 남녀의 애틋한 사랑은 나이를 초월한 눈물어린 로맨스라 아니할 수 없다.

"애, 희경아?"

어느새 고의원은 염마담의 팽팽한 젖가슴에 손을 올리고 다정스레 말했다.

"왜요?"

"이 참에, 아덜 하나만 낳자."

"아이고, 망측해라. 의원님은 맨날 자식 타령이에요. 늙어 빠져 가지구. 호호."

"뭣이? 요것이."

고의원은 염마담의 탄탄한 볼기를 철썩 때렸다.

"아야! 내 말이 틀렸어요. 다 큰 아들도 둘씩이나 있으면서."

"그놈들이 한결같이 지지리도 못났응께 그렇지. 더두 말구 떡두꺼비 같은 아덜 하나만 낳자. 응?"

"의원님 닮은 애라면 정말 두꺼비상이겠네요. 호호."

"자아, 오늘 당장 씨뿌리자."

고의원은 염마담을 바닥에 쓰러뜨려 대소쿠리 같은 배로 계집을 짓누르며 말했다.

"싫어욧!"

"왜?"

"오늘은 안 된단 말예요."

"혹시 그럼…… 오늘이 그날이란 말이냐?"

고의원 얼굴이 똥 씹은 얼굴로 굳어졌다.

"아뇨. 힘써 봤자 소용없는 맹탕인 날이니까. 히잉…….."

"그래두 좋다."

말이 끝나기 무섭게 고의원이 염마담을 찍어 눌렀고 그녀는 가늘게 신음을 터뜨렸다.

몇 해 전에도 첩 자식을 들인 고의원이 또다시 아들을 원하는 데에는 나름 이유가 있다. 고의원의 평소 지론에 따르면, 집안이 번창하기 위해선 자식 농사를 잘 지어야 하고, 자식 농사라는 게 한둘 낳아서는 확률상으로 잘 될 턱이 없다는 것이다. 그래서 질보단 양으로 호박넝쿨에 호박 달리듯 주렁주렁 씨를 뿌려놓으면 적어도 그 중 한두 놈은 잘난 놈이 나오기 마련이고, 저절로 집안이 번창한다는 것이다. 하지만 이닐 입때껏 집안 돌아가는 꼬락서니를 볼 때 고의원의 자식 농사는 그리 신통한 게 못되었다. 한자로 쓸용(用) 자를 놀림자로 히어 세상에 크게 쓰이는 인물이 되라 하는 뜻을 붙여준 장남 용대는 벌써 대학시험에 세 번이나 낙방했고, 둘째 마누라한테서 얻은 막내 용철이는 쇠처럼 단단히 살라 이름을 지어준 것인데 누굴 닮았는지 쇠처럼 단단하기는커녕 머리가 조금 모자란 듯싶고, 오히려 동네 애들한테 얻어터지기 일쑤였다. 하긴 머리가 쇠처럼 단단하기로 따지자면 막내아들 작명은 성공한 셈이다.

그럭저럭 시간이 흐르고, 고의원은 이제 그만 일어서야 할 시간이 되었다. 하지만 고의원의 쌀가마니같이 불룩 솟아오른 배 위에 찰거머리처럼 달라붙은 염마담이 도무지 놓아주려 하지 않는다. 물론 나이 어린 계집이 늙어빠진 사내가 좋아서 찰싹 달라붙어 있는 것은 아니었다. 어차피 첩살이 신세인 바에야, 영감이 제 좋다고 쫓아다닐 적에 한밑천 오붓이 긁어내고, 떨어질 적에 후련하게 떨어지려는 까닭이다. 그래서 요즘에는 고의원 소유로 되어 있는 카페와 아파트를 제 소유로 명의이전 해달라고 염마담은 조르고 있다. 그러나 고의원은 두꺼운 입술을 굳게 다물 뿐이다. 한두 차례 실랑이 끝에 고의원은 칭얼대는 염마담을 겨우 달래어 떼어놓고 일어났다.

장여사는 안방에 혼자 가살스럽게 틀어 앉았다가, 남편이 기신기신 들어오는 걸 보고 가뜩이나 심통 맞은 얼굴을 잔뜩 응그려 붙였다. 남편의 번지르르한 낯짝에 눈이 대꾼한 걸보니, 여태껏 술을 처먹은 것 같지는 않구, 옷을 갈아입을 때 풍기는 남편 체취에서 찡한 계집 향내가 묻어 나오는 걸로 미루어 짐작컨대, 분명히 계집년과 한바탕 붙어먹고 온 게 틀림없다.

"재미 좋았겠수?"

톡 쏘아붙이는 아내 말에 고의원은 딴청을 부리며 되물었다.

"뭘?"

"몰라서 물으시우, 어디서 붙어먹다 이제 오는 거야!"

장여사는 시치미 떼지 말라는 투로 다그쳤다.

"이 사람이, 정신 나갔나, 생사람 잡구 지랄이야, 시방."

"그럼 왜 죄지은 사람처럼 기어드는 거유?"

장여사는 확실한 물증이 없어 부글부글 끓어오르는 성깔을 애써 죽이며 누글누글하게 말했다. 오입질한 사내에게서 딱히 표가 나는 것도 아니니, 속 후련히 한판 대거리를 할 수도 없고, 짐작만 갈 뿐이라 갑갑증이 치밀어 환장할 지경이다.

"사업상 술 마셨는데 무슨 헷소리야. 자아 보라구."

고의원은 예의 돈 봉투를 방바닥에 던졌다.

"이게 웬 돈이유?"

장여사는 금세 얼굴이 희색이 되었다.

고의원은 오늘 저녁에 재개발조합 허가 문제로 건설회사 누굴 만났고, 사내들이 사업 얘기를 하다보니 본의 아니게 계집 있는 곳에서 술을 마시게 됐다며 한편의 장황한 소설을 썼다. 하지만 그 이후에 벌어졌던, 고의원 작 소설의 대미격인 염마담과의 에로틱 로맨스는 끝끝내 밝히지 않았다. 남편 맡이 적이 미심쩍었으나 돈에 눈이 뒤집어져 제정신 아닌 장여사는 고의원 말을 곧이곧대로 믿는 눈치였고, 미련하게도 그녀는 고생했다며 남편에게 시원한 꿀물까지 대령했다.

고의원은 돈이란 참으로 묘한 것이라 생각했다. 나이 차를 초월해 사랑을 나눌 수 있고, 앙앙불락 하던 부부 사이도 금실 좋게 유지할 수 있으니, 돈이란 참으로 전지전능한 거라고 말할 수밖에 없었다.

이렇듯 고의원의 애정행각은 돈의 권능 앞에서 쉽사리 묻히고, 고의원 부부는 별 다툼 없이 편안히 잠자리에 들었다. 그러나 돈이 모이는 곳에 당연히 사람이 꼬여드는 것이어서, 이날 새벽, 모처럼 별 탈 없이 고요하기만 하던 고의원 댁에 밤손님이 찾아들었다.
　꿈속에서도 무슨 좋은 일이 벌어졌는지, 고의원은 육중한 거구를 뒤척이며, 침이 줄줄 흐르는 입가에 실웃음마저 머금고 연신 '조타. 조아.' 잠꼬대를 했다. 이어 길몽이 흉몽으로 바뀌었는지 피둥피둥한 볼때기와 반쯤 벗겨진 이마에 식은땀이 맺혔다.
　고의원은 번쩍 눈을 떴다. 악몽 중에 깨어난 경우 대개가 안도의 한숨을 내쉬는 법인데, 웬걸! 눈앞에 스타킹을 뒤집어 쓴 사내가 팔뚝만한 회칼로 목을 겨누고 있지 않은가. 고의원은 다급한 와중에도 아내 걱정이 들었는지 아니면 아내라도 의지하려 들었는지 손을 뻗어 장여사가 누워 있는 쪽을 더듬었다. 더듬는 손끝에 닿는 건 아내 장여사의 푸짐한 몸뚱어리가 아닌 이불 뭉치였다. 곁눈질로 보니 아내는 벌써 이불을 뒤집어 쓴 채 고슴도치처럼 웅크리고 있었다. 아내는 끙끙, 겁에 질린 신음소리를 내며 떠는데, 두툼한 솜이불이 들썩거릴 정도였다.
　"내놔!"
　밤손님은 칼을 고의원의 두 겹 세 겹 겹친 목줄기에 들이대며 호령했다.
　"무얼 말씀하시는지……."
　고의원은 입에 자물쇠를 채웠는지 말이 제대로 떨어지지 않았다. 아닌 밤중에 당한, 목숨이 오락가락 하는 일이라 놀라 자빠져 목숨을 구걸해야 할 입장이었지만, 고의원은 여유만만히 딴청을 부렸다.

"이 자식이 놀고 있네. 돈 내놔!"

밤손님 칼끝에 살기등등한 힘이 들어가자 그제야 고의원은 애걸복걸했다.

"목심만 살려주웁쇼……."

입때껏 남 밑에서 머리를 조아린다거나 구걸을 해본 적이 없는 고의원으로선 강도에게 목숨을 애걸하는 것이 여간 낯 뜨거운 일이 아닐 수 없었다. 게다가 목숨보다 귀히 여기는 돈을 두 눈 시퍼렇게 뜨고 제 손으로 바쳐야 하니 속이 뒤집어질 노릇이었다. 그러나 일단 산목숨을 부지하는 게 급선무라 별 수 없이 돈 있는 곳을 가리켰다. 장롱 서랍 깊숙한 곳에서 풀숲에서 개구리가 튀어나오듯 시퍼런 지폐뭉치와 패물이 쏟아져 나왔다. 고의원은 희미한 새벽빛 속에서 핏덩이 같은 돈이 밤손님 행낭 속으로 들어가는 장면을 그저 마른 침만을 꿀꺽꿀꺽 삼키며 안타깝게 지켜보았다.

"어어! 너 돈 많다."

밤손님은 이게 웬 횡재냐 싶어 감탄사를 연발했다.

"이놈아, 꼼짝 마라. 끽 소리라도 내면 목구멍에 바람 들어갈 줄 알아!"

이렇게 호령을 하고 돌아서는 밤손님에게 고의원은 상황이 호전되는 줄 알고 한숨을 돌리며 물었다.

"혹시, 신선생님 아니십니까?"

"뭐, 신선생?!"

"부산 교도소에서 탈옥한…… 그 신출귀몰하다는……."

"신선생이 청송 간 지가 언젠데 뭔 허튼 소리냐. 형님이야말로 신선생 할아버지뻘 되니 수작부리면 네 식구들 죄다 줄초상 나는 줄 알아."
"여부가 있겠습니까."
고의원은 밤손님이 해를 입히지 않은 것만으로도 감지덕지하여 연방 굽실거렸다.
한편 밤손님은 강도짓을 직업으로 삼은 이후 오늘같이 횡재한 날이 드물어 웃음이 절로 나왔고, 또한 고의원같이 여유만만한 녀석은 처음이라, 스타킹을 뒤집어 쓴 험악한 얼굴에 쭈글쭈글한 비웃음을 흘렸다.
강도가 돌아가고 한참 후에 고의원 부부는 이불 속에서 기어 나왔다. 고의원은 전화통을 붙잡고 자신을 빤히 쳐다보는 아내를 향해 고개를 가로 저었다. 아내 장여사는 경찰서에 신고하자며 징징댔다. 고의원도 강탈당한 돈이 적이 아깝지 않은 것은 아니었다. 그러나 어차피 불로소득이고, 그깟 돈이야 며칠이면 그만큼 벌어들일 수 있는 것이니 별로 대수로울 것도 없다며 애써 위안을 삼았다. 하나뿐인 목숨을 부지한 것만으로도 고의원은 천만다행이라 여겼다.
'죄다 배터지게 먹구 즐기구 떵떵거리고 사는 이 좋은 호황기에, 먼저 세상을 하직하면 죽어서두 하늘로 곱게 못 가지. 구천을 떠도는 귀신이 될 밖에.'
고의원은 목숨이 붙어 있는 게 영 믿어지지 않아 칼이 닿았던 목줄기를 어루만지고 고개를 쭈뼛거리며 중얼거렸다.

어느덧 날이 밝았다. 밤새 고의원 댁에 사변이 생긴 것에는 아랑곳없이 참새 떼는 울어댔고 신문 배달원 오토바이는 부처산 좁은 골목길을 으르렁대며 내달렸다. 출근을 준비하는 사람들의 세수하는 물소리, 뒷간에서 힘쓰는 소리, 두부장수의 쇠종 흔드는 소리가 골목마다 은은히 맴도는 아침이었다.

구만길 씨의 하루

밤새 켜켜이 쌓인 눈발이 바람에 날린다.

부처산 8번지 산동네에서 우세할 거라곤 뺨따귀를 후려치는 바람뿐인지, 매해 겨울마다 겪는 가난과 실직의 그림자가 올겨울에는 더욱 모질고 야박스러워졌다는 소리가 골목마다 떠돌았다. 그만큼 바람은 동장군 콧바람처럼 매서웠다. 하긴 째진 입에 풀칠하며 근근이 빌어먹고 사는 꼬락서니가 하루아침에 벼슬을 할 것도 아닐 테고 비루한 처지란 늘 마찬가지다. 주정뱅이 사내들의 해묵은 술자리에서나 불쑥불쑥 튀어나올 법한 객설이지만, 취중에 진담 나온다고 그래도 전에는 소 뒷걸음질로 생쥐라도 잡듯 푼돈께나 조몰락조몰락하던 것이 요즘에는 무 베듯이 싹둑 끊겼다는 것이다. 한 귀로 흘려보낼 소리들이지만 옆집 새댁이 치마 춤을 부스럭거리며 똥 누는 소리가 안방까지 푸근하게 들려오던 시절이 부처산 산동네에도 없지 않았던 모양이다.

이러저러한 잡생각을 하며 영미이발관 구만길 씨는 쓸던 빗자루를 멈추고 몇 해 전 소방도로가 뚫려 폭이 꽤나 널찍해진 언덕 골목길을 물끄러미 휘둘러보았다. 푸르스름한 동살빛이 도는 이른 아침, 눈길이 유난히 하얗다. 눈길 위로 그럭저럭 운이 트여 막노동판에 도장이라도 찍었을 혹은 신수가 사나워 인력시장 한편 공터에 퍼더버리고 앉아 부글부글한 빈속에 깡소주나 들이부을 8번지 사람들의 발자국이 주정을 부리듯이 어지러이 놓여 있다. 치신사납게 들어앉은 무허가 주택들과 솜이불 같은 눈을 뒤집어 쓴 슬레이트 지붕 너머로 보이는 대학 건물과 고층건물이 여느 때와 다름없이 고즈넉하다. 아침마다 유난히 짖어대던 장씨네 누렁이도 오늘따라 잠잠하다. 엊저녁 장씨 부부가 한바탕 시끌벅적 싸우더니만, 혹 노름꾼 장씨가 화풀이를 한답시고 애꿎은 누렁이 배때기를 걷어찼는지도 모를 일이다. 장씨네 부부싸움에 누렁이 배 터진다는 우스갯소리가 떠돌 정도로 장씨네 부부싸움은 부처산 사람들에게 이골이 난 형편이다.

"짐승만도 못할 짓이지……."

그렇게 생각하다가, 다시 돌이키자니 근처 송림동 일대에서 과거 싸다듬이로 소문난 장씨에게 물고가 났을 장씨댁을 떠올리며 구만길 씨는 씁쓸히 혀를 찼다.

"우수 경칩이면 내동강 물도 풀린나던네 이세 웬 날벼락야."

언덕 아래 골목 입구에서 송림슈퍼 철수 엄마가 발목까지 감겨오는 눈을 헤치며 뒤뚱뒤뚱 언덕을 오르며, 마치 누구라도 들으라는 듯이 혼자서 큰소리로 떠든다.

머리를 양어깨 사이로 끌어당겨 가뜩이나 짤막한 체구가 놀란 자라

새끼처럼 움츠러든, 주근깨투성이 철수 엄마의 호들갑에 구씨는 찡그렸던 이맛살을 펴고 헛웃음을 쳤다.

"밤새 편안하셨소?"

구씨는 벗겨진 머리를 쓰다듬으며 철수 엄마에게 친절히 인사를 건네 붙였다. 딴에는 나잇살에 걸맞게 제법 점잖을 뺀다고 헛기침까지 하는데 불쑥하니 무릎이 난 추리닝 바람에 플라스틱 대빗자루를 든 몰골이 비루먹은 늙은 망아지 꼬락서니다.

"장사는 잘 되아요?"

화들짝 놀라며 반겨 웃는 철수 엄마의 눈에도 구씨의 어벙벙한 모습이 볼썽사나웠는지, 만나는 사람들에게 으레 하는 인사치레에 비웃음이 녹녹히 숨겨져 있다. 워낙 속이 없는 인물이라 그런 까닭을 모르는 구씨는 헤벌쭉 입을 벌리고 말을 받아넘긴다.

"글쎄, 학생들이 방학이라 그란지 여엉 시원치 않습디다."

"곧 개학이니 나아지겠지요."

"아무렴 그래야죠. 우리네 같은 하루벌이가 허구헌 날 공쳐서야……."

말끝을 흐리는 구씨는 길 아래 언덕길 입구와 도로가 맞붙은 삼거리 모퉁이에 위치한 미용실을 곱지 않은 시선으로 쏘아보며 원망 섞인 한숨을 길게 토해냈다.

이를테면 구만길 씨는 부처산 8번지 토박이다. 시시껄렁하게도 부처산 일대에서 터줏대감인양 은근히 강짜를 부리는 소갈머리 없는 사내들 중 노름꾼 장씨와 같은 뒷골목 양아치 패들이 있는가 하면, 그들보다 한두 연배 위로 나름대로 8번지 골목에서 장사로 성공한 축들도 있다. 구씨는 후자에 속하는데, 그가 뭐 그리 대단한 장사 밑천을 갖고 있는 것은 아니었다. 다만 게딱지만 한 이발소 가겟방이긴 하지만 어엿한 건물 주인이요 영미이발관 대표직을 겸하고 있으니, 절반이 막노동 품팔이나 노점으로 연명하는 동네 주민들의 구저분한 삶과 견주어 볼때 우세를 떨어도 그리 밉상스럽지 않을 처지이기는 하다. 사정이 그러하기에 구씨에게 단지 시름이랄 게 있다면 왕년의 영화배우 '조춘'처럼 머리가 번들번들 벗겨지는 것뿐이어서, 만약 구씨의 속내가 아등바등 빌어먹고 사는 부처산 주민들 귀에 털끝만큼 들어가기라도 한다면 염병할 놈이 배아지 따뜻하니 배부른 소릴 허구 자빠졌네, 하는 욕지거리를 얻어먹을 그야말로 별로 기분 나쁘지 않을 넉넉한 형편이다.

헌데, 이게 웬 날벼락인가! 작년 11월 초순쯤이었을까. 구씨의 영미이발관 바로 아래 서너 칸 건너 골목 어귀에, 이름이 헤어 박 인지 '헤어 박통'인지 하는 꼴같잖은 반대머리 녀석이 영미이발관과 경쟁업소 격인 마샬미용실을 차린 것이다. 비단 구씨네 영미이발관과 헤어 박의 마샬미용실 뿐만 아니라, 몇 해 전부터 부처산 8번지 골목에는 토박이 장사치들과 새롭게 비집고 들어오는 장사치들의 보이지 않는 대립이 생겨나기 일쑤였는데, 드러내놓고 암상궂게 구는 경우는 구씨와 헤어 박 뿐이었다. 물론 강샘을 부리는 태반이 구씨의 심통에서 비롯된 것은 두말 할 나위도 없다.

이발소 알루미늄 새시 문이 열리며 구씨의 처 양평댁의 통방울눈이 흘기죽죽 밖을 향한다. 양평댁은 골목길을 한 번 휘둘러보고 슈퍼집 여자의 짤딱막한 몸집과 남편의 번들거리는 대머리를 번갈아 흘기더니 이

내 곧 퉁명스럽게 남편에게 쏘아붙이는 소릴 냅다 질렀다.
"눈이나 쓸지 않구 뭐하구 있수!"
 중년을 넘겨 환갑을 바라보는 나이지만 질투심이란 게 있어 아무짝에도 쓸모없는 늙은 남편이지만, 저것들이 아침부터 무언 혀 빠질 소릴 지껄이구 지랄이야, 하고 심통이 나서 송림슈퍼 철수 엄마와 얘기 나누는 남편 꼴을 못마땅하게 여겼던 것이다. 하지만 양평댁은 잔뜩 찌푸렸던 오만상을 눈치 채지 않게 제 속내를 재빨리 훤하게 붙들어 맨 후 철수 엄마에게 살갑게 말을 건넨다.
"웬 눈이 이리 많이 왔대."
 오십 줄을 넘긴 나이라 양평댁 얼굴에는 잔주름이 거미줄처럼 가득 그어져 있으나 자신보다 족히 대여섯은 덜 먹었을 철수 엄마의 팽팽한 얼굴에 뒤질세라 추켜올린 입 꼬리에 생글거리는 웃음이 담겨져 있다.
"글쎄 말예요. 하늘이 쪼개진 것두 아닐 테구."
 양평댁의 삐딱한 속마음을 모르는 바 아니지만, 철수 엄마는 하늘을 쳐다보며 짐짓 근심스런 표정으로 말을 받았다.
"젠장, 눈이야 동사무소 제설차가 오면 금방 치워질 걸 아침부터 빗자루질 하라구 지랄하기는."
 구씨는 양평댁 들으라는 듯 투덜댄다.
"제 집 앞 눈은 알아서 치워야 할 것 아니우, 나잇살이나 먹구 게을러 터져 가지구."
"어참. 알았으니 아침부터 바가지 긁지 말라구."
 철수 엄마를 사이에 두고 으르렁거려봤자 사내 체면만 구겨질 거란 걸 뻔히 아는 구씨로선 주춤하며 물러설 길밖에 없는 노릇이다.

"머리빡 시려 죽겠구먼 털모자나 찾아놓지 않구 설랑……."

씹어뱉듯 중얼거리며 구씨는 분이라도 삭이려는 듯 길바닥에 보기 좋게 침을 한번 퉤 뱉었다.

남편의 흐리멍덩한 불평에도 양평댁은 귀가 솔깃해져 벼르고 별렀단 듯이 눈에 쌍심지를 켜고,

"이 영감탱이가 술 처 먹구 모자는 어따 팽개쳐 놓구선 마누라더러 시방 감 나와라 배 나와라 지랄이야!"

지지 않고 대들었다.

양평댁의 괴팍스런 으름장을 못들은 척 구씨는 고개도 들지 않고 비질에만 열중한다.

"일찍 나왔네요?"

언제 나타났는지 장미분식 진호 엄마가 양손 가득 장바구니를 들고 지나며 철수 엄마와 구씨, 양평댁에게 인사를 건다.

"무얼 그리 장을 봤어?"

철수 엄마가 새살을 떨며 장바구니 안을 기웃거리며 묻자,

"오늘 내놓을 찬거리 좀 샀어."

넉넉해 보이는 인상의 진호 엄마는 입가에 비시시 웃음을 띤 목소리로 대답하며 총총히 걸음을 옮기며 언덕을 올라간다.

"지독한 여편네야. 방학이라 손님두 없을 텐데 노상 가게 문을 여니…… 돈에 환장하지 않구서야. 저러다 병이 나두 크게 나지."

양평댁은 멀어져 가는 진호 엄마 뒷모습을 물끄러미 바라보며 나지

막이 중얼거렸다.

"먹구 살려면야 어쩔 수야 없겠지요. 누가 꽁으로 돈 갔다 바치는 것두 아닐 테구, 생돈 깨지지 않구 가게 세라두 내려면 푼돈 깜냥이라두 벌어야겠지요."

"철수 엄마 말이 일리는 있지. 근데 장사도 안 되는 골목에서 무얼 주워 처먹겠다고 분식집은 자꾸 들어서누?"

"누가 아니랍디까. 하지만서두, 벌써 두 해째 퇴출이다 구조조정이라 해서 달랑 불알만 두 쪽 찬 사내들이 쏟아져 나오구, 산 입에 거미줄일 랑 칠 수 없는 노릇 아니겠습니까? 그러니 퇴직금 탈탈 털구 있는 돈 없는 돈 끌어다가 변통한다는 게 장사 아닙니까? 그 중 젤로 만만해 보이는 게 먹는 장사겠구, 까짓 돈푼이야 있으면 그럴싸한 식당을 차리겠지만서두, 대개가 푼돈이나 으스러지도록 틀어쥐고 머리를 쥐어 짜 낸다는 게 분식점 아니면 동네 치킨집 아니겠어요? 그러니 사람이라도 쬐끔 살만한 곳에 분식집, 만두집, 중국집, 치킨집들이 빌붙어 들어오기 마련이지요. 궁상스런 동네긴 하지만 그래두 우리 동네에 붙어먹을 전문대학이라도 있지 않습니까? 그런데 무언 장사간에 그리 호락호락한 게 아니라니까요. 비록 구멍가게지만 나도 장사물 좀 먹어서 하는 얘긴데, 뭣 모르고 댐볐다간 몇 달 안에 깨진 제 밑구녕 보기일쑤지요. 큰길 버스정거장 앞 송림식당두 벌써 쫄딱 망해가지구설랑…… 권리금도 한푼 못 받고 쫓겨났대요."

"쫓겨나다니?"

"집주인 년이 직접 식당을 한다나요. 그래서 세든 사람을 내친 거죠."

"원 참, 고약한 여편네 같으니라구, 세상이 어렵고 없이 살수록 올망 졸망 서로 의지해야지. 그래, 식당 주인은 순순히 나갔단 말이지? 나 같으면 어림 반푼두 없어. 껍질이 홀랑 벗겨져라 머리끄덩일 죄 쥐어뜯고 버팅겨야지."

자신이 당한 일이라도 되는 것처럼 양평댁은 낯을 찌푸렸다. 양평댁의 맞방아질에 철수 엄마는 신바람이 나서 파랗게 언 입술에 침까지 바르며,

"세든 사람 쪽에선 오히려 잘 된 일인지 몰라요. 권리금이야 뗐다손 쳐도 보증금은 건졌잖아요. 되먹지도 않는 식당, 붙들고 늘어져 봤자 월세푼도 못 내고 보증금만 야금야금 까먹어 종국엔 빈털터리가 될 테니까요. 오히려 쥔네가 도와준 꼴이랄 밖에요."

제법 알은체하며 수선을 떨었다.

"그게 또 그런감?"

"송림식당은 둘째 치고 천광교회 이권사 댁 가겟방에도 새로 사람이 들었다는군요."

"그 집구석은 허구헌 날 주인이 바뀌나 보구려. 요번엔 또 어떤 사람인가?"

철수 엄마는 동네에 소소한 일까지 속주머니 꿰차듯 훤히 알고 있어 부처산 8번지 골목에서 미주알고주알 모르는 게 없는 참새 방앗간으로 소문이 자자한 여자다. 양평댁은 철수 엄마가 경망스럽게 떠드는 꼴이 다소 못마땅했으나, 철수엄마는 침까지 튀겨가며 연이어 이야기 보따리를 풀어놓았다.

"젊은 사람들인데, 부부라고 합디다. 헌데 제 눈으로 보기룬 부부 같진 않고, 젊은것들이 눈이 맞어 그저 덜컥 살림을 차린 눈칩디다. 며칠 전 이삿짐 들어오는 걸 봤는데 살림살이라곤 이불 보따리와 죄다 라면 상자뿐이지 뭡니까. 라면상자에 라면만 든 건 아닐 테고 그렇다고 높으신 양반처럼 돈 다발을 숨긴 것두 아닐 테고, 뭔가 들긴 들었겠지만 기껏해야 옷 나부랭이나 밥그릇 따위의 쪼개진 사금파리겠지요. 버젓이 혼인한 관계라면 흔한 농짝이라도 있을 것 아니겠어요? 하기사 코딱지만한 가겟방에 농짝은커녕 뒤주짝 하나 들여놓을 수도 없겠지만, 그리구 뭐어, 말이야 분식점을 한다구 씨부렁대던데 사내고 여자고 곱살 맞게 생긴 게 고생살이는 아예 겪어본 것 같지는 않구…… 그렇다고 장사꾼 체질도 아닌 것 같더라니까요. 나이도 이제 겨우 스물여덟 아홉이나 먹었을까…… 그보다 못하면 못했지 더 하지는 않을 겁니다. 듣자하니 권리금도 솔찮이 주고 들어왔다는데, 내 장담하겠는데 아마 그 집도 몇 달 안 가서 거덜날 테니 어디 두고 봅시다. 요즘같이 뒤숭숭한 세상에선 영미 아부지처럼 하다못해 이발 기술이라두 지니고 있는 게 최고지요."

"하긴 우리 양반두 군대에서 이발 기술을 배워놔 갖고……."

입에 발린 소린지 짐작 못하는 바 아니지만 남편을 추켜세우는 통에 양평댁은 눈을 치우느라 벗겨진 이마빼기에 땀이 송골송골 맺힌 구씨를 한 번 바라보고는 어깨를 으쓱거렸다.

한편 구씨는 가게 앞 눈을 대충 치우고 나서 문턱에 앉아 담배를 빼어 물고 철수 엄마와 양평댁을 물끄러미 쳐다보며, '고놈의 여편네들

춥지두 않나. 무언 놈에 새살이 그리 길담. 에이, 썩을 놈에…… 주둥뱅이나 얼어라.' 혼잣말을 중얼거렸다. 한동안 구씨는, 뭐가 그리 우스운지 깔깔거리는 철수 엄마와 질그릇 깨지는 소리로 덩달아 웃어대는 마누라 양평댁을 잠자코 보고만 있다가, 무슨 심통맞은 생각이 번뜩 떠올랐는지 침을 한 번 꿀꺽 삼키고 목소리를 돋워 양평댁에게 소리를 버럭 질렀다.

"염병! 사람 굶겨 죽일 작정야, 밥상 안 차릴 거야!"

구씨가 소리치자 그제야 철수 엄마는 정색을 하고 말을 멈췄다.

"아이 참, 내 이러구 있을 게 아니라 어여 상 봐야지."

양평댁은 철수 엄마에게 동의를 구하는 말을 건네고 별 까탈 없이 이발소 안으로 쑤욱 들어간다.

"시간이 벌써 이렇게 됐네."

철수 엄마도 아쉬운 듯 혼잣말을 중얼거리며 송림슈퍼를 향해 발걸음을 옮겼다.

바람은 여전히 쌀쌀맞다. 몸이 으스스한 게 감기 기운이 도는 것 같아 구씨도 그만 안으로 들어갈 요량으로 담뱃불을 담벼락에 몰아놓은 눈덩이 위에 비벼 끄고 빗자루를 챙겨들었다. 그리고 궁둥이를 털고 일어나 막 첫걸음을 옮겨놓을 참에, 언덕 골목길로 접어드는 장기팔을 발견했다. 구씨는 장씨를 곱지 않은 시선으로 곁눈질했다. 고개를 숙이고 투벅투벅 올라오는 맥빠진 걸음걸이로 보아하니, 밤새도록 화투장을 돌리다가 또 주머니를 털린 모양이다.

"여보게 기팔이, 이른 아침부텀 어딜 당겨오나?"

구씨는 장기팔이 노름판에서 날밤을 까고 돌아오는 걸 뻔히 짐작하면서도 짐짓 모른 체하며 능청스럽게 물었다.
"어, 예…… 산보 삼아……."
장씨는 토끼 눈을 뜨고 대답을 주어 섬겼다.
"산보? 그거 조오치."
그렇게 말했으나 속으로는 '이 놈아, 요런 날 무슨 얼어죽을 산보냐! 눈알이 데꾼하고 눈자위가 시뻘건 걸 보니 또 노름판에서 밤을 새다 밑천 다 털리구 개평 술이나 얻어 먹구 오는 길이겠지.' 비냥거렸다.
"그나저나 자네, 이발해야 쓰것네. 머리털 자른지 두 달은 넘었을 걸."
구씨는 직업이 이발사이니만큼 만나는 동네사람 머리 터럭에만 관심이 쏠려 '머리가 단정치 못하다', '이발 좀 해야겠다' 하는 말을 능청스럽게 늘어놓았다. 그런데 이번에는 다소 가시가 돋친 말이다. 그도 그럴 것이 마샬미용실이 생긴 이후 석 달이 넘게 장씨가 영미이발관에 발길을 끊었기 때문이다.
"예, 예…… 그래야지요."
장씨는 얼굴을 붉힌 채 변명하듯 황급히 자리를 피한다.
"아침부텀 재수가 없게스리."
장기팔은 눈앞에 어른거리는 화투패를 지워버리 듯 고개를 절래 흔들며, 누구에게 하는지 모를 말을 구시렁거렸다.
"염병할 놈, 제 마누라만 못할 짓이지."
구만길 씨는 멀어져 가는 장기팔 뒤통수에 대고 흐리마리하게 욕을 퍼부었다. 그는 시장기가 돌아 방구석으로 돌아가 아침밥을 먹어야겠다는 생각으로 추리닝 바지에 붙은 눈을 빗자루로 탁탁 털었다. 그때, 언덕 중턱에서 송림슈퍼 철수 엄마의 질그릇 깨지는 목소리가 들려, 구씨는 그 편으로 눈길을 돌렸다.
"아아니, 두어 달 전에 꿔간 돈을 여태껏 갚지 않는 건 무슨 도둑놈 심보요? 급하다구 사정해서 꿔 줬으면, 이잣돈은 둘째 치고 원금이나 제때 갚아야 할 것 아뉴!"
철수 엄마는 팔짱을 낀 채 이따금 통통히 살찐 손가락을 치켜들어 눈구멍이라도 찌를 듯이 삿대질을 하며 검정색 가죽 잠바 사내를 다그쳤다.
철수 엄마에게 붙잡힌 사내는 최영감 집 지하에서 셋방살이 하는 화평동 냉면골목 냉면장수 하상득 씨다. 하씨는 머리를 긁적거리며, 오십 줄을 바라보는 나이에 아침부터 봉변을 당하는 꼴이 자신도 한심하게 느껴졌는지 난감한 표정을 짓는다. 기껏 생각해낸 변명이,
"영남 에미한테 받으래두요. 나 원, 참."
"또 영남 엄말 들먹거리는 거유? 내 그렇지 않아도 별루구별러, 지난주에도 영남 엄마한테 이집 아저씨가 돈 꿔 가지고설랑 여즉 갚지 않으니 제발 좀 대신 갚아 달라니깐. 그 인간이 꾸어 간 돈을 왜 내가 갚으요, 하고 오히려 큰소리 칩디다."
철수 엄마는 하씨 아내 영남 엄마 말투를 흉내 내며 으르딱딱거린다.
"얄잘없이 돈까정 쥐어주며 영남 에미한테 분명 일렀는데…… 이놈에 여편네가 깡통을 삶아 먹었나……."
하씨는 더듬더듬 말끝을 흐렸다. 더듬거리며 어색하게 말하는 품이

영락없이 거짓말이 틀림없다.
"거어, 씨도 안 멕히는 소리 마시오. 잉! 내 대뜸 돈 달라기 어려워, 혹시 영남 아부지가 저한테 전해주라는 거 없습디까, 은근슬쩍 물었구먼."
 철수 엄마는 질그릇 깨지는 소리를 내다가도, 자신이 한말을 되풀이하는 대목에선 탤런트 뺨치듯 표정을 바꿔가며 나긋나긋,
"글쎄, 금시초문이란 듯 오히려 나를 이상한 년 보듯 합디다!"
 다그칠 땐 예의 그 특유의 항아리 깨지는 소리로 하씨를 사정없이 몰아 세웠다.
"거어, 이상할 노릇이네······."
 하씨는 뾰족한 변통수가 떠오르지 않아 입맛만을 쩍쩍 다셨다.
 동네에 사소한 큰소리라도 나면 '존 구경 났수다' 하고 벌떼처럼 몰려나왔을 8번지 주민들은 날이 춥고 폭설이 내린 탓인지 송림복덕방 송영감을 제외하고 오늘따라 밖으로 기어 나오는 사람이 없다. 그 바람에 그나마 하상득 씨는 동네 우셋거리만은 간신히 모면했다. 더군다나 아귀같은 성질의 영남 엄마가 아침 장을 본다며 새벽부터 가게로 먼저 나갔기에 망정이지, 자칫 잘못했다간 곱으로 욕을 볼 뻔했다. 하지만 때마침 큰딸 영순이가 출근하러 대문을 열고 집을 나오다가 철수 엄마와 아버지가 실랑이하는 걸 대면하였다.
"아빠, 무슨 일예요?"
 영순이는 철수 엄마와 아버지를 보며 말했다.
"뭐 별일 아니다. 회사 늦겠다. 어여 출근이나 해라."
 아무렇지 않은 듯 하씨는 영순이를 돌려세워 놓고, 잠시 머뭇거리다

딸을 불러 세웠다.
"여엉순아!"
맥이 풀린 목소리다.
"왜요?"
잠시 대답없이 딸 얼굴만 쳐다보다 겨우 한다는 소리가,
"너 3만원 있냐?"
그나마 빈대도 낯짝은 있어서 하씨는 면구스런 얼굴을 한다. 그러나 곧 뻔뻔스럽게 얼굴을 고쳐 아버지로서 위엄을 잃지 않으려는 투로 다시금 딸에게 묻는다.
"3만원 말이다."
"예?"
영순은 뜻밖이란 표정이다. 그러나 곧 사태가 짐작이 되는지 아무 소리하지 않고 지갑에서 3만원을 꺼내 아버지에게 선선히 건네주었다.
"내가 또 네 신세를 지는구나."
하씨는 딸에게 돈을 받아들고,
"옛소, 큰 돈두 아닌 걸 가지구 아침부터 생트집은……."
우쭐대며 철수 엄마에게 돈을 덥석 쥐어준다.
"아니, 그럼 내가 생돈 달라구 억지를 부린다는 거유 뭐유?"
"됐오. 됐어! 참."
하씨는 손사래를 치며 도망치듯 딸과 함께 언덕길을 내려간다.
"초래비 신랑 같은 풍신이 딸 하나는 잘 뒀어."
방금 전 댕돌처럼 야무지게 을러대던 얼굴은 오간 데 없이 철수 엄마

는 기분 좋게 지폐를 주머니에 구겨 넣으며 멀리 영미이발관 앞을 지나가는 하씨 부녀의 뒷모습을 한동안 바라보다 쿨룩쿨룩 기침을 하며 서둘러 슈퍼 안으로 들어갔다.

"상득이 이발해야 것네?"

구만길 씨는 하씨에게 먼저 알은체를 했다. 하씨는 영미이발관의 오랜 단골이다. 그래서 동생뻘 되는 하씨에게 구만길 씨는 먼저 인사를 건넸다.

"형님두 참, 만날 적마다 이발하라는 소리뿐입니까?"

"깎새가 이발하란 말밖에, 무얼 딴소리가 필요한가? 어째, 오늘은 이발 안 할랑가?"

"다음 주나 해야지요. 오늘은 좀 바뻐 설랑……"

"안녕하세요. 아저씨."

영순이도 구만길 씨에게 인사한다.

구씨는 영순이가 제 아비 하씨와 달리 참 얌전하고 예의바르다고 생각했다. 훤칠한 키는 아니지만 키도 저만하면 어디 내놓아도 꿀리지 않고, 절색이라 할 수는 없지만 얼굴도 반반하고 복스러운 것이 며느리감으로 괜찮을 성싶었다.

"이봐, 상득이 의리 없이 딴 데 가지 말구 시간 내서 꼭 들르게. 내 면도는 공것으로 해줄 테니."

"염려 푹 놓으시오."

길모퉁이를 돌아 사라지는 하씨 부녀의 뒷모습을 물끄러미 쳐다보던 구만길 씨는 군대에서 하사관으로 말뚝을 박은 큰아들 태만이가

문득 떠올라,

"그 녀석두 이제 장가갈 때가 됐는데······."

마른 입맛을 쩍쩍 다신다.

  구씨는 사람들이 하씨만큼 마음이 서분서분했으면 오죽할까 하는 생각을 한다. 하상득 같은 장년층을 빼고는 마샬미용실이 생긴 이후 8번지 골목의 젊은 축들은 영미이발관에 발걸음을 끊은 지 오래다. 장미분식집 진호, 좀 전까지 새살을 떨던 송림슈퍼집 아들 철수 같은 고등학생뿐만 아니라, 당진방아간 아들 병훈, 병우 형제같은 대학생들도 마샬미용실로 발걸음을 돌렸다. 철딱서니 없는 애놈들이야 그렇다쳐두 장가까지 든 노름꾼 장기팔이, 송림복덕방 송노인 집에 세 들어 사는 목수장이 박남수, 그 녀석과 한통속인 얼금뱅이 타일장이 정지구 등등 마샬미용실에 출입하는 눈치였다. 더군다나, 전혀 예상치 못한 일이었지만, 언덕 위에 있는 중·고등학교에 다니는 학생 손님마저 마샬미용실 헤어 박인지 박통인지 하는 녀석에게 빼앗기고 나니, 그만 열통이 터져 얼마 남지 않은 잔 머리털이 덥석 빠지는 기분이다. 장사 안 되는 건 둘째 치더라도 불알 두 쪽 달린 사내 녀석들이 미용실에 뻔질나게 드나드는 꼴이 구씨에게는 영 못마땅한 것이다. 사정이 그러하니 예전에 단골이었던, 앞으로도 단골일 8번지 손님들을 가로채간 헤어 박이란 작자는 구만길 씨에게는 칼 대신 가위를 든 강도요 눈엣가시였다.

  허나 말이야 딱 부러지게 하자면, 수년간 단골로 영미이발관을 드나들었던, 구만길 씨 말을 빌리자면 의리라곤 반푼도없는 녀석들인 8번지 사내들에게도 나름 할 말이 있다. 이발소란 서비스 업종이라 할 수 있는데 영미이발관 서비스는 그리 신통치 못했기 때문이다. 더군다나 구씨의 이발 기술이란 것이 도무지 케케묵어, 스포츠머리 아니면 60~70년대 유행했을 법한 상고머리가 고작이어서 구씨 손을 거쳐 간 사람들의 헤어스타일은 젊은 녀석들이나 늙은 영감들이나 판에 박은 듯 운동선수형 아니면 갓 서울로 올라온 시골 신사형이다. 게다가 이발소 서비스는 영 엉망이어서 머리를 감겨 줄 때도 샴푸를 쓰는 법이 없이 예쁜이 비누로 머리를 감겨 준다. 물론 구씨야 물자절약과 환경보호를 한답시고 샴푸를 쓰지 않고 비누를 쓴다지만 손님들에겐 씨알도 먹히지 않는 소리다.

어쨌든 샴푸를 쓰지 않는 것에 대해 내놓고 불만을 보이지 않던 사람들조차 한겨울에도 뜨뜻미지근한 물로 머리를 감겨주고, 젖은 머리를 드라이로 말려주기는커녕 수건으로 대충 물기를 탁탁 털어주며 "머리에 혈액 순환 되고 좋지. 마사지 효과도 있고, 안 그런감?" 하고 능청을 부리는 일에 대해선 굳이 불쾌한 감정을 숨기려들지 않았다. 또한 여타 이발소에서 손님들에게 수시로 내놓는 야쿠르트나 박카스 따위는 영미이발관에선 아예 코빼기도 볼 수 없었다. 사정이 이러하니 동네 주민들이 영미이발관을 외면하는 것은 당연한 순리였다.

결국 마샬미용실에 손님을 태반 빼앗기고 나서야 구만길 씨는 정신을 차렸고, 부랴부랴 서비스로 야쿠르트를 내놓았지만 동네 사람들 마음은 이미 마샬미용실 쪽으로 기운 지 오래였다. 그나마 뜸하게 영미이발관에 이발하러 오는 손님들은 옛정을 끊거나 구만길 씨의 따가운 시선을 외면하기 어려워하는 축들이다. 실상 손님이 끊겨 할 일이 뜸해진 구씨는 바깥만을 뚫어지게 응시할 뿐이고, 혹 아는 얼굴이라도 지나갈라 싶으면 대뜸 불러 세워놓고, "어이 이발 안하나?" 또는 "요새 왜 뜸한가?" 흰소리를 쳤다.

 구만길 씨가 동네 길목에서 장승처럼 떡하니 버티고 서서 주민들 머리통만 쏘아보는 사정이고 보니, 영미이발관 앞을 지나가는 부처산 사내들은 혹시라도 구씨와 눈이 마주칠세라 고개를 절로 숙였고 이발소 앞길에선 경보 선수 모양으로 뒤뚱뒤뚱 죽어라 오리걸음으로 내뺐다. 이렇듯 영미이발관은 마샬미용실의 경쟁상대가 되지 않았다. 머리를 감겨주는 양평댁의 쭈글쭈글하고 갈퀴 같은 손길에 질린 사람들이, 캘리포니아산 오렌지처럼 젖살이 탱탱 오른 미용실 견습생 아가씨의 나긋나긋한 손길을 맛보았을 때, 학생이나 어른, 노인 할 것 없이 애간장이 다 녹아 내렸을 테니 말이다.

 어찌됐든 구만길 씨는 반대머리 헤어 박이 동네에 처음 머리를 들이밀던 날을 시도 때도 없이 생각하며 생니를 북북 갈아댔다.

 작년 초겨울 어느 날, 점심시간이 지난 직후였다.
 지난 한 주일 동안 이발소는 학생 손님들로 때 아닌 호황을 맞았다. 언덕 정상에 있는 고등학교에 학생주임이 새로 부임해왔는데, 학생들 말에 따르자면, 학생 주임이 하루가 멀다 하고 머리 검사, 복장 검사를 하는 통에 학교가 군대처럼 변했다고 한다. 학생 주임은 매일 아침 교문 앞에 딱 버티고 서서 한 손에 30센티 플라스틱 자를, 다른 손엔 바리캉을 들고 머리 모양이 불량한 아이들을 단속했다. 일단 이 작자 손에 걸려드는 날에는 바리캉으로 뒤통수에서 정수리까지 경부고속도로가 뚫리는데, 구만길 씨가 보기에도 그 솜씨가 예사롭지 않은 달관의 경지에 이른 솜씨였다. 학생들이야 학생 주임의 머리 단속에 속이 터질 노릇이었겠지만, 구씨에게는 학생 주임의 행동이 여간 고마운 일이 아닐 수 없었다. 구씨에게 학생주임은 저녁 식사라도 한 번 청하고 싶은 정말 고마운 존재였던 셈이다.

그날 점심에도 학생들이 떼로 몰려들어 두발 검사가 있다며 머리를 다듬어달라고 법석을 떨었다. 구씨는 마누라 양평댁에게 바리캉을 내맡기고, 손이 발이 되도록 가위질을 했다. 양평댁이 대충 바리캉으로 학생들 머리를 밀면, 어느 틈인가 구씨가 달려들어 가위로 머리를 다듬는 환상의 2인 분업 체계로, 학생 1명 머리 깎는데 채 5분도 걸리지 않았다. 머리 감겨달라는 녀석들에겐 "셀프다. 셀프!" 그는 즐거운 비명을 질렀고, 그야말로 오줌 누고 좆 털 시간도 없었다.

학생들을 돌려보내고 나서야 시장 통처럼 북적대던 이발소 안은 한가해졌다. 그제야 구씨는 겨우 담배 한 개비를 뽑아 물고 맛나게 빨 수 있었다. 그런데 담배를 반쯤 태웠을 때,

"사아장님 계세요?"

사내 목소리 반 계집 목소리 반, 이상야릇한 간드러진 목소리가 들렸다.

"누구요?"

엉겁결에 되묻고 구씨는 쭈그러진 소파에서 엉거주춤 몸을 반쯤 일으켰다.

"마샬에서 왔어요. 오늘이 오픈이라서."

30대 초중반쯤 돼 보이는 사내가 한 손에 들고 있는 은박접시를 탁자에 내려놓고, 눈알을 희번덕거리며 이발소 안을 두리번거리며 혀를 굴리는 말투로 말끝을 흐리며 말했다. 이발소 안을 두리번거리는 사내 얼굴에서 뭔가 추접지근한 곳에 온 사람의 표정 같은 불쾌한 기색이 흘렀다.

"오픈……?"

보름 전부터 길모퉁이 빈 점포에 인테리어 공사가 시작됐다는 건 익히 알고 있는 터였고, 그 자리에 미용실이 들어선다는 것도 소문을 통해 아는 바였다. 그러나 구씨는 웬 뚱딴지같은 소리냐 하는 표정으로 방금 들어온 사내를 물끄러미 쳐다봤다.

구씨 눈에 들어온 사내 얼굴은 앞이마가 훤히 벗겨졌고, 벗겨진 이마 양쪽 머리께로 가닥가닥 새끼를 꼬아 길게 늘어뜨린 머리채가 댕기 줄처럼 줄줄이 매달려 있는, 나중에서야 그것이 한때 유행한 레게 파마라는 얘기를 막내딸 영미로부터 전해들을 만큼 생소하고도 몹시 해괴한 것이었다. 구씨가 변두리 이발사라 세상 물정에 대해 까막눈이긴 하지만, 이발사 경력 25년 하고도 한 해가 부족한 그 방면에는 나름대로 전문가라, 사내의 벗겨진 앞이마는 원래 그렇게 시원하다는 걸 대번에 알아챌 수 있었다. 더군다나 구씨 자신도 민둥머리 아닌가. 하여간 동병상련이란 말이 있듯이 대머리끼리 정이 통할 법도 한데, 웬일인지 첫 대면부터 구씨는 헤어 박에게 께름칙한 인상을 받았다.

"개업식이라서…… 케이크를 가져왔어요."

구만길 씨의 하루   117

"케이크?"

구씨가 되묻자,

"헤어 박이라고 해요."

사내가 손을 내밀었다.

구씨는 엉겁결에 손을 내밀긴 했으나 헤어 박인지 하는 사내 손에서 야들야들한 푸성귀 같은 촉감이 전해져 등골에 소름이 돋았다. 더욱 가관인 것은 악수하는 꼴이었다. 서로 손을 내밀고 손을 마주잡는 일반적인 악수와 달리, 헤어 박이라는 자는 왼손은 오른쪽 겨드랑이로 다소곳이 팔짱을 낀 채 자신의 오른손 손등이 보이도록 위로 하는, 이를테면 계집아이들이 쌔쌔 놀이를 하는 듯한 자세로 손을 내밀었다. 엉겁결에 악수를 하면서도 구만길 씨는 '이거 뭔가 이상야릇하다. 어디서 본 듯한 악수법인데' 골똘히 머리를 굴려 보았다. 그 순간 텔레비전 주말의 명화 시간에 보았던 미국영화 한 장면이 번뜩 떠올라 구씨는 화들짝 손을 빼고 말았다.

'어여, 이거 양놈들이 계집년 손에 뽀뽀할 때 하는 꼬락서니 아니냐!'

순간 이렇듯 생각했으나 이미 우스운 꼴불견이 된 뒤라 영 뒷맛이 찝찝했다.

"앞으로 잘 부탁드려요. 참, 사장님 헤어 마사지 좀 해야겠다. 언제 한 번 들르면 서비스로 영양 마사지 해 드릴게요. 그나마 있을 때 잘 관리해야죠. 호호!"

헤어 박은 뭐가 그렇게 우스운지 손으로 입을 새치름히 가리고 총총히 가게를 빠져나갔다.

한동안 구씨는 귀신에 홀린 듯 어안이 벙벙한 표정으로 멍청히 서 있다가 양평댁이 큰소리로 묻는 통에 그제야 정신을 차렸다.
"뭐예요?"
양평댁은 세면대 앞에서 수건 빨래를 하던 일손을 잠시 멈춘 채 남편을 흘끔흘끔 쳐다보며 물었다.
"보면 몰라!"
구씨가 양평댁에게 괜한 퍅성을 부리자,
"엠병할 양반이 아침 먹은 게 언쳤나."
양평댁도 지지 않고 대꾸했다.
구씨는 탁자 위에 놓인 케이크 조각을 물끄러미 보다가 한쪽 귀퉁이를 떼서 입 속에 오물오물 집어넣었다.
"시루떡이나 가져 오지 않구 설랑. 엣기, 게에…… 같은…….''
구씨는 게이라는 말이 얼른 떠오르지 않아,
"아수라 백작 같은 놈!"
퉁명스런 소리를 질렀던 것이 벌써 여러 날 전이다.
이후, 영미이발관 꼴은 앞서 기술한 바 그대로다. 시시껄렁한 이야기를 더 덧붙이자면, 단골손님을 빼앗긴 영미이발관은 노인들이나 가끔씩 찾아드는 동네 노인정으로 전락했다는 것이다. 그런데 노인 양반들이란 수입과는 별반 상관없는 손님들이다. 처음 개업했을 때부터, 부모를 일찍 여읜 구만길 씨는 노인들만 보면 측은한 감정이 들어, 동네 노인들에게는 이발비를 받지 않았다. 반면 마샬미용실 헤어 박은 얄궂은 생김새와는 달리 하는 짓이 사근사근하여 학생, 젊은 사내들뿐만 아니라 부처산 8번지 아줌마들까지 죄다 미용실로 끌어들였다. 게다가 헤어 박은 골목 입구 양쪽 전봇대에 '마샬미용실 오픈, 파마 파격 세일' 현수막을 가로질러놓고 8번지 아줌마들에게 파마 열풍을 불러일으켰고, 미용실 직원들에게 무료 피부 마사지 전단을 돌리게 하는 사업수완을 발휘했다.

"파마가 무슨 물건 값이냐 세일하게!"

구만길 씨는 코방귀를 뀌고 비웃으며 애써 태연한 척했으나 눈알에 핏발이 서고 뱃속에서 밥알이 곤두서는 노릇은 어찌할 도리가 없는 일이었다.

그러던 며칠 전, 그의 처 양평댁이 마샬미용실에서 파마를 한답시고 머리에 덮개를 뒤집어쓰고 이발소에 나타난 일이 생겼다. 점심 식전에 늙은 구렁이새끼 모양으로 가게를 빠져나간 여편네가 끼니때가 지나도록 코빼기도 뵈지 않아 속이 꿍한 터에, 더군다나 평소 한 끼도 굶지 못하는 성질머리의 구씨는 양평댁이 머리덮개를 뒤집어쓰고 쭈글쭈글한 낯짝을 생글거리며 들어오자 그만 속에서 열불이 터져,

"이년이 시방 제정신이야 뭐야! 사람 속 뒤집어지는 줄도 모르고 어디서 엠병질이냐!"

악을 쓰며 머리덮개를 까뒤집고, 결혼 후 참으로 오랜만에 기세 등등, 물론 평생을 나무장군 같은 마누라에게 쥐여살아 기세를 부린 적이 있었는지 기억조차 가물가물하지만, 파마 약이 채 마르지 않은 양평댁 머리채를 쥐어뜯었다.

한편 성깔 사나운 양평댁이 마른하늘에 날벼락 맞은 일을 당하고 순

순히 물러서지 않았음은 당연한 일이었다. 더군다나 남들은 계절마다 지지고 볶는 머리를 돈푼께나 아낄 요량으로 1년 만에 하는 파마인데 남편이란 작자가 마누라에게 알뜰하다 칭송은 못할망정 밉광스럽게 생트집을 놓으니, 평소 뱃속 밑바닥에 꾹꾹 눌러놓았던 불만이 성난 고래 물 뿜듯이 폭발하여 그녀의 퉁방울눈에는 도무지 뵈는 게 없었다.

"이게 얼마짜리 머린데!"

양평댁은 사납게 달려들어 남편 머리통을 탁 붙잡고 늘어졌다. 헌데 왠걸! 구씨 머리는 민둥머리라 손아귀에 제대로 잡히는 터럭이 있을 리 없다. 그래서 되는 대로 양평댁은 남편 양쪽 귀를 사정없이 움켜쥐고 남편의 민둥머리를 흔들어 세웠다. 반평생을 산동네에서 가난과 씨름하며 시쳇말로 산전수전 다 겪은 중년 여자가 되로 받은 걸 말로 갚으리란 건 두 눈 꼭 감고도 대낮처럼 훤한 일이었다. 더군다나 사람의 심리란 것이 처음 일이 뜻하는 대로 풀리지 않으면 후에 하는 일은 더 야무지고 매서운 법이어서, 첫 수에 머리채를 잡지 못한 낭패를 본 양평댁이 꿩 대신 닭이다, 하는 독기 등등한 심사로 움켜쥔 구씨의 양쪽 귀는 귀청이 귓구멍 밖으로 딸려 나올 듯 양평댁의 손아귀에 따라 이리저리 사방팔방 도리질을 쳤다.

구씨네 부부싸움에 동네 주민들이 모여든 것은 장씨네 부부싸움 때처럼 매한가지였음은 여러 말할 나위 없다. 워낙 구경거리가 없는 심심한 동네라 남 방귀 뀌는 소리에도 귀를 쫑긋 세우는 형편인데 이년아, 이놈아, 죽여라, 살려라, 온갖 상소리와 악을 써대는 통에 동네 어른들은 물론이고 코흘리개 애새끼들까지 서캐 끓듯 모여들고, 지나던 이름

모를 행인들까지 발뒤꿈치를 세우고 구경꾼들 어깨 너머로 눈알을 희번덕거렸다. 게다가 모인 사람들이란 애초부터 싸움박질 구경하러 나온 사람이지 싸움 말리러 온 사람들은 아니어서 구씨네 부부싸움을 말릴 생각은 전혀 없이 팔짱만 낀채 먼발치에서 구경만 할 뿐이었다. 그나마 구씨네 싸움을 뜯어말리는 몇몇 사람들조차 얼굴 가득 즐거운 기색을 띤채, 설렁설렁 싸움을 말리는 둥 마는 둥 했다.

바람이 거세졌다. 지붕 위에 쌓인 눈이 바람에 날려 흩어졌다. 사람들 발도장이 찍힌 언덕 길 위로 바퀴에 쇠사슬을 감은 동사무소 제설차가 힘겹게 오르고 있다. 트럭 짐칸에서 동사무소 직원이 염화칼슘 부대를 풀어 길 위에 뿌리자 트럭을 뒤따르던 푸르스름한 작업복 차림의 사내들이 날이 납작한 삽으로 길 한복판에 염화칼슘을 흩뜨려 놓았다. 일꾼들 중에서 낯익은 8번지 사내들 얼굴도 눈에 띄었다. 공공근로를 하는 모양이다.

"밥 다 됐으니, 식사하시구려!"

양평댁이 이발소 문을 열고 소리를 질렀으나, 구씨는 대빗자루를 힘껏 쥐고서 험상궂고 심사가 뒤틀린 눈매로 제설차와 인부들을 응시한다.

"젠장, 일찍 좀 나오지. 기껏 눈 치워놨더니만...... 게을러터져 가지곤 관에서 하는 일이라곤 죄다 뒷북치는 꼴이라니까. 그러니까 높은 양반네들만 믿고 사는 우리들만 피 터지고 골 쪼개지지."

씹어뱉고서도 구씨는 앵한 감정이 풀리지 않았다.

때마침 신문 배달원 승묵이가 때늦은 조간신문을 전해주러 오토바이를 몰고 다가오자 구씨는 야단스럽게 들렌다.

"인석아, 조간이 석간이냐? 한나절이나 되야서 오는 신문이 무슨 신문이야! 변소간에나 걸어놓을 밑닦이지! 나랏일이건 무언 놈에 일이건 죄다 느려 터져 가지곤, 어디. 이래가지구 밥 먹고살겠어. 국가 경쟁력이 있겠냔 말야. 기는 놈 우에 뛰는 놈 있구 뛰는 놈 우에 나는 놈 있는 세상이란 말이야. 나라 꼴 이렇게 된 걸 남 탓할 일이 하나 없다구. IMF 터진 것도 다 그런 게을러빠진 국민성 때문이랄 밖에!"

구씨는 제 딴에는 제법 유식한 소리를 한답시고 스스로 감격하여 목이 잠긴 헛기침까지 한다.

"아저씨도 참, 눈 때문에 오토바이 뒤집은 게 한두 번이 아네요. 이런 날은 이해를 하셔야죠."

승묵은 오히려 기세 등등 따지고 든다. 그러나 마음 한 구석에 찔리는 바가 있는지 구씨에게 얼른 신문을 건네주고 오토바이를 타고 도망치듯 언덕을 내려간다.

구씨는 안전모를 눌러 쓴 승묵 뒤통수에 대고,

"야 이놈아. 머리 좀 깎아라."

만나는 사람마다 들먹거려 이젠 입에 못이 박힌 머리깎으란 소리를 어김없이 내질렀다.

승묵은 뒤도 돌아보지 않고 멋쩍게 왼손을 들어 흔들어 보이다가 그만 굽은 길에서 미끄러져 오토바이와 함께 눈길 위를 보기 좋게 나뒹굴었다.

"어이구 저런, 조심하지 않구서…… 어라 참, 조오 녀석도 마살인가 말고기인가에서 머리를 깎겠다!"
 구씨는 끌끌 혀를 차면서도 괘씸한 생각이 들어 고놈 참 고소하다, 하고 놀부 심보를 부린다.
"밥 먹으라니깐! 밥상 차려놓고 제사지낼 일 있우?"
 진즉 아침상을 차려놓고 가겟방에서 기다리고 있던 양평댁은 남편이 들어올 기미가 보이지 않자 이발소 문을 비시시 열어 고개만 내빼고 짜증스런 소리를 낸다.
"알았다구!"
 구씨가 골목이 떠나가듯 소리를 지르자, 양평댁은 분풀이라도 하듯 삐꺽이는 이발소 알루미늄 새시 문을 신경질적으로 닫아 버린다.
 구씨는 승묵이 오토바이를 일으켜 세우고 바닥에 흐트러진 신문을 주워 담는 모습을 물끄러미 지켜보다, 때마침 골목에 회오리바람이 불어 미친 년 치맛자락같이 펄럭거리는 마샬미용실 현수막으로 시선을 옮겼다. 구씨는 쌜기죽 낯을 찌푸리더니,
"그냥 확, 바람에나 날아가 부려라."
 심술궂게 뇌까리며 묵은 가래를 뱉고 뒤돌아섰다.
 그러나 정작 바람에 날려갈 듯이 위태위태한 것은 마샬미용실 현수막이 아니라 입때껏 망가지지 않고 용케 여러 해를 버틴 영미이발관의 귀퉁이가 깨진 삼색 팔랑개비등이었다.
 한편 송림복덕방 송영감은 복덕방 안에서 난롯불을 쬐며 골목 언덕길을 내내 기웃거리고 있다가 벌떡 일어났다. 송영감은 하릴없이 마른 코딱지를 후벼 파며 고영감과 최영감을 기다리는 중이었다. 송영감을 비

롯한 이들은 복덕방에 모여 앉아 화투장 두드리는 일이 유일한 낙이요, 소일거리였다. '이놈에 영감쟁이들이 올 때가 되는데 왜 코빼기두 안 보이는 거여.' 하고 혼잣말을 되뇌며 송영감은 아까부터 밖을 내다보고 있었다. 그리고 방금 전, 눈을 치우는 구만길 씨를 보고는 문득, '오늘은 공짜 이발이나 좀 해야 쓰것다.' 하는 생각에 이르게 되었고, 구만길 씨가 이발소 안으로 들어가기를 목이 빠져라 기다리다, 드디어 구씨가 안으로 들어가려는 기색이 보이자 털신을 질질 끌며 부리나케 밖으로 뛰쳐나온 것이다. 송영감은 똥심을 쓰며 밭은 가래를 튀뱉고, 영미이발관을 향해 허겁지겁 뛰다시피 걸어갔다.

"여보게 만길이."

송영감은 숨을 한 번 고르고, 제법 점잖은 목소리로 구씨를 불렀으나 민둥머리 구만길 씨는 가는귀가 먹었는지 신발에 달라붙은 눈만 탁탁 털어 낼 뿐 도무지 대답이 없다. 이번엔 더 큰 소리로 불러 보았으나 워낙 비실거리는 체구에 기력이 쇠잔한 늙은이 목에서는 쉰 소리만 날 뿐이었다. 그래서 다시 한 번, 아침 밥 먹은 힘을 다해,

"구마안기리이!"

얼핏 들으면 구만리장천(九萬里長天)하는 처량하기까지 한 소리로 악을 쓴다.

그제야 민둥머리 구씨가 고개를 돌렸다. 구씨는 어리둥절한 얼굴로 주변을 둘러보다, 풍 맞은 사람 모양으로 비실비실 걸어오는 늙은이가 송림복덕방 송영감을 알아보고 다소 뜻밖이라는 표정으로 대답했다.

"이른 아침부텀 어쩐 일이십니까?"

"나 이발 좀 해야겠네."

송영감은 공짜 이발을 하는 주제에 미안한 기색도 없이 뻔뻔스럽게 고개를 빳빳이 세우고 제 자식 대하듯이 근엄하게 구씨를 쳐다봤다.

"아…… 예, 예."

구씨는 공손히 말하며 송영감을 부축해서 이발소 안으로 들어섰다. 물론 구씨도 송영감의 '이발한단 말' 속에 '공짜'라는 알짜배기 말이 송영감의 빠진 앞니처럼 횅하니 비어있음을 알고 있다. 하지만 자업자득 아닌가. 구씨 자신이 원해서 노인들 머리를 무료로 깎는 것이라 억울하다 할 것도 없고 그리 신경 쓸 바도 아니었다. 장사가 그런 대로 괜찮았을 적엔 몇 안 되는 동네 노인들 머리를 깎아준다 해서 장사 밑천이 거덜 나는 것도 아니었으니까 말이다. 게다가 동네 사람들에게 예의바르다고 칭찬 받고, 구청에서도 선행 시민으로 표창장을 받기도 하지 않았는가. 하지만 헤어 박의 마샬미용실이 생긴 이후로 상황은 돌변했다. 이발소 허가증과 벽 한편에 나란히 걸린 선행 상장도 누렇게 퇴색해 아무도 눈여겨보는 사람이 없다.

'시상이 참말로 요상하다. 아저씬 부처산의 명물 중 명물이시고, 좋은 일 헌다고 동네 자랑거리라고 입구멍이 개똥구멍이 되도록 씹어대던 놈덜이 안면을 싹 씻고 코빼기 두 뵈지 않으니. 게다가 아저씰 볼 때마다 돌아가신 부친 생각이 절로 난다며 눈물까지 찔끔거리던 녀석도 제 자식새끼덜만큼은 마샬미용실로 보내니, 참. 입바른 소릴 듣자고 한일은 아니지만 시상 인심이 흉악하긴 흉혁…… 그나저나 젠장, 오늘 개시도 못했는데 공짜 손님이니…… 오늘은 드럽게 재수 옴붙은 날

이로구나.'
 혼잣말로 뇌까리며 가겟방에 앉아 막 밥 한술을 입에 떠 넣으려는 양평댁에게,
 "야 이 식충아! 남편은 밖에서 뒤져라 비질인데 여펜네가 되야가지구 그새를 못 참냐? 그래, 혼자서 밥알이 잘두 넘어가냐?"
 버럭 소리를 지르며 애꿎은 분풀이를 양평댁에게 쏟아 부었다.
 양평댁은 남편과 송영감을 한 번 흘끔 보더니 아무 소리 없이 밥숟가락을 내려놓았다. 된통 욕지거리가 날아들 줄 알았던 구씨는 뜻밖으로 직수긋하게 나오는 양평댁 태도에 벙벙해져 입을 다물어 버렸다.
 "여보게, 뭐하나?"
 속없게도 송영감은 쿨룩쿨룩 기침을 하며 구씨를 보챈다.
 "아, 예."
 '아침부터 바람은 왜 이리 지랄 맞게 부는지……'
 구씨는 아내에게 괜스레 화를 냈다 싶어 딴소리를 되풀이 중얼거리며 이발도구를 챙기느라 부산을 떨었다.

똥막대 한 자루

1

송림동 부처산에 터를 잡고 애면글면 입에 풀칠하며 뒤퉁스럽게 하루하루 넘긴 것이 벌써 가을 문턱이다.
지난날들이 몇 해 같은 풍파 속이었지만 어느덧 8번지 사람들과 하찮은 발단으로 왜각대각 소리를 지르며 다투는 일도 예사롭게 여길 만큼 풍경분식 주인 한기준은 이곳 삶에 닳고 닳았다. 별 개똥철학 같은 소리지만, 풍파를 겪을수록 산다는 것은 그러니까 인생살이란 죄다 그런 것이다. 이렇게 주어 섬기며 뱃속이야 묵은 장을 담가놓은 듯 쓰리고 앞일이 캄캄하지만 겉으로는 허허실실 떠넘기는 것이 종국에는 편한 일이라 여겼다. 손님이 뜸해 벌이가 신통치 않은 날이면 몸이 달아 안달하던 그였지만 이제는 성질이 느긋해져 가게청에서 걸상을 깔고 앉아 팔다 남은 막걸리 한통을 꺼내어 낮술 한잔 걸치고 흥얼흥얼 유유자적하는 날도 부쩍 늘었다. 그러나 겉모양은 무사태평이지만 가슴속은 양은냄비에 물 끓듯 그리 편치 못한 것은 어쩔 수 없는 일이었다.

요즘 기준의 고민이란 인간이 남기고 간 흔적, 다름아닌 똥, 유식한 말로 인분 치우는 일이다. 기준이 세든 건물 화장실은 재래식 변소였는데 쓰는 사람이 많아 한 달이 채 못 돼 변을 퍼내야 했다. 변소간 치우는 것이야 똥구멍을 봉하지 않은 이상 누구나 당해내야 하는 일인데 무슨 죽는소리냐고 할 수도 있겠지만, 산동네에서 분뇨차라 일컬어지는 똥차를 불러내기란 여간 힘든 일이 아니었다.

더군다나 함께 세든 옆방 순희 엄마는 인분이 변소통 위로 볼록 솟아 뒷구멍에 닿도록 똥 치울 생각을 하지 않는다. 아니, 똥이 변소 천장까지 닿든 말든 사방 벽에 똥칠을 하든 말든 아예 신경을 딱 끊은 눈치다. 그러니 변변찮은 분식점이지만 음식 장사를 하는 기준이네가 제때 똥을 치워야 했다.

어쨌든 기준의 똥 치우는 일은 순희 엄마와 뇌꼴스런 신경전을 벌이느라 그야말로 똥을 쌀 일이었다. 일컫 근심을 풀어주는 곳이라 '해우소'라 일컬어지는 변소간 때문에 꽐자에도 없는 근심거리가 기준에게 생긴 셈이다. 그러나 변소 치우는 일로 하여 오래 전 세상을 하직한 줄로만 알았던 동팔을 다시 만나게 된 것은 우연치고는 너무나 놀라운 상봉이었으며, 그와의 재회가 똥을 매개로 이루어졌다는 사실은 참으로 희극적인 일이기도 했다.

똥막대 한 자루

2

 가게를 차린 지 보름쯤 지났을까.
"화장실이 넘치는데 입때 치우지 않구서 뭐 하구 있어."
변소간에 다녀온 아내가 짜증 섞인 말을 했다.
"뭔 일인데."
"변소에 한번 가보시지. 똥이 똥침 찌르겠어."

 기준이 변소 문을 열고 들어가 보니 아니나 다를까, 똥 더미가 피라미드를 쌓아올린 듯 변소 구멍 위로 원추형으로 솟아올랐다. 아내 말마따나 영락없이 똥침을 놓을 기세다. 엊저녁까지 며칠 여유 있어 보이더니 그새 장마철 잠수교처럼 위태위태 범람 직전이다. 기준 부부만 쓰는 것이 아니라 옆방 순희네 다섯 식구와 풍경분식에 찾아오는 대중없는 객들까지 큰 것 작은 것 가리지 않고 내남없이 싸지르다 보니 눈 깜짝할 사이에 변소가 찬 것이다.

 기준은 구청 보건위생과 직원이 알려준 정화조 청소회사에 분뇨처리차를 보내달라고 전화했다. 주소를 말하고 언제쯤 분뇨차가 오냐고 묻자 전화통 너머 담당직원은 곧 보낼테니 기다려보란다. 그러나 금방 보낸다는 똥차는 한나절이 되도록 함흥차사다. 그 사이 여학생 손님 하나가 아저씨 화장실이 어디예요,

하고 물어왔다. 기준은 변소간을 일러주기 민망한 터라,
"급하시지 않으면 딴 데 가서 볼일을 보시지요······."
말끝을 흐렸다.
"급해서요."
급하다는데 어쩌겠나. 게다가 처녀가 애를 낳을 듯 오만상을 찡그리는데, 기준은 죄지은 양 맥없이 똥 폭격을 맞은 변소간을 일러주었다.
점심 장사가 끝나고 한가해지자 기준은 정화조 처리회사에 재촉 전화를 하고 벌컥 소리쳤다.
"똥차 왜 안 오는 거요!"
역시 기다려 보라는 말뿐이다. 목마른 놈이 우물 판다고 그는 우선 똥구멍을 찌를 기세로 덤벼드는 똥덩이라도 뭉개 놓아야겠다는 심사로 똥막대로 쓸 막대기를 찾아 나섰다. 그러나 개똥도 약에 쓰려거든 없다는 조상님 말씀에 담긴 삶의 진리를 절감했다. 흔하게 굴러다니던 나무막대는 두 눈을 까뒤집고 찾아도 보이지 않았다. 결국에는 어른 팔뚝만한 막대를 하나 구했지만, 기준은 부처산 골목골목 이 잡듯 뒤지는 발품을 팔아야 했다.
똥 덩어리는 쉽게 뭉개지지 않았다. 부엌에서 뜨거운 물 한 바가지를 퍼와 들이붓고 한바탕 똥물을 튀겨가며 들쑤시자 똥덩어리는 조금씩 무너졌다. 기준은 구린내와 암모니아 냄새로 숨이 막힐 지경이었으나 한 손으로는 얼굴에 달려드는 파리를 떼어놓으랴 막대를 든 다른 손으로는 변소구멍 안을 헤쳐 놓으랴

콧구멍을 틀어막지도 못했다. 얄궂게도 파리떼는 꼭 기준의 입술께로만 달려들었다.
'이놈의 파리새끼들······.'
그는 입술로 착 내려앉는 파리를 떨어내느라 손사래를 쳤다. 하긴 인분의 영양소를 맛있게 빨아먹고 있던 놈들의 터전을 들쑤셔놓았으니 파리 떼도 성난 벌떼마냥 달려들 법도했다. 변소간 똥을 휘저으며 그는 과거 어머니가 입버릇처럼 뇌까리던 푸념들을 언뜻 떠올렸다. 그 옛날 어머니는 서울 봉천동 고개 난민촌에 신혼살림을 차렸는데 동네에 공동변소가 겨우 세 칸이라 아침마다 볼일 보려는 사람들로 줄이 길게 섰고 똥 한번 싸는 것이 6·25 난리를 겪는 것과 매한가지라는 것이었다.
"내가 느그 아부지 만나 고생한 야기를 하자면 만리장성을 쌓고도 벽돌 한 장은 더 남는다."
남편에 대한 원망과 푸념은 항상 '만리장성'을 화두로 시작했고, 약방에 감초 격으로 빠지지 않는 것이 차마 자식들에게 불알 두 쪽 차고 장가들었다는 말을 할 수 없었는지, "느그 아부지는 달랑 숟가락 젓가락 몽둥이 하나씩 들고 장가들었다"는 것이다.
"싸는 놈은 쌔고 쌨는데 똥 치우는 놈이 없어 똥간 문짝을 열면 천장까지 쌓인 똥이 왈칵 덤벼들려고 했다니. 겁이 나서 나오려던 똥이 쏘옥 들어가더라. 고때 변비에 탁 걸려 내 여태껏 고생 안 하나. 글구 쎄빠질 느그 큰외숙모가 변비약을 지어와설랑 사나흘 나눠 먹어야할 걸 한꺼번에 다 먹으라고 쎄바닥을 잘못

놀렸어. 내 고 말만 믿고 그 독한 약을 한 입에 처먹구 이틀 밤낮을 물똥 피똥 다 싸고 애 낳을 년 맨시롱 헛배만 남산만치 불러 넘들이 제명에 못산다고 했다. 내 그때 용수로 돌팔이한테 중환침 한 대 맞지 않았으면 너그들 낳지도 못하고 벌써 저 세상 가 부렀어."

　비록 유복치 못한 살림이었지만 촌에서는 맘 놓고 변을 보던 터였는데 서울로 시집 온 시골아낙인 어머니는 영감 할멈 어른 어린애 할 것 없이 신문지를 손에 움켜쥐고 발을 동동 구르며 식전부터 변소 앞에 늘어선 달동네 삶을 감당치 못했던 것이다.

　기준이 소년시절 어머니로부터 귀에 못이 박히도록 들은 전설 같은 하소연, 그것이 인생철학이라면 인생철학이랄 수도 있는 삶의 가르침이란, "먹고사는 것두 힘든 일이지만 날 때부텀 똥구녕 없는 병신이 아닌 이상, 있는 놈 없는 놈 할 것 없이 제때 똥 싸지르는 것이 젤로 힘든 일이다." 바로 이것이었다. 나이 삼십 줄에 이른 오늘에서야 그때 어머니의 가르침을 톡톡히 실감했다.

　그런 곤욕을 치렀기 때문인지 어머니는 변소에 똥이 찰라 싶으면 동네에서 집집마다 똥을 푸던 동팔을 불러 자주 변소를 치웠고, 비록 재래식이긴 했지만 기준네 변소간은 동네 변소간 중 가장 청결할 수 있었다.

　기준은 입에 풀칠하기도 바쁜 경황에 불현듯 동팔을 떠올렸던 것은 팔자에도 없는 인분을 밀가루 반죽하듯 뒤적거리던 끝에 나온 것이었지만, 졸지에 가세가 기울고 연고도 없는 동네로 쫓기듯 흘러들어 서툰 몸짓밖에 취할 수 없다는 자괴감이 어렸을 적 한동팔에 대한 기억과 자연스럽게 연결되었기 때문이다.

3

 한동팔(韓童八), 그가 신기촌 네거리 동네로 언제 어느 결에 흘러들었는지는 모호한 일이었다. 어느 날부터인가 유유히 흐르는 승기천변 농지 쪽에 판자로 벽을 치고 지붕을 삼은 판잣집이 세워졌고 동팔은 그곳을 거처로 삼고 동네를 얼씬거리기 시작했다는 사실 외에는 알려진 게 없다. 어쨌든 동팔의 판잣집은 집이라 해야 할지 궤짝이라 해야 할지 가늠하는 것이 주체스러울 정도로 초라했다. 짤막한 체구의 동팔이 허리를 구부정해야 겨우 들락날락할 수 있는 출입문이 곧 방문이자 문지방이었고 방은 잠자리이자 부엌이었다. 양쪽 벽에는 창문이랍시고 각각 구멍을 뚫어 맞창을 놓았고 창틀도 없는 구멍에 여름철에는 모기장을 쳤고 겨울에는 요소비료 비닐 포대로 구멍을 덮어 바람을 막았다. 사방외벽과 지붕에 시커멓게 아스팔트유를 먹여 먼발치에서 보면 관처럼 생겨먹어 영 삭막했으나 나무판자가 쉽사리 삭거나 썩지 않았다는 점에서 나름대로 요령을 부린 것이었으며, 집 뒤편 문학산 기슭 공동묘지 풍광까지 염두에 둔 배산임수의 풍수를 부린 셈이다. 살림살이 역시 지극히 초라했는데 문간에 세워둔 똥통 두 개와 장대 양쪽 마구리에 똥통을 매달 수 있게 철사 갈고리를 건 똥지게, 끝에 바가지를 매단 똥막대가 전부였다.

그가 동네에서 처음 똥지게를 진 날! 드디어 동팔은 똥통을 꿴 똥지게를 한쪽 어깨에 척 걸치고 "똥~ 퍼~" 목청껏 소리를 질렀는데 그 목소리가 명창 조상현 깜냥을 할 만큼 퍽 구성졌다. 때문에 이왕이면 다홍치마라고 구성진 소리덕에 동네 집집마다 뒷간 치우는 일은 동팔이가 도맡다시피 했다.

그러나 동네사람들은 동팔의 그 구성진 소리는 적이 인정하면서도 똥 푸는 직업을 천하게 여기던 터라 동네에서 그를 당연히 겉돌게 했다. 동네 사내들은 곧잘 동네 공터에 모여 여름에는 보신탕 끓여먹는 개판, 겨울에는 막걸리 추렴 윷판을 벌였는데 동팔을 패거리에 껴준 적은 단 한 번도 없었다. 동네 여자들도 그를 피하기는 마찬가지였다. 여자들은 홀아비인지 노총각인지 정체불명인 동팔이 갑자기 실성이라도 해 바지춤을 훌렁 까고 (용하게도 여자들 예상은 적중했다) 달려들까 지레 겁을 먹고 있었다. 따라서 그는 종일 외로웠고 고독했다.

한동팔의 신상에 대해 특별히 관심을 둔 사람은 없었지만 그나마 동팔의 이름 석자와 그가 청주 한씨라는 것이 입에서 입으로 퍼졌다. 그것도 기준 어머니가 "고향은 어디요? 양친은 살아 계신지? 이름은 뭐요? 시방 연세는 얼마나 잡셨오?" 이것저것 캐물어서 겨우 퉁명스런 대답으로 이름 석자나마 알게 된 것이다. 그러나 그가 청주 한씨라는 것은 기준 어머니의 막연한 추측에

똥막대 한 자루   135

불과했다. 그녀는 기준네가 청주 한씨이고 한씨들은 대개 청주 한씨이므로 한동팔도 청주 한씨일지 모른다는 것이었다. 어쨌든 종씨라는 친근감 때문이었는지 기준 어머니는 변소 치우는 일을 꼭 동팔에게 맡겼고 집안 잔치나 제사가 있으면 남는 음식과 대궁밥을 동팔에게 챙겨주곤 했다. 때문에 기준은 변소를 치워달라는 말을 전하기 위해 때로는 밥이며 반찬을 전해주러 어느 누구보다도 동팔의 집을 자주 들락거렸다.

 비록 어머니 심부름으로 동팔 집을 방문하곤 했지만 기준은 동팔이 주변을 얼씬거리는 것이 영 못마땅했다. 반대머리가 벗겨지고 주독이 올라 인디언 추장처럼 불콰하게 달아오른 동팔의 몰골이 몹시 혐오스러웠고 그의 몸에서 풍기는 야릇하고 시척지근한 변소간 냄새가 역겨웠기 때문이다. 그러나 실제로 기준은 꽤 달머리적은 동팔 성격이 더 밉상스러웠다. 동팔은 기준 양친이 청주 한씨 일가라며 평양나막신처럼 살갑게 대해도 무덤덤한 태도로 응대했다. 기준네 변소를 치울 때마다 기준 어머니가 새참이나 밥상을 차려줬는데도 그는 결코 눈곱만큼도 고마워하지 않았다. 아니 오히려 굵은 모가지를 수탉 같이 꼿꼿이 세우고 허리를 곧추세운 채 양반다리를 틀고 앉아서 주인이 시녀의 숭늉 대접을 받는 것처럼 기준 어머니가 차려준 밥을 천연덕스럽게 먹어치웠다. 잘난 것도 없는 동네였지만 일면 똥 푸는 일은 가장 천한 직업으로 인식되던 시절인지라 동네 사람들에게 허리를 한번이라도 더 굽실거리고 아부를 떨어야 똥지게라도 한번 더 짊어질 형편인데 동팔은 기준의 양친뿐만 아니라 동네 사람들 어느 누구에게도 머리를 숙이는 법이 없었다. 팔푼이 같은 똥치기가 그렇게 수탉처럼 꼿꼿하게 나오니 마을 사람들이 그를 달갑게 여길 리가 없었다.

어른들이 동팔을 눈꼴사납게 여긴 만큼 눈치 빠른 동네 아이들도 어른들을 따라 드러내놓고 그를 업신여겼다. 물론 아이들이 동팔에게 거는 수작이란 똥지게를 어깨에 메고 똥통에서 인분이 넘치지 않도록 몸 중심을 잡으며 한드작한드작 걸어가는 동팔 뒤를 쫓아 그의 이름 동팔이에서 따온 별명인 똥파리(아이들이 '똥팔이' 하고 부르던 것이 자연스럽게 '똥파리'로 굳어진 것이다)를 연호하는 것이 고작이었다. 개중에 감때사나운 녀석들은 동팔에게 돌멩이를 집어던지곤 했는데 돌멩이가 똥통에 정통으로 맞으면 아이들은 "오십 점!" 하고 소리를 질렀고 똥통에서 똥물이라도 찔끔 튀면 "백 점!" 하고 환호성을 내질렀다. 동팔은 행여 인분이라도 쏟을까 싶어 발만 동동 구른 채 아이들의 돌팔매질을 고스란히 맞으며 "똥물 처멕일 놈들! 잡히면 똥물에 삶아 먹는다." 눈을 부라리곤 했다. 그러나 두억시니 같은 생김새와는 달리 그는 행여 나중에라도 묵은 원한을 아이들에게 푸는 법이 없었다.

어느 가을 오후였던가. 동팔은 집장사로 한몫 단단히 잡은 십장 최씨 집 변소를 치우고 있었다. 그는 목덜미에 수건을 걸치고 똥통 한 통을 가득 채운 채 남은 똥통을 들고 최씨 집 변소로 들어갔다.

"기준아, 똥파릴 골려먹자."

대구상회 정씨 아들 석호가 짓궂게 웃으며 말했다.

기준과 석호는 제법 커다란 돌을 똥통에 빠뜨렸다. 똥 건더기가 넘치도록 가득 담긴 똥통에 돌덩이가 풍덩 날아들자 최씨집 대문간으로 똥물이 튀었다. 아이들은 골목 안으로 줄행랑을 쳤고 때마침 귀가하던 최씨는 자기 집 대문간에 똥물이 묻어 있는 것을 발견하고는 불문곡직 동팔 멱살을 틀어쥐더니 다짜고짜 뺨을 후려갈겼다.

"야 새끼야, 네 뱃가죽이 두껍지? 마빡을 똥통에 처박아뿔라."

최씨는 가마솥뚜껑 같은 손바닥으로 동팔의 뺨이 벌겋게 부어오르도록 후려갈겼다. 뺨을 때리는 품새는 처음엔 장난조로,

"이놈아 자슥 봐라. 목에 기브스했나?"

툭툭 건드리는 것이었다.

동팔이 아무런 대꾸 없이 흘기죽죽 노려보자 최씨는,

"눈에 힘 빼라, 자슥아. 쎄바닥으로 바닥 핥아라. 광날 때까지 핥으라 안카나!"

부아 오른 소리를 지르더니 차츰 중중모리 장단으로 신명이 오른 무당이 날뛰듯 철썩철썩 뺨을 내갈겼다. 골목 안에서 이 광경을 지켜보던 기준은 죄책감으로 풀이 죽었으나 석호는 희희낙락했다.

최씨가 집안으로 들어가고 나자 그는 근처 공사장에서 모래를

퍼와 똥물이 떨어진 자리에 뿌리고 그것을 삽으로 쓸어 담았다. 그러곤 하던 일을 마저 끝내고 대문을 두드리며,

"일 끝냈으니 돈 줍쇼."

문 두드리는 소리에 최씨가 파자마 차림으로 뛰쳐나왔다.

"이놈아가 어따 주둥아릴 함부로 놀리노! 넘의 집 문간에 똥물 퍼질러 놓고 무슨 돈을 달라카노!"

"한 통에 150원씩 열 통 폈으니 1500원 주웁……"

말이 채 끝나기도 전에 최씨는 동팔의 뺨을 올려붙였다.

철썩!

"1500원!"

철썩! 철썩!

동팔의 돈 내놓으라는 외침과 최씨의 손찌검이 반복되었다. 동팔이 쓰러져 죽든 최씨 손바닥에 물집이 생기든지 해야 결판이 날 것 같던 일방적인 상앗대질은 최씨 마누라가 뛰쳐나와 변소 청소 값을 내어주는 것으로 막을 내렸지만, 마을에 똥 난리가 났을 때 동팔이 최씨 집 변소만을 쏙 빼놓고 치우지 않아 톡톡히 복수를 한 것은 한참 나중 일이다.

최씨에게 흠씬 얻어맞은 동팔은 겅중겅중 솟은 잡풀들이 하느작거리는 비포장도로를 따라 집으로 돌아갔고 기준은 먼발치에서 동팔의 뒷모습을 물끄러미 바라보았다. 동팔이 골목을 지나칠 때 기준은 동팔의 울대가 울컥 꿈틀대는 것을 보았다. 멀어져 가는 동팔의 그림자는 저녁 해에 늘어져 기준 발부리에 닿을 듯

똥막대 한 자루 139

말 듯 했다. 후에 기준은 교내 미술대회에서 똥지게를 진 동팔의 뒷모습을 그려 연필 한 통을 부상으로 주는 가작상을 받았다. 그것은 학창시절 그가 받은 유일한 상이었다.

　해가 바뀌고 봄이 왔다. 기준이 사는 마을 빈터에는 슬래브 지붕을 얹은 집들과 개량식 물매를 놓은 기와집들이 처마를 잇대고 들어섰고 개천 근처 빈터에도 연립주택들이 들어찼다. 주민들이 연탄재와 쓰레기를 몰래 버리던 빈터('쓰레기 버리는 놈 삼족을 멸한다'는 경고 팻말이 박힌 곳)에도 집짓기 공사가 한창이었다. 건축붐이 일자 동네는 활기가 넘쳤다. 일을 마친 막노동꾼들은 동네 골목 네거리 대구상회 평상에 틀어 앉아 날두부를 안주 삼아 소주를 마시느라 해가 저물도록 시끄러웠다. 여전히 동팔은 외톨박이로 천덕꾸러기 신세를 면치 못하였다. 그러나 쥐구멍에도 볕이 드는 법이라 동팔에게도 호시절이 찾아들었다.
　그 해 초여름, 갓난아기를 품에 안고 두꺼운 솜옷을 겹겹이 껴입은 누가 봐도 한눈에 반쯤은 정신이 나갔음직한 여자가 마을에 나타났다. 미친 여자가 나타났다는 소문은 기준 또래 아이들 귀에 가장 먼저 들어왔고 기준을 비롯한 아이들은 양손에 돌멩이를 주워들고 여자를 뒤쫓으며 돌팔매질을 해댔다. 누군가 던진 돌멩이가 여자 뒤통수에 정통으로 맞았고 선지피가 터져 흘렀다. 그때 동팔이가 여자와 아이들 사이를 가로막았다.
　"그만둬!"

"……."

 순간 아이들은 돌멩이를 움켜쥔 손을 허공에 멈칫한 채 우물쭈물 뒤로 물러섰다. 동팔은 입고 있던 런닝구를 찢어 지혈을 하고 여자와 아이를 이끌고 줄행랑 놓듯 제 집으로 향했다. 그날 저녁 동팔은 쌀을 팔고 장을 보느라 부산을 떨어댔다. 이튿날 동팔은 기준 집에 불쑥 찾아와 기준 어머니를 불렀다.

"뭘 멕여야 젖이 잘 나옵니까?"

"젖이라니?"

"애기가 쭉쭉 빨아먹는 젖 말요."

"산후에는 끼니마다 쇠고기 넣고 푹 끓인 미역국 먹여야 몸조리도 되고 젖도 솟지만…… 근데 누가 애를 낳았나?"

 동팔은 입가에 희미한 미소를 떠올리며 인사도 없이 팽하고 뒤돌아 신기촌 시장을 향해 댓바람으로 달음박질쳤다.

 어느새 동팔과 여자는 한 살림을 차렸다. 그 때문에 주민들 사이에 이러쿵저러쿵 불만이 터져 나왔다.

"거지발싸개 같은 놈이 동네에 흘러들더니 이젠 애까지 딸린 거지 계집까지 들여다 놓고 버젓이 살림을 차리니 별 우스운 꼬락서니 다 보겠다."

"이대루 모른 척 앉아 있으면 동네 거지소굴 되는 건 시간 문제야."

 동네에서 임시반상회가 소집됐고 주민들은 당장 동팔 일가를 내쫓아야 한다고 목소리를 높이고 법석을 떨었다. 그 중에서 최씨가 가장 악담을 퍼부었다.

"동팔이 고놈아 눈꼴 시려서 못 보겠다 아이가. 오갈 데 없는 놈 불쌍타 해서 받아 주었더만 지도 사내자슥이라고 좆 꼴리는 대로 꼴값을 다 떤다. 이 자슥이 고마 동네에서 쥐인 행세하려는 거 아이가. 퍼뜩 쫓아 뿌려야칸다."

"동네에 해 끼친 게 없는데 매몰스럽게 내쫓을 수야 있나. 이젠 제 한 입도 아니고 안식구하고 새끼도 딸렸는데."

기준 아버지가 동팔을 두둔하고 나섰다.

"고게 어디 제 자슥이가? 애비 모를 호로자슥이제. 동네 챙피해 죽겠다. 동네에 거지들 우글거리고 집값 떨어지면 우짤끼고?"

"맞다. 맞어!"

집값 운운하는 말이 설득력이 있었는지 동팔 일가를 내쫓아야 한다는 쪽으로 의견이 모아지던 참이었다.

"예끼, 이 사람들! 우리 사는 꼬락서니는 뭐 잘난 게 있나? 공사판 미장이 아님사 뱃놈 나부랭이 아닌가. 제법 방귀께나 뀌고 산다고 불쌍한 사람 괄시할라 들면 죄받는 겔세. 동팔이 입때껏 해 끼친 것 없으니 좀 더 두고 봄세."

기준 아버지의 몬존하게 타이르는 말에 주민들 기세는 한풀 꺾였고 누군가 동네 사내들이 모이기도 힘든 일이니 소주추렴이나 하면서 얘기를 매듭짓자고 했다. 사내들은 대구상회 평상으로 몰려가 소주잔을 기울였고, 불과하게 취기가 오를 즈음에 기준 아버지는 목청을 가다듬고 동팔 일가 문제가 다시는 불거져 나오지 못하게 단단히 못을 박았다.

"동팔인 나와는 청주 한씨 종친이고 촌수를 따지자면 동생뻘되는데 못난 동생 때문에 동네에 심려를 끼쳐 미안허네. 술 한 잔 낼 테니 내 낯을 봐서 형편을 좀 봐주시게."

주민들은 미주알고주알 불만이 없지 않은 모양이었으나 공술을 얻어먹은 터라 더는 왈가왈부하지 않았다.

어쨌든 똥치기 천덕꾸러기 신세에서 졸지에 마누라와 아들까지 거느린 한 집안 가장으로 벼락출세한 동팔의 살림은 활기를 띠었다. 동팔의 안방지기로 들어온 여자는 비록 가끔씩 정신이 오락가락 했지만 동네 시선이 곱지 않다는 걸 알았는지 개천 너머로는 일절 발길을 옮기지 않았다.

시간이 흐르면서 여자의 부숭부숭 부었던 얼굴도 동팔이 신기촌 시장에서 자반고등어를 사다가 세 끼 밥상에 구워 올리고 미역국을 끓여 대령하고 쌀밥을 지어주는 통에 미추룸하게 혈색이 돌았다. 절구통을 거꾸로 엎어놓은 몸맨두리였지만 여자는 무척 바지런해 궤짝 집 앞에 텃밭을 손수 일궈 호박, 옥수수, 상추 등 푸성귀와 채마를 심었다. 동팔은 푸성귀 밭 옆에 판자로 변소간을 지어 올렸고 변소간 옆에는 커다란 구덩이를 파놓고 인분을 삭여 퇴비를 만들어 푸성귀 밭에 퇴비를 뿌렸다. 푸성귀가 솟고 넝쿨이 뒤엉키고 옥수수단이 겅중 오르듯 동팔도 어느덧 단란한 일가를 이루었다. 그 사이 동팔은 새로 얻은 아들 작명을 부탁하러 기준 집에 찾아와 기준 부친에게 대뜸,

"형님, 우리 아덜 이름 좀 지어주시오."

천연덕스럽게 비나리치며 아우 행세를 했다.
 기준 부친은 아들 기준과 같은 돌림자를 붙여 기태라는 이름을 지어 주었으나 속으로는 반쯤 정신이 나간 부랑자 여자를 마누라랍시고 들여앉히고 한술 더 떠 어떤 건달패의 씨인 줄도 모르는 아이를 아들이랍시고 작명을 부탁하는 꼬락서니가 얄망궂었다. 그러나 가시버시를 이뤄 흔전거리며 보란 듯이 잘 사는 모습이 흐뭇해서 기준 아버지는,
 "자네들은 천생연분일세!"
 인사도 없이 내처 달려가는 동팔 등짝에 대고 한마디 했다.
 곰팡이 핀 곳에도 햇볕이 드는 법이고 쥐구멍에도 볕들 날이 있다고 아내와 자식을 들인 후 동팔의 일은 이상하게도 잘 풀렸다. 변소간과 정화조를 청소하는 똥치기들이 집단 파업을 일으켜 동네마다 변소간 치우는 일로 골치를 썩이는 일이 생긴 것이다. 새로 지은 집들은 수세식 화장실에 정화조를 묻어 별로 문제될 것이 없었지만 재래식 변소를 쓰는 집들은 몇 주 동안 똥을 치지 못하자 똥 난리가 났다.
 예기치 않은 똥 난리로 동네 천덕꾸러기였던 동팔을 찾는 사람이 부쩍 늘었고 기묘하게도 이때만큼은 동네 주민들이 동팔을 각별히 여기는 것 같았다. 동팔은 신기촌 일대에서 석바위까지 똥지게를 걸머메고 발바닥에 불이 붙도록 똥을 푸러 다녔다. 비록 몇 주에 불과했지만 그가 똥 푸는 일을 업으로 삼은 이후 가장 수입이 짭짤했던 때였다. 물론 똥 난리 중에도 동팔은 최씨

집 변소간은 끝내 치우지 않아서 최씨 집 식구들의 똥줄을 타게 했고 과거 억울하게 최씨에게 치도곤 당한 것을 속 시원히 앙갚음했음은 물론이다.

4

분뇨차는 이튿날 아침이 돼서야 나타났다. 며칠 동안 기준의 골머리를 썩혔던 변소간은 몇 분만에 깨끗이 치워졌다. 바닥을 드러낸 변소간을 내려다보자 기준은 가슴이 후련해졌다. 그러나 변소간 한번 치우는 값이 6만원이라는데 기준은 말문이 막혔다.
"6만원이나 해요. 전엔 3만원이면 치웠는데."
기준은 똥값을 깎을 요량으로 뻗댔다.
"변소통이 깊고 변이 많아서요. 이것두 많이 깎아 드린 거요."
"그래두 정화조도 3~4만원이면 치는데."
"아저씨, 정화조보담 재래식 변소가 치울 게 더 많소. 더구나 재래식은 똥 속에 신문지 비니루 생리대, 잡것이 죄다 딸려 나와 호스도 막히기 다반사고 얼마나 고역인지 아슈."
한동안 똥값 흥정으로 실랑이를 하다가 5만원에 낙찰을 보았다. 기준은 제값을 주었는지 더 주었는지 몰라 속이 켕겼지만 며칠 동안 속을 썩인 변소간을 치우자 마음이 한결 부드러워졌다.
순희 엄마는 낮에 일을 나가 밤늦게 들어와 좀처럼 얼굴을 맞대기가 힘들었다. 변소를 치우고 사흘이 지난 아침, 기준이 변소간에서 나오던 중 공교롭게도 볼일을 보러 나온 순희 엄마와 딱 마주쳤다. 순희 엄마는 기준과 열없는 눈인사를 주고받고 변소간으로 들어갔다. 기준은 가게문을 비시시 열고 문틈으로 고개를 쏙 뺀 채 순희 엄마가 일을 마치고 나오기만을 기다렸다. 남세스러운 일이었지만 똥값을 받아내려면 어쩔 수 없는 일이었다.

"아주머니, 드릴 말씀이 있는데요."

기준은 어렵사리 말을 꺼냈다. 사흘 전 분뇨를 치웠는데 똥값이 5만원인데 우선 우리가 냈고 함께 변소를 쓰는 처지지만 아무래도 우리가 장사하는 형편이라 바깥사람들이 변소를 자주 들락거리니 댁에서는 2만원만 내라며 딴에는 선심 쓰듯 말했다.

그러나 순희 엄마는 웬 뚱딴지같은 소리냐는 투로 귀넘어들으며 딴소리를 늘어놓았다.

"똥 치우려면 멀었던데 왜 벌써 치웠수? 미리 말을 하던가."

"워낙 꽉 차서요."

"아유, 난 돈두 없고 우리 식구들은 새벽같이 일 나가고 밤늦게 들어오니 똥오줌 깔길 사람두 없구. 뭐 싼 게 있어야 똥값을 내든가 말든가 하지."

순희 엄마는 암상궂게 뻗대더니 꽁무니를 내뺐다. 그 이후로 순희 엄마는 기준과 마주쳐도 눈인사조차 하지 않았다. 아니, 아예 기준의 그림자라도 나타난다 싶으면 심술궂은 얼굴로 오만상을 찌푸리며 기선을 다잡았다.

그러던 어느 날 저녁, 순희 엄마는 기준이 들으라는 듯 팍팍 성을 부리며 변소간 앞에서 고래고래 악을 쓰고 삿대질을 했다.
"머리에 피도 안 마른 것이 어디서 담배를 꼬나물고 지랄이야!"
갑작스런 소란에 기준이 변소간 앞에 가보니 단골로 기준네 분식점을 찾아오던 여학생 둘이 놀란 토끼처럼 한쪽 벽에 움츠리고 있었고 육덕한 몸집의 순희 엄마가 학생들을 몰아세웠다.
"아저씨 장사하려거든 정신머리 똑바루 차리고 해요. 학생들이 몰켜서 담배를 피우고 있지 않수, 원참, 공부하는 학생들이 그것 두 여학생들이 담배나 피우고 별일이야."
어쨌든 똥값 문제로 순희 엄마와 이런저런 일을 겪고 난 후로 기준은 아예 순희 엄마에게 똥 치우는 값을 나눠 내자는 말을 일절 꺼내지 못했다.
똥값 흥정이라니! 살다 보니 세상에 참 별일이었다. 사람 입 구멍으로 밥 한술 들어간 것이 위장에서 뒤죽박죽 반죽이 되어 어두컴컴한 굴속 같은 창자를 거치면서 온갖 영양소가 다 빠져나가고 끄응 하는 시름없는 신음 소리와 함께 세상 밖으로 똬리를 틀며 나오는 것이 똥 아닌가. 그런데 이리저리 탈 없이 뒤섞여야 할 똥 치우는 일이 말썽을 부리는 것이다.
기준은 변소간을 치울 때마다 5~6만원 하는 것을 혼자 부담하는 것이 억울할 노릇이었다. 변소간은 왜 그렇게 빨리 차오르는 것인지. 기준은 분뇨 처리를 최대한 늦춰볼 요령으로 변소구멍을 중심으로 불룩이 솟아오르는 것들을 막대기로 흩뜨려 놓는 일이 일과가 되었다. 물론 그런다고 똥 치우는 비용이 줄어드는 것은 아니지만 똥 푸는 시기를 한 일주일 정도 늦출 수 있기 때문에 적잖이 위안이 됐다. 당연 어렵사리 골목에서 주워온 똥 막대는 기준에게는 없어서는 안될 살림살이가 된 셈이다. 기준은 똥막대를 쓴 후 반드시 수돗물로 깨끗이 씻어 변소 구석에 세워두었다.

5

 계속될 것 같던 동팔의 단꿈은 오래가지 못했다. 그해 가을 어느 날 해질녘이었다. 파업을 주동했던 청소원 넷이 동팔 집에 들이닥쳐 저녁밥 한술을 막 뜨려는 동팔 멱살을 움켜쥐고 바깥으로 끌어냈다.
 "인생이 불쌍해서 무허가루 똥을 퍼도 모른 척 했더니 배은망덕하게 뒤에서 칼을 꽂아."
 "잘못했슴다…….."
 "이 새끼가 주둥이는 살아 갖고, 뭐, 잘못했다고!"
 사내들은 돌아가며 동팔에게 호된 매질을 했다. 동팔은 변변히 저항도 못하고 사내들 주먹을 고스란히 얻어맞았다. 흥분한 사내 하나가 몽둥이로 동팔의 머리를 후려치려는 순간 동팔 아내가 비명을 지르며 달려들어 사내들을 붙들고 애걸복걸했다.
 "애 아부진 잘못 없어요. 동네 사람들이 하두 변소를 치워달라기에."

"이건 뭐야!"

사내 발길질이 동팔 아내 옆구리를 냅다 질렀고 동팔 아내는 맥없이 나가떨어졌다. 사내 몽둥이가 동팔에게 날아드는 순간 우두머리 격인 영갑이란 사내가 가로막았다.

"고만해라. 이만하면 됐다. 지도 사람새낀데 알아들었겠지."

사건이 있은 후 며칠 동안 동팔은 일을 나가지 못했다. 그가 다시 일을 시작했을 때 몸을 크게 상했는지 허리를 제대로 가누지 못했고 걸음도 불편했다. 동팔의 불행은 그뿐이 아니었다. 동팔이 인분을 져 날러 버리던 장소인 휴경지 수렁이 매립이 된 것이다. 동네 골목길로 덤프트럭이 며칠 밤낮으로 줄을 이어 들어왔고 문학산 기슭에 있던 도자기 공장에서 실어온 폐도자기와 이빠진 그릇들이 휴경지 수렁을 순식간에 메워버렸다. 그 위에 흙이 덮어지고 중장비들이 땅을 다졌다.

주민들은 매립공사장에 새카맣게 몰려들어 전라도 신안 앞바다 보물 건지듯 쓸 만한 그릇을 줍느라 포클레인 사이를 누비며 법석을 떨었다. 매립지에 택지가 조성된다는 소문이 무성했다. 주민들은 택지가 조성되고 길이 뚫리고 넓어지면 땅값과 집값이 널뛰듯 크게 뛸 것이라고 입이 함지박처럼 벌어졌다. 둘 이상 모이면 온통 땅값 집값 오르는 일을 화제로 삼았다. 그러나 변소간 인분을 지어다 휴경지 수렁에 부리는 일로 생업을 이어온 동팔에게는 마른하늘에 날벼락이었다.

식전부터 동팔이 기준 집에 모습을 드러냈다. 기준 부모의 호의에 한번도 머리를 숙이지 않았던 그가 반쯤 벗겨진 머리를 떨군 채 연신 허리를 굽실댔다.
 "애 엄마가 허리가 결린다며 며칠째 물 한 모금 못 먹고 드러누웠습니다. 약이라도 한번 써봤으면……."
 동팔은 잠시 울음 없는 눈물을 흘리며 코를 풀었다.
 기준 어머니는 장롱에 숨겨둔 지폐 몇 장을 꺼내와 동팔에게 쥐어주었다.
 "한데서 몸 풀고 몸조리를 못해 허리가 아픈 게지. 붕어찜이나 고양이를 달여 먹으면 허리 아픈 데 즉험이라는구먼."
 동팔 아내가 매질을 당한 일을 모르는 기준 어머니는 위로의 말을 건넸다.
 그날 오후, 기준은 근처 도자기 공장에서 흘려보낸 붉은 폐수가 흐르는 승기천에 첨벙 뛰어들어 그물질 하는 동팔을 보았다. 태풍주의보가 내린 날이라 하늘은 잔뜩 흐려있었고 며칠째 비가 들어 그물에는 손바닥만한 붕어들이 잔뜩 감겨 올라왔다.
 "그건 공장 폐수 때문에 못 먹어요."
 기준은 걱정돼서 하는 말이었으나 동팔은 그를 흘깃 쳐다보고는 다시 그물질이다. 동팔은 그물에 걸려 오른 놈들 중 잔챙이를 솎아내고 제법 통통히 살이 오른 붕어를 둥구미에 골라 넣으며 말했다.
 "비 쏟아지려나 부다. 어여 집에 가라. 감기 걸릴라."

기준은 호주머니에 양손을 찔러 넣고 쪼그리고 앉아 검붉은 잉크가 뒤섞여 흐르는 개천물을 바라보았다. 풀숲에서 연녹색 개구리가 폴짝 뛰어올랐다. 기준이 개구리를 잡으려 손을 뻗치자 개구리는 풀숲 속으로 재빨리 몸을 숨겼다.
"아저씨, 기태는 잘 커요?"
"옹알이 한다. 귀여워 죽것다."
"개구리보다 귀여워요?"
"뭐라? 아기보고 개구리새끼가 무슨 소리냐!"
"난 개구리가 가장 귀여운데……."
"맞다. 개구리보다 귀엽다. 하하!"
동팔은 징그러운 너털웃음을 터뜨렸다.
빗방울이 들더니 곧 장대비가 쏟아졌다. 기준은 그물질하는 동팔을 뒤로 한 채 집으로 내달렸다. 발밑에서 펑하는 소리가 들렸다. 개구리를 밟은 모양이다. 기준은 논길 위로 뛰어오르는 개구리를 밟지 않으려고 어기적어기적 뛰었다. 그러나 발밑에서 자꾸 뭉클뭉클한 것이 밟혔다. 왠지 동팔의 너털웃음을 다시는 볼 수 없을 것만 같은 예감이 시끄러운 빗소리와 개구리 울음 속에서 떠올랐다.
휴경지 수렁이 매립된 후 똥을 내다버릴 곳이 없어진 동팔은 동네 개천에 인분을 버렸다. 그것이 기어코 사단이 될 줄은 몰랐다. 공교롭게도 최씨는 개천 옆 공터에 집을 한 채 지어 그곳으로 이사를 했는데 자기 집 옆에 똥을 내다버리니 가만히 두고 볼

리 없었다.
"호로자슥아, 어디다 똥을 버려샀노! 네 뱃가죽이 두껍나? 확 창쌔기를 뽑아뿔라. 냄새나서 본 살겠다."
"개천물이 흘러가는데…… 무슨 냄새가 난다고 그러요."
"뭐라카노? 이 자슥이 주둥이는 살아갔고."
말이 떨어지기 무섭게 최씨의 절굿공이 같은 주먹이 동팔 턱에 꽂혔다. 평소 같으면 꿈쩍도 못하고 치도곤을 당했을 터였지만 이번만큼은 동팔이도 결코 물러서지 않았다. 똥을 푸는 것이 생업인데 똥을 내다버릴 장소가 없어진 이상 앞뒤 잴 형편이 아니었다. 동네 개천이 아니라 동네 한복판에라도 똥을 버려야 했다. 더군다나 홀 몸도 아니고 아내와 애까지 딸렸기 때문에 더는 물러설 곳이 없었다.
동팔도 최씨 멱살을 틀어쥐고 맞대놓고 버텼다. 최씨 목소리가 원체 크고 포악스러워 뭔 구경거리가 났나 싶어 사람들이 최씨 집 앞으로 새카맣게 모여들었다. 어른들 허리 틈에 끼여 동팔과 최씨 싸움을 지켜보던 기준은 속으로 동팔이 제발 힘을 냈으면 했다. 그러나 동팔은 단단한 체구의 최씨를 당해내지 못하고 최씨 주먹질 한방에 넉장거리로 나가떨어졌다. 최씨는 욕을 하며 동팔을 짓밟았다.
"니 함부로 깝죽이지 말랬지."
"최가 네가 참아라. 생각 있는 놈이사 동네 개천에 똥 버릴 생각을 했겠나. 동팔이 자네도 아무리 궁하다손 쳐도 동네 앞 개천에 똥물을 버리면 쓰나."
 대구상회 주인 정씨가 매질을 하는 최씨를 간신히 뜯어말렸다.
"맞다. 똥내가 진동한다구. 최씨가 심하기도 했지만 이번 일은 동팔이가 잘못한 거여."
 누군가 맞장구치자 득의양양해진 최씨는 헛기침을 하며 동팔이 밥통보다 더 애지중지하는 똥통을 걷어찼다. 똥통은 똥물을 쏟으며 개천 아래로 굴러 물속에 첨벙 빠져들었다. 순간 맥없이 흙바닥에 늘어져 있던 동팔이 벌떡 일어나 똥바가지 막대를 집어 들었다. 그는 남은 똥통에서 똥 한 바가지를 푸더니 구경꾼들을 향해 빙그르르 한 바퀴 똥물을 흩뿌리며 알아들을 수 없는 소리로 통곡을 했다.
"나를 잡아묵어라! 잡아묵어! 개천은 흘러간단 말여!"
 동팔이 똥 한 바가지를 더 뿌리자 미처 피할 새도 없이 똥물을 뒤집어 쓴 사람들은 한결같이 욕지거리를 해댔다.
"저 개아덜 놈 봐라! 어따 똥을 뿌리노!"
 누군가 혀가 떨어져라 끌탕을 차며 말하자 동팔은 똥통을 머리 위로 번쩍 들어 올리더니 바닥에 힘껏 팽개쳤다. 구경꾼들은 거미 떼처럼 흩어졌고 동팔은 똥물을 머리끝부터 발끝까지 뒤발한 채 한동안 우두망찰한 얼굴로 서 있었다.
 이후로 동팔의 존재는 동네에서 잊혀졌다. 동네 개천 근처에 마저 남은 논에서 가을걷이가 끝나자 동팔의 궤짝 집터를 비롯한 농경지가 매립이 되었다. 알게 모르게 동팔의 집은 헐렸고 또

알게 모르게 동팔 일가는 동네에서 사라졌다. 그해 가을과 겨울 청와대에서 총성이 울렸고 군인들이 정권을 잡았다. 어수선한 세월 통에 동팔의 존재에 관심을 두는 사람은 아무도 없었다.

 그후 언젠가 살가죽이 터지도록 추웠던 겨울 아침, 동팔이 동네에 다시 나타났을 때, 동네 여자들이 우려했던 일(동팔이 바지춤을 까고 동네 여자들에게 덤빌지도 모른다는 생각)이 마침내 비스름하게 벌어졌다. 술에 잔뜩 취한 동팔이 옷을 훌렁 벗은 알몸으로 시커멓고 북실북실한 거웃을 만천하에 드러낸 채 동네 네거리 복판에서 소리를 지르며 오열을 쏟았다. 사내들이 모두 일을 나간 터라 고삐 풀린 망아지 모양으로 날뛰는 그를 붙잡을 만한 사람은 없었다.
 누군가 동팔의 벌거벗은 몸에 담요를 덮어주었지만 동팔은 담요를 걷어 차내고,
"엄니! 배고프요!"
소리를 질러댔다.
"부모도 없는 사람인 줄 알았는데 엄니를 찾네."
"어디 부모 없는 사람 있겠나."
"날도 추운데 저 지랄하다간 얼어 죽는다. 누가 좀 말려!"
"동네에서 송장 치우는 거 아닌지 몰라."
"석호야, 네는 왜 술을 팔아갔고 이 난리를 일으키노?"
소주를 판 대구상회 정씨 마누라에게 비난이 쏟아졌다.

"술 달라고 뻗대는데 내사 우야겠노. 일수가 사나우려니까 젠장."
 기준은 여자들이 수군덕거리는 소리를 한쪽 귀로 흘리며 낯을 찌푸렸다. 어쩐지 눈물이 자꾸 쏟아질 것만 같았다.

6

 변소간을 치우고 뒷정리를 하는데 송림슈퍼 철수 엄마가 말을 건네 붙였다.
 "한씨, 변소 치웠수? 얼마 들었수?"
 철수 엄마는 유독 동네일에 사사건건 관심이 많다.
 "5만원 합디다. 6만원 할 때도 있구요."
 "미리 얘기를 하지. 싸게 변소치는 사람 있는데 연락처 줄까?"
 송림슈퍼 철수 엄마는 휴대폰 번호를 적어 주었다.
 한 달 후 기준은 철수 엄마가 일러준 곳으로 전화를 넣었다. 걸걸한 목소리의 사내는 변소간 치우는데 얼마요, 하는 물음에 딴데보담 1~2만원 싸다고 답했다.
 다음날 아침 일찍, 사내는 정화소 트럭을 몰고 나디났다.
 "예서 불렀수?"
 가게 문을 열고 들어오는 늙수그레한 사내는 다름 아닌 한동팔이었다.
 "동팔 아저씨 아닙니까?"

"나를 아요?"
"저 기준이에요. 한기준, 신기촌 청주 한씨 집 둘째."
"아, 그래 기준이구먼, 기준이여!"
동팔은 기준 손을 덥석 잡았다.

 동팔은 풍경분식 변소간을 치우고 기준은 일을 거든답시고 동팔 옆에 붙어 강산이 두 번 넘게 바뀐 저간의 사정에 대해 물었다. 아니, 오히려 동팔이 기준 집안일에 대해 이것저것 물어왔다. 기준 부친이 위암으로 투병하다 몇 해 전 돌아가셨다는 말을 전했을 땐 동팔은 닭똥 같은 눈물을 펑펑 쏟으며 통곡했고, 어머니는 시집 안 간 여동생과 함께 예전 그 동네에서 여전히 살고 있다고 하자,
"꼭 찾아 뵈야 하는데 반백이 다 되도록 사람 구실도 못했다."
 동팔은 눈물을 흘렸다.
 기준은 이것저것 묻고 싶은 게 많았으나 동팔은 회사에 출근부를 찍어야 한다며 변소간을 치우기가 무섭게 저녁에 들른다며 차를 몰고 급히 떠났다.
 그날 저녁 동팔과 기준은 풍경분식 가게청에 마주 앉아 소주잔을 나누며 회포를 풀었다.
 "하하! 똥 푸는 것두 기술이라면 기술이제, 사람 죽으란 법은 없더구먼. 우연찮게 영갭이 형님을 만났는데…… 기준이 너두 알지. 옛날 똥치기들이 파업을 부려 동네에서 제때 똥을 못 퍼 똥

난리 났던 거. 그때 파업을 주동하고 감옥소에 끌려가 콩밥 먹은 아저씨 말야."

"예. 그 일 땜에 아저씨가 괜한 곤욕을 치렀잖아요."

"그려, 그려. 영갭이 형님한테 매두 맞았지. 하여간 집 헐리고 오갈 데 없이 얼어 죽게 생긴 우리 식구들을 영갭이 형님이 방 한 칸을 내주고 식구덜을 거둬주었어. 내가 맞을 짓을 했지만 때린 게 미안했던 모양이야. 마침 그 형님이 다니던 청소용역회사에 자리가 하나 났고 형님 소개로 똥 푸는 일을 다시 시작한 거야."

"참, 아주머니는 건강하셔요?"

"……"

동팔은 무슨 말을 하려다가 말문이 막힌 사람처럼 입술만 쫑그리다 한참 뒤에 말을 꺼냈다.

"기태 엄마는 아이만 남겨두고 사라졌어. 실성이 도졌던게지. 애 엄마가 떠나고 살길도 막막해 세상과 인연을 끊으려 약병을 품고 살았어. 하지만 똥막대 한 자루도 쓸모가 있는 법이여. 그러니 질긴 사람 목숨은 오죽하겠냔 말이지. 비록 똥 푸는 천한 놈이지만 고것도 애비라고 애오라지 의지하는 자식 놈도 있고……"

"잘하셨어요. 전 아저씨가 죽은 줄만 알았어요. 아저씨가 농네를 떠난 그해 겨울, 장독이 터지도록 추웠잖아요. 눈두 많이 오고."

"그래, 지랄맞게 춥구 눈두 많이 내렸지."

"아주머니는 찾아보셨어요?"

"찾기야 찾았지. 한 다리 두 다리 건너 입소문을 따라 정신병자

요양원하구 복지시설을 샅샅이 뒤졌어. 하지만 성도 이름도 모르는 여자를 무슨 수로 찾겠나. 매번 허탕만 쳤지. 헛걸음질 칠 때마다 잊어야한다고 다짐했어. 그런데 그럴수록 왠지 얼굴만큼은 하루도 거르지 않고 눈앞에 떠오르더군.”

"꼭 만나 뵐 수 있을 거예요.”

"살아있으면사…… 살아있으면사, 언젠가는 만나것지…….”

동팔은 고개를 주억거리며 뜨거운 한숨을 내쉬었다.

기준은 동팔의 빈 술잔에 소주를 가득 부어 주었다. 소주잔을 거머쥔 동팔의 갈퀴손이 흐리마리 떨렸다. 낮에는 몰랐었는데 동팔에게도 세월은 어쩔 수 없었는지 반 여남은 머리에 하얗게 서리가 내려 있었다. 기준은 동팔 눈에서 눈물이 왈칵 넘치는 것을 외면하며 술잔을 들었다.

"내가 다 늙어갔고 뭔 청승이냐! 하하! 오랜만에 노래 한 곡 뽑을까?”

술잔을 기울이는 기준에게 동팔은 눈가를 훔치며 말했다.

"좋죠.”

동팔은 소주를 한 잔 더 들이키고 흠흠, 목청을 돋웠다.

"똥~ 퍼~”

뒤집기 한판

1

 초상집과 어울리지 않은 씨름 이야기는 고인이 한때 날렸던 씨름꾼이라 비롯된 것이다. 고인은 주안북초등학교 23회 씨름부 코치였으며 상주인 봉균과는 매부·처남 관계다.
 "홍만이하고 태현이는 씨름판을 배신한 놈이야."
 "돈에 환장한 자슥들. 천하장사였으면 씨름판을 지켜야지."
 "맞다. 쳐 죽일 놈들."
 "아니다. 시골 늙은이들이나 찾는 씨름판 잘 떠났다. 되지도 않는 거 붙들고 늘어져봤자 빈 뒤주에서 쌀이나 나오겠냐."
 "니들은 말만 씨름부였지 제대로 운동은 했냐? 자슥들아, 씨름은 주둥이로 하는 게 아니야. 강호동 뒤꿈치만 따라갔어도 내 말을 않는다."

동창 문상객 중 유일하게 씨름부 출신이 아닌 길용이 아니꼽다는 투로 말하자, 문상객이 뜸한 틈을 타서 술자리에 낀 상주 봉균과 단지 소싯적 씨름부 주장이었다는 이유로 친목회 회장을 떠맡은 대환을 비롯한 7명 씨름부 동창생들은 일제히 괘다리적은 눈길을 길용에게 던졌다.

'7인의 사무라이'도 아니고 '황야의 7인'도 아닌 주안북초등학교 '7인의 씨름부'에게 씨름은 곧 즐거움이자 삶의 원천이었던 관계로 누구든 섣불리 씨름에 대해 희떠운 토라도 달면 이구동성으로 악패듯 몰아세웠다. 이들에게 씨름은 소주보다 단 추억으로 2002년 한일 월드컵 때, 안정환이 이탈리아를 상대로 역전골을 넣어 각처에서 수백만 인파가 소란을 떠는 그 순간에도 공원 잔디밭에서 술에 취한 채 서로 엉켜 씨름판을 벌였다. 자기들끼리 돌아가며 한판 붙는 것으로도 성이 차지 않아 가족동반 야유회에 가서는 싫다는 아이들을 억지로 붙여놓고 씨름을 시켰다. 아이들이 나자빠지고 무릎이 깨지고 혀를 깨물고 울고불고 난리법석을 떨고 마누라들이 애 잡겠다고 불평을 늘어놓아도 막무가내로 씨름광인 이들에게 길용이 토를 달고 나섰으니 이들은 당장이라도 길용을 쳐 죽일 기세다.

"인마, 주안하고도 북쪽에 있다 해서 주안북초등학교 씨름부로 말할 것 같으면……"

"야, 또 그 씨름 타령이냐! 그 잘난 얘길랑 이젠 귓구멍에 못이 박힐 지경이다."

"시끄럽다. 들어봐라!"

뒤집기 한판   161

2

 1979년 초여름 어느 한낮, 주안북초등학교 아이들은 어찌된 영문도 모른 채 운동장에 끌려나와 반별로 줄을 맞춰 도열했다. 흰색 운동복 윗도리와 아랫도리를 입고 빨간 모자를 눌러 쓴 체육주임 김치복 선생은 황새와 같은 도도한 자태로 구령대 위에 버티고 서서 야생돼지 목따는 소리로 "줄 똑바로 못 맞춰!"
 악을 썼다. 새로 부임한 교장은 '19회 동창회 기증'이라는 빛바랜 글씨가 찍힌 차양 아래서 철제 의자에 몸을 파묻고 회한에 젖은 듯 명상에 잠겼다. 교감, 교무주임, 학생주임은 마치 애새끼들 하나 제대로 잡지 못하고 시방 뭐하냐는 투의 칙살맞은 눈짓을 김치복 선생에게 연방 보내며 끌탕을 쳤다. 체육주임은 마침내 최후의 결단을 내렸다.
 그 결단이란 이렇다. 우선 고만고만한 놈을 하나 골라 구령대 위로 불러낸다. 고만고만하다는 것에는 나름대로 규칙이 있다. 일단 4학년 아래 조무래기는 제외다. 육성회 자녀도 열외다. 불가사의하게도, 무지막지해 보이는 체육주임은 각 반마다 열 명씩이나 되는 육성회원 자녀들을 빠짐없이 기억한다. 따라서 김치복 체육주임이 주안북초등학교로 전근해 온 이후로 전체 조회나 사열식에서 육성회원 자녀들이 구령대 위로 끌려 올라온 기록은 전무했다.

체육주임 주특기는 두 가지였다. 고만고만한 아이의 양쪽 귀때기를 잡아 몸뚱이를 들어 올려 허공에서 파리채 흔들 듯 휘돌리다 땅바닥에 패대기치는 것과 발길질로 걷어차 구령대 저 멀리 날려 버리는 것이다. 컨디션에 따라 연속동작으로 '휘돌려 발길질'이라는 고난이도 기술을 보여주기도 했다. 열 손가락으로 일일이 꼽기에는 벅찬 수많은 아이들이 구령대 아래로 나동댕이쳐졌지만 입때껏 세상을 하직하거나 중환자실에 입원했다는 기록이 없는 것 또한 불가사의다. 물론 이를 나무라는 교장 이하 교직원 일동도 없었고 이를 따지러 학교에 쳐들어 온 고만고만한 학부모도 없었다.

"너, 그래 너 인마, 이리 튀어나와!"

체육주임은 점심시간 무렵 콧구멍을 후비고도 씻지 않았을 것이 틀림없는 검지를 봉균과 석호에게 겨누었다. 먼저 석호가 체육주임 발길질 한방에 구령대 아래 까마득한 흙바닥에 넉장거리로 나가 떨어졌다. 평소보다 예사롭지 않은 발차기였다. 연이어 체육주임 앞차기였는지 옆차기였는지 모를 발차기가 봉균 가슴팍으로 날아들었다. 봉균은 허공에 떠올랐다. 푸른 하늘을 배경으로 체육주임을 닮은 솜구름이 보였다. 플라타너스가 거꾸로 서서 가지를 흔들고 운동장 흙바닥이 보였다. 언젠가 봉균에게 깐죽거리다가 봉균의 주먹 한방에 쌍코피가 터신 주안북초등학교 육성회 고남철 회장의 막내아들 길용을 비롯해 봉균과는 원한 살 일이라곤 눈곱만큼도 없는 몇몇 성명 불상의 아이들이 봉균이 보기 좋게 나자빠지길 고대했다. 그러나 봉균은 공중제비를 한 바퀴 돌고 두발로 꼿꼿이 바닥에 착지해 그들을 적잖이 실망시켰다.

봉균 자신도 놀란 공중제비돌기에 박수를 보낸 아이들이 있었는지 확인할 길은 없으나 곳곳에서 탄성이 터져나왔던 것은 분명했다. 훗날 대환은 "김치복 선생의 전대미문 발차기에 나가떨어지고도 봉균이와 석호가 식물인간이나 반신불수가 되지 않았던 것은 학교 터를 닦을 때 출몰한 용을 삽으로 찍어 죽여 소풍날에는 반드시 비가 온다는 전설 그 다음 페이지에 기록될만한 문학적 내지는 역사적 가치가 충분히 있는 일"이라고 회상했다.

대충 운동장이 정리되고, 교장이 구령대 위로 등장했다. 빰빠밤 빰빠밤 빰빠밤 하는 주안북초등학교의 자랑이자 각종 자질구레한 행사 때마다 약방의 감초 격으로 빠지는 일이 결단코 없는 밴드부의 각진 팡파르 소리가 순간 멈추었다. 밴드도 있겠다 십팔번이라도 멋지게 한곡 뽑아 올릴 것처럼 등장한 품새와 달리 교장은 마이크를 붙들고 신세타령을 늘어놓기 시작했다.

"본인은 주안북초등학교에 부임하기 전, 전통의 명문 중앙초등학교를 맡았습니다. 중앙 학생들은 공부도 잘했고 학부모들의 학교에 대한 우국충정과 애정도 대단했습니다. 그런데 오늘날 여기에 와보니 뭔가 맥 풀린 듯하고 육성회 활동도 뜨뜻미지근하고, 술에 물 탄 듯 물에 술 탄 듯하다 이 말입니다. 비록 본인이 중앙을 떠나 주안북초등학교로 부임하게 되었지만 양교 학생 모두 친자식 친손자 같다는 생각은 일편단심 변치않습니다만, 어쨌건 제군들은 각 방면에서 중앙 학생들보다 반드시 앞서 나가야한다는 것이 제 식견이올시다."

나중에 알려진 사실이지만 교장은 중앙초등학교에서 쫓겨났다고 한다. 중앙의 문교부장관 일행이 불시시찰(당시에는 각 방면에서 불심검문 불시점검이 유행이었다)을 나와 중앙초 학생들 도시락 뚜껑을 깠는데, 당시 일종의 특수목적 초등학교였던 중앙초 부잣집 도련님과 공주님 도시락에는 그 흔해 빠진 보리알 한 톨을 찾을 수 없는 흰 쌀밥뿐이었다. 그것은 보릿고개를 몸소 경험하고 우매한 백성들의 건강을 염려하신 끝에 나라를 구하려는 애국충정과 민족중흥의 역사적 사명으로 '혼분식' 정책을 직접 입안하신 각하의 뜻을, 비록 본의는 아니었지만 어쨌든 정면으로 거스른 대역죄에 해당하는 것이었다. 각하의 뜻이 법이고 법이 곧 각하의 뜻인 시절, 각하의 뜻을 다하지 못한 교장이 중앙에서 북으로 밀려난 것은 지극히 당연한 일이었으며 입이 열 개라도 할 말이 없는 일이었다.

교장의 훈시는 체력은 국력이라며 가을에 열리는 소년체육대회 지역 예선에서 주안북초등학교가 강력한 종합우승 후보인 중앙을 기필코 제치고 우승해야 한다는 것으로 결론 내렸다.

교장의 일장훈시가 끝나자 흰색 체육복을 입고 흰색 운동모자를 쓰고 흰색 운동화를 신은 교직원 일동이 구령대 좌우로 도열했고 빨간 모자로 체육주임이라는 것을 티내고 있던 김치복 선생이 결연한 표정으로 연단에 올라섰다. 김치복 선생의 진두지휘 아래 젊은 축에 드는 남선생들이 각종 운동 종목을 하나씩 떠맡았고 소년체육대회 지역 예선에 참가할 주안북초등학교 대표선수들이 선발됐다.

먼저 육성회원 자녀들을 주축으로 야구부와 테니스부가 만들어졌다. 야구는 인기 종목이었으므로 대다수 주안북초등학교 아이들은 야구부원으로 뽑혀 나간 아이들을 동경어린 눈으로 쳐다보았다. 키가 크고 걸때가 좋은 아이들은 축구부로 뽑혀 나갔고 체육주임은 직접 육상부원을 선발했다. 전에 없었던 배구부, 농구부, 송구부, 탁구부, 수영부, 체조부도 만들어졌다. 말만한 처녀 같은 여학생들은 여자 종목이 없는 야구부와 축구부를 뺀 각 종목에 선수로 뽑혀 나갔다. 선생들은 아이들 키를 가늠해보고, 입을 벌려 치아 수를 세어보고, 혀를 뽑아 혓바닥에 백태는 끼지 않았는지, 눈꺼풀을 까뒤집어 흰자위에 황달기는 없는지를 살펴보며 소장수가 소를 고르듯 개장수가 개를 고르듯 호들갑을 떨었다.

한바탕 소동이 일었지만, 눈 깜짝할 사이에 운동부 십여 개가 새로 만들어졌으니 북초등학교 교장의 지도력과 추진력은 탁월하다고밖에 달리 표현할 수 없었다. 또한 휘하 선생들도 맹장 아래 약졸 없다는 옛말처럼 기민하게 학생들을 통제했다.

불가사의한 일이 많았던 그날 오후, 주안북초등학교 씨름부는 가장 마지막에 만들어졌다. 조용필이 불멸의 히트곡 '창밖의 여자'와 '단발머리'로 화려한 컴백을 하기 직전이었으니 '조용필은 나중에 나온다'는 쇼 프로그램 편성 철칙을 알 리 없었겠지만 어쨌든 '7인의 씨름부'는 씨름과는 꿈속에서라도 인연이 없어 보이고 병색이 완연했던 마선생이 직접 간택한 선수들로 창단되었다. 알토란 같아 뵈는 애들은 이미 육상, 축구, 배구, 농구부 등속으로 빠져나갔으니 남은 애들이라곤 마선생만큼이나 영양상태가 의심스러운 약골들뿐이었음은 당연한 결과였다. 개중에 쓸 만하다고 여겨 모은 애들이 바로 봉균, 대환, 병훈, 석호, 기준, 재남, 성삼 7명 소년들이다. 소년들은 걸때가 하나같이 도토리 키 재기 모양으로 고만고만했고 씨름에서 가장 중요하다 할 수 있는 고기근수도 또래들보다 밑으로 처졌다. 더군다나 재남이와 성삼이는 누가 보더라도 피골이 상접한 국가 대표급 약골이었다. 소년들은 서로를 거울삼아 쳐다보니 정녕 자신들이 주안북초등학교를 대표하는 씨름부라는 사실이 믿어지지 않았다. 기준은 훗날 한국 코미디계의 전설 고(故) 이주일 선생의 슬랩스틱 코미디 같았던 불가사의한 그날을 "소 팔러 가는데 개 따라간다는 말이 있는데 우리가 그 꼴이었다"고 술회했다.

3

이튿날, 주안북초등학교 운동장은 태릉선수촌을 옮겨놓은 듯했다. 모래주머니를 장딴지에 친친 감고 뛰는 녀석, 제 몸뚱이 두 배는 됨직한 화물차 타이어를 묶은 밧줄을 목에 걸고 차력사처럼 운동장을 도는 녀석 등등 그야말로 진풍경이 운동장에 가득 펼쳐졌다. 좁아터진 운동장에 운동부원들이 독립만세 부르듯 몰려나와 훈련을 한다며 떼거지로 박신거리다보니 주안북초등학교 야구부 부동의 8번 타자 길용이 두 눈을 질끈 감고 방망이를 휘둘러 때린 야구공이 축구부 주장 공만의 가랑이 사이 중요한 부위를 아슬아슬하게 지나가고, 공만이 축구 골대를 향해 냅다 내지른 똥볼이 농구대 림 안으로 빨려 들어가는 진기명기도 연출됐다. 운동부 담당 선생들도 선수들 못지않게 열정적이었다. 수업이 끝나면 체육복으로 갈아입고 목이 째져라 선수들을 지도했고 누가 시킨 것도 아닌데 휴일을 자진 반납했다.

그러나 주안북초등학교 선수들이 언제 운동을 제대로 해봤겠는가. 아이들은 나름대로 용을 쓰고 있지만 나사가 한두 개 빠진 듯 어수룩하고 얼떠 보였다. 아이들 그림자가 오뉴월 쇠불알 쳐지듯 늘어지는 해질녘이 되면 선수들은 땀과 흙먼지로 반죽이 된 채로 꼼짝할 기력마저 상실했다. 그러나 사정을 모를 리 없는 교장은 뒷짐을 진 채 고개를 좌우로 흔들며 가진 오만상을 찌푸렸다. 결국 교장이 운동부 담당 선생들에게 이 따위로 하려거든 당장 때려 잡수라고 닦달을 했는지는 밝혀진 바 없지만 어느 때부턴가 "몽둥이가 약"이라는 말이 대의명분을 얻게 되고 곧 실행되었다.

이러한 분위기와 달리 씨름부 훈련은 만고강산 무사안일 복지부동 천하태평이었다. 다른 종목 선수들이 본격적인 훈련에 돌입할 때쯤 되어서야 씨름부 감독 마선생은 무릎과 엉덩이 부분이 반질반질 광이 나고 몸에 착 달라붙는 감색 쫄쫄이 추리닝 차림으로 나타났다. 그가 감독으로서 소년들에게 가르쳐 준 것이라곤 숨쉬기 운동으로 시작해 숨쉬기 운동으로 끝나는 국민체조였다.

"운동이라 카믄 준비 운동이 젤로 중요한기라. 기계에 기름칠을 지대로 안 하면 부품이 뿐질러져 몬 쓰게 되듯이 우리 몸도 똑같다 아이가."

경상도 황룡산 깊디깊은 골짜기가 마주보이는 산마루에 위풍도 당당히 수만 년을 버티고 서 있었다는 '불뚝 바위'의 정기를 받고 태어났다고 스스로 주장한 바 있는 마선생은 국민체조 동작을 직접 시범을 보였는데 허리운동 대목에선 허리를 뒤로 한껏 제치고 배를 내밀자 쫄쫄이 추리닝 바지 그곳으로 '그 무엇'이 불뚝 바위가 되어 솟아올라 민망하기 짝이 없었다. 그해 크리스토퍼 리브가 주인공으로 나온 SF영화 <슈퍼맨>이 인기를 끌었고, 빨간 빤스는 여성용이라는 상식을 뒤엎은 슈퍼맨의 빨간 팬티 패션이 던져준 문화 충격에서 벗어날 즈음 팬티는 속옷이라는 고정관념을 깨고 팬티를 바지 위로 덧입었던 슈퍼맨의 해괴망측한 패션에 대한 논쟁이 새롭게 일었던 적이 있었는데, 씨름부 소년들은 마선생의 쫄쫄이 추리닝을 통해 슈퍼맨의 그 독특한 패션이 뜻하는 바를 짐작할 수 있었다. 쫄쫄이를 입을 때는 '그 무엇'을 살짝 가려줘야만 한다는 것을 말이다.

그냥저냥 국민체조를 끝내고 나면 마선생은 "운동장 스무바퀴 돌고 씨름장 가서 대충 맘 맞는 노마들끼리 붙잡고 씨름하기라. 줄 똑바로 맞추고." 하고는 교실로 돌아가서는 함흥차사였다. 어느 날이었던가. 석호가 "선생님, 씨름은 언제가르쳐주실 랍니까?" 하고 묻자 마선생은 "기초체력이 젤로 중요한기라. 씨름이라카믄 체력, 정신력, 기술이 삼위일체가 돼야한다. 삼위일체라고 니들이 알기나 아나." 되레 큰소리였다.

소년들은 마선생이 씨름에 대해 일면 지식이라도 있는지 배리배리한 걸때로 씨름이란 것을 과연 해보기는 했는지 의심의 눈길을 던졌다. 어쨌든 소년들은 마선생이 사라지면 요령껏 훈련을 하고 훈련시간의 거지반을 플라타너스 그늘 아래서 농땡이를 쳤다. 물론 이런 호시절도 한때였다.

"뭣들 하는 녀석들이냐?"

잡초 풀대를 잘근잘근 씹으며 그늘 아래서 무료한 오후를 보내고 있던 봉균과, 점심시간에 남긴 도시락 찬밥 한 덩어리를 이제 막 목구멍 안으로 넘기던 석호, 야구부 연습 광경을 넋을 빼놓고 쳐다보던 대환을 비롯한 7명의 씨름부원들은 교장의 갑작스런 출몰과 '뭣들 하는 녀석들이냐' 라는 교장의 실존적 질문 앞에 당황해 돌부처럼 입을 다물었다.

"뭐 하는 녀석들이냐니까!"

"씨이름부운데요."

대환이 대답을 하는 찰나에 소년들 중 가장 먼저 재남이는 요령껏 튀어야 살 길이라는 생각을 했고 나머지 소년들 머릿속에도 줄행랑을 놓아야 한다는 생각이 촌각을 다퉜다.

"씨름부라…… 감독 선생님은 시방 어디 계시냐?"

"사모님이 편찮으시다고 방금 전에 가셨는데요."

대환은 딴에는 감독을 생각해서 둘러댔다.

"갔다고? 감독은 누구시냐?"

또 다른 실존적 질문은 뙤약볕에 지친 아이들 머리를 어지럽게 했다.

"마상득 서언생님이신데요. 6학년 9반 담임 선생님이신……"

"마선생이라?"

뜻밖에도 교장은 직분을 망각하고 자리를 비운 마선생을 결코 비난하지 않았다. 소년들을 나무라지도 않았다. 교장은 인자했고 말이 없었다. 뒷짐을 진 채 하늘을 멍하게 쳐다보며 한숨을 내쉬는 교장의 처량하기 짝이 없는 모습에서 소년들은 은퇴를 앞둔 노인만이 지닌 고독에 공감하지 않을 수 없었다. 그래서 송구스러움으로 몸 둘 바를 몰랐고 그의 높은 덕망과 아량을 칭송까지 했다.

그러나 순진했던 그들의 생각은 다음날 오후 마선생을 대면했을 때 여지없이 깨졌다.

마선생은 "교장 선생님께 쎄바닥을 함부로 놀린 놈이 누꼬? 이 문둥이 자슥들아! 너덜 보고 운동하랬지 나자빠져서 도시락이나 까먹으라 캤나? 그리고 자빠질라카믄 방구석에서나 디비져 자빠지지 왜 학교에 남아갔고 욕을 먹이노. 니들 고따위로 할라카믄 씨름이고 뭐고 당장 때려 치기라!" 소리를 질렀다.

소년들은 대꾸하지 않았지만 왜 씨름을 해야 하는 건지 오히려 묻고 싶었다. 산에 왜 오르냐는 질문에 누군가는 거기 산이 있기 때문이라고 말한 것처럼 소년들은 주안북초등학교에 씨름부가 존재하고 있기 때문에 누군가는 그것을 꼭 해야만 하는 것이라 믿었을 뿐이다.

4

종합우승을 이뤄내기 위해 선생들과 선수들뿐만 아니라 학부모들까지 총동원령이 내려졌다. 누가 꺼내놓은 아이디어였는지 모르지만 육성회를 주축으로 주안북초등학교 체육진흥회라는 후원 조직이 만들어졌는데 각 운동부에서 먹고 살 만한 집 아이들의 먹고 살 만한 부모들이 체육진흥회 회원으로 선출됐다. 그러나 씨름부 소년들의 부모들은 대개 하루 벌어 하루 먹고 사는, 먹고 살 만한 것과는 일평생 담을 치고 살았으므로 씨름부에서는 체육진흥회 위원이 나올 턱이 없었다. 체육진흥회의 등장으로 주안북초등학교 운동부의 모양새도 그럴싸해졌다. 선수들은 형형색색 멋들어진 유니폼을 맞춰 입었고 운동에 필요한 장비도 갖춰졌다.

반면 씨름부 소년들에게는 당장 갈아입을 속옷도 부족한 판에 유니폼이란 것은 언감생심이었다. 유니폼은커녕 씨름에 꼭 필요한 샅바를 살 돈을 부모에게 타내는 것조차 어려운 일이었다. 소년들은 학교 체육복 반바지와 빨래판을 연상시키는 갈빗대가 드러난 벗어부친 웃통 그대로를 유니폼으로 결정했다. 하나같이 찢어지게 가난했던 소년들에겐 선택의 여지가 없었다. 그렇지만 샅바는 씨름에서 없어서는 안 될 물건이었기 때문에 그들은 샅바를 사달라고 부모들을 보채야 했다. 샅바는 체육사에서 따로 파는 것도 아니었다. 포목점에서 싸구려 광목천 세마 반을 끊어 끄트머리에 올가미 같은 구멍을 만들어 묶으면 샅바가 되는 것이었다. 그러나 그마저도 부모들은 선뜻 사주려고 하지 않았다. 한동안 소년들은 줄 끊어진 거문고 신세로 샅바 없이 운동을 해야 했다. 여러 소년들이 우여곡절을 겪은 끝에 광목을 끊어 샅바를 마련했으나 광목천을 끊을 돈이 없었던 병훈은 "이불호청이라도 뜯어오기라"는 마감독 말을 좇아 반닫이 위에 고이 모셔진 이불을 꺼내 호청을 뜯어내 샅바를 만들었다. 이불 호청이 졸지에 뜯겨 사라지자 병훈의 모친은 다듬이 방망이를 꺼내 들었다. 먼저 아들 병훈을 섣달 그믐날 떡 치듯 두들겨 팼고 반닫이 안에 구겨놓았던 호청을 꺼내 풀을 다시 먹이고 다듬이질했다. 다듬이질 하다가 팔뚝이 아프면 병훈을 불러다가 다시 팼다.

체육진흥회 부모들은 하루가 멀다 하고 빵과 음료수를 박스 채 싸들고 학교 운동장을 찾았다. 이들이 가져온 빵과 음료수는 선수들에게 전달됐고 주안북초등학교 체육발전과 더 나아가서는 대한민국 유소년 체육발전을 위해 살신성인 불철주야 노력하는 선생들과 코치들에게도 전해졌다.

당시에는 소풍이나 운동회 때마다 어머니들이 자식의 스승에게 커피가 담긴 보온병을 들고 찾아와 커피를 대접하는 것이 유행이었다. 체육진흥회 어머니들도 예외는 아니었다. 어머니들은 미제 보온병에 미제 맥스웰 커피와 백설표 설탕을 황금비율로 타서 만든 냉커피를 담아와 운동부 담당 선생과 코치에게 직접 대접했다. 체육진흥회 위원이 단 한 명도 없는 씨름부 소년들은 다른 운동부 아이들의 호화로운 성찬을 지켜봐야 했다. 뿐만 아니라 얌전한 매무새로 냉커피를 컵에 따라서 선생에게 양손으로 극진히 받들어 바치는, 명필 한석봉 선생의 모친 뺨을 때릴 정도로 자식 사랑이 지극정성인 운동부 어머니들의 치맛바람을 숙연한 모습으로 지켜보아야 했다. 그해 여름, 씨름부 소년들은 벗은 살결이 뙤약볕에서 새까맣게 타들어가는 만큼이나 그들의 속마음도 새까맣게 멍이 들었다.

대회가 가까워 올수록 훈련시간은 늘었고 운동부 아이들에겐 수업을 빼먹는 특권이 주어졌다. 선수들 기량 향상을 위해 대회 전까지 아이들을 지도할 전문 코치들도 고용됐다. 코치들의 수고비를 체육진흥회와 육성회 학부모들이 갹출해 댔음은 물론이다. 씨름부에는 당연히 코치 같은 것은 존재하지 않았다.

  그런데 개똥밭에도 햇볕 들 날이 있다고 천덕꾸러기 같은 씨름부에도 드디어 코치가 나타났다. 키는 크지 않았지만 다부진 어깨를 가진 청년, 훗날 봉균 누나 봉자와 살림을 차려 봉균 매부가 되는 강남구라는 청년이었다. 남구는 학생들은 응당 봉이어야 한다는 요지부동의 교육 철학을 갖고 있는 응당 백기봉 이사장이 자신의 호 '응당' 의 앞 글자와 이름 '봉' 자를 따서 설립한 응봉공고 건축과 2학년이라고 했다. 원래 졸업했어야 하는데 개인 사정으로 2년을 쉬었다고 한다. 마선생 말에 따르면 그는 이미 중학생 시절에 날고 긴다는 씨름꾼들이 출전한 주민 씨름대회에서 상대방들을 모두 내다꽂고 장사를 차지했다. 마선생은 강남구 코치가 피치 못할 사정으로 씨름을 중단했지만 주안 일대에서 그의 이름 석자를 모르면 간첩이라고 소개했다.

  "내 대신 강코치님이 씨름을 가르쳐줄 끼다. 꾀부리지 말고 코치님 말씀 잘 따라야 칸다"

  말을 남긴 채 마 감독은 일선에서 물러났다.

  "앞으로 코치님이라고 부르지 말고 형님이라 불러라. 너희들은 씨름을 하기에는 체구가 조금 작다. 하지만 씨름은 힘과 덩치로 하는 게 아니다. 씨름은 상대방 힘을 이용하는 것이다. 그러니 자신감을 가지고 운동을 하면 좋은 성적을 낼 수 있다."

  소년들은 그가 날리던 장사급 씨름선수였다는 것을 곧이곧대로 믿지는 않았다. 텔레비전에서 본 장사들이란 홍현우나 이준희, 이봉걸 같은 거구의 사나이였다. 강남구 코치는 씨름선수라 하기에는 자그맣고 왜소했다. 작고 왜소한 만큼 소년들의 불신감도 컸다. 하지만 곧 강남구 코치의 숨겨진 진면목을 볼 수 있었다.

주안북초등학교 씨름부가 모래판에서 웃통을 까고 훈련에 여념이 없던 어느 날, 학교 운동장에서 예비군 소집 훈련이 열렸다. 소집 훈련이란 것이 출석부에 도장을 찍어 상부로 보내는 것이니만큼 운동장에 모인 어제의 용사들은 딱히 할 일 없이 모래판 주변으로 몰려들어 소년들 씨름을 구경했다.

예비군들은 "씨름이란 건 고렇게 하는 게 아니다." "인마. 똥자루라도 넘기겠냐." "누구한테 씨름 배웠는지 몰라도 배삼룡이 개다리 춤추는 것도 아니고, 정말 웃긴다." 미주알고주알 참견을 했다. 씨름장 한편에서 이를 지켜보던 강남구 코치는 듣다보다 못해 "쓸데없는 참견 말고 할 일 없으면 집에 가서 사모님 품에 안기시지." 퉁을 놓았다.

"어참, 거 말하는 본새 좀 보소, 어린 형씨는 뭐요?"

예비군복 상의 단추를 풀어헤친 사내가 떡판처럼 벌어진 가슴을 내밀고 당장이라도 달려들 듯 말했다.

"형님이면 형님이지 어린 형씨는 뭐야!"

바닥에 엉덩이를 깔고 앉았던 남구도 고무공처럼 튀어 오르며 대꾸했다.

"어따 대고 반말야!"

떡판 가슴을 가진 사내가 주먹을 치켜들며 달려들 기세였다. 남구도

뒤집기 한판　175

맞받아칠 기세로 앞으로 한 발 내딛었다.

"코치님, 참으세요."

씨름부 소년 누군가 말하자 모인사내들 중 나잇살을 좀 더 먹었음직한 사내가 "이보라우 고만하세. 보아하니 젊은 친구는 씨름부 선생 같은데, 주먹다짐할 게 아니라 씨름으로 겨뤄보는 게 어떤가?"

"좋습니다. 얼마든지 씨름으로 붙어봅시다. 저야 여기 모인 형님들 어느 누구와도 붙어도 자신이 있으니까. 막걸리 값이라도 내기합시다."

싸움판으로 번질 뻔한 씨름판은 제자리를 찾았고 남구는 어제의 용사에서 선발된 헌걸찬 걸때를 가진 사내 일곱 명과 차례로 붙게 되었다. 떡판 가슴을 가진 사내가 먼저 나섰다. 남구와 사내는 모래판 한가운데에서 서로 어깨를 맞대고 샅바를 두른 오른다리와 왼허리를 맞잡고 맞섰다. 좀 전에 싸움을 말렸던 나잇살 먹어 보이는 사내가 심판을 자청했다. 심판이 경기 시작을 알리며 남구와 사내 등을 동시에 손바닥으로 내리치자 떡판 가슴의 사내가 남구를 무 뽑듯 번쩍 뽑아 올렸고 남구는 사내의 가슴팍으로 끌려 올라가는가 싶더니 사내의 체중이 치우친 왼쪽으로 몸을 틀고 왼발을 내딛어 상대를 모래판 바닥에 뿌리쳤다. 눈 깜짝할 사이에 벌어진 일이다. 우와, 하는 탄성이 터져 나왔다. 왼잡치기였다.

계속해서 다섯 명의 사내들이 시작과 동시에 나가 떨어졌다. 남구는 상대방의 치우친 무게중심과 힘을 이용해 끌어당기듯 하다가 밀어붙이고, 끌려가듯 하다가 끌어당기며, 양쪽 어깨로 상대를 밀치기도 하고 달려드는 상대를 그대로 맞받아 일순간 몸을 내빼며, 손으로 상대의 앞 뒤 왼 오른 무릎을 치고 미는 현란한 손기술로 가볍게 상대를 주저앉혔다. 손동작과 어깨 동작, 몸과 발의 움직임, 중심 이동이 찰나적 순간에 이뤄지는, 바람을 부르는 변화무쌍한 수법이었다. 상대가 하나씩 쓰러질 때마다 모래판에서 먼지가 피어올랐고 구경꾼들 사이에선 감탄사와 더불어 우레와 같은 박수가 터져 나왔다. 어느새 씨름판 주변은 어른 아이 예비군 할 것 없는 군중으로 벽을 둘러치게 됐고 문구점 주인과 쌀집 아저씨 등 학교 앞에서 장사를 하는 사람들이 재밌는 씨름판이 벌어졌다는 소식을 듣고 군중들 사이로 비집고 들어왔다. 남구는 씨름판 한가운데에서 유아독존의 기세로 버티고 서 있었다.

 마지막에 나온 상대는 남구보다 머리통 하나는 더 크고 허벅지 두께가 남구 허리 두께보다 굵은 거구의 사내였다. 거구의 사내는 결코 서둘지 않았다. 그는 침착했고 씨름의 문외한이 아니었다. 그도 씨름판에서 잔뼈 깨나 굵었음직한 유연한 움직을 보였다. 그는 결코 남구를 얕보지 않았으며 어느 한쪽으로 중심을 흐트러뜨리지 않았다. 오히려 남구의 중심과 힘의 이동을 세밀히 관찰하며 틈을 엿보고 있었다. 거구의 사내와 남구는 서로 어깨를 맞댄 채 숨을 골랐다. 그것은 평온한 휴식 같아 보였지만 두 사내는 숨을 한 번 내쉬고 내뱉는 것이 바윗덩이를 들었다 놓는 것만큼 힘에 겨웠다. 군중들은 숨을 죽인 채 거구의 사내와 남구의 대결에 눈을 모았다. 군중들도 이번 판은 결코 흔히 볼 수 없는 고수의 대결임을 직감했다. 시간이 지날수록 체중이 적고 체구가 작은 쪽이 불리하기 마련이다. 서로 맞대고 있다지만 무거운 쪽이 체중을 실어 밀고 누르는 형국이 돼 작은 쪽은 점점 힘이 빠지기 마련이다.

힘이 빠지면 호흡이 흐트러지고 호흡이 흐트러지면 중심을 잃게 된다. 남구와 사내 모두 그런 것을 알고 있다.

 공격을 할 것인가 기회를 엿봐야 할 것인가, 결정을 내려야했다. 순간 남구는 상대 가슴 밑으로 파고들며 오금당기기 자세를 잡았다. 그러자 거구의 사내는 기다렸다는 듯이 오른발을 뒤로 뻗어 빼며 가슴과 배로 남구의 머리와 어깨를 짓눌렀다. 찍어 누르려는 모양이다. 남구의 양 무릎이 안으로 꺾였다. 그의 엉덩이는 거의 모래바닥에 닿을 듯했다. 이대로 주저앉는 건가. 씨름부 소년들은 아, 하고 비탄어린 한숨을 내쉬었다. 순간 남구는 상대방이 찍어 누르는 힘을 어깨 너머로 받아 흘렸다. 상대 왼쪽 허리샅바를 붙잡고 있던 오른손을 빼 안쪽 오른 무릎을 손으로 쳐올렸다. 그리고 얏, 하는 기합소리와 함께 꺾인 무릎과 허리를 튕겨 세우며 상대방을 허공으로 치켜 올렸다. 거구의 사내는 공중에서 다이빙하듯 모래판으로 거꾸러졌다. 땅을 흔드는 함성과 박수가 동시에 터져 나왔다. 훗날 천하장사 이만기가 이준희·이봉걸·홍현욱을 쓰러뜨리고 모래판을 평정했을 때 주특기로 삼았던 뒤집기였다.

 어제의 용사들은 돈을 추렴해 막걸리 값을 남구에게 내놓으며 "대단하군. 체구는 짤따막하고 비리비리해 보이는데 타고난 장사야. 이준희나 홍현욱이 떼로 덤벼도 못이기겠어."

 구경꾼 몇몇이 씨름 팬을 자청하며 막걸리 값 몇 푼씩을 더 내놓았다. 남구는 봉균과 석호를 시켜 시장에 가서 막걸리 한 말을 받아오게 하고 두부 한판을 사오게 했다. 남는 돈으로는 씨름부 소년들이 먹을 빵과 음료수를 사오도록 시켰다. 씨름장 주변으로 사람들이 둘러앉아 막걸리 한 잔씩 돌려 먹고 날두부 한 점을 안주로 먹었다. "시원하다!" "좋다!" "정말, 재밌는 경기였어." 탄성이 여기저기 터져 나오고 "지역 씨름 대표로 추석맞이 장사선발대회에 내보내야 한다."는 소리가 흘러 나왔다. 씨름부 소년들은 훈련을 시작한 지 처음으로 빵과 우유, 콜라를 먹을 수 있었다.

"그런데 저런 장사가 왜 조무래기 씨름판에서 썩고 있는지 모르겠네."

"글쎄, 이상하네 그려."

"좌우지간, 좋은 구경도 하고 공술도 먹고, 오늘은 임도 보고 뽕도 땄네 그려, 하하."

사실 남구 형님은 봉균 누나 봉자를 짝사랑했다. 봉자 누나는 낮에는 등산용 천막을 만드는 봉제공장에서 미싱 일을 하고 밤에는 여상 야간학부에 다녔다. 봉자 누나가 남구 형님을 만난 건 교회 청년회다. 일찍이 공장 생활을 하다가 늦게 야간학교에 들어간 봉자 누나는 남구 형님과 동갑이다. 신도 수가 적은 가난한 교회이다 보니 봉자 누나와 남구 형님은 자주 만나게 되었다. 교회 청년회에서 강촌으로 야유회를 갔을 때 청년들끼리 씨름 시합이 벌어졌는데 남구 형님은 단연 돋보였다. 그날 저녁 봉자 누나는 남구 형님에게 동생 봉균 얘기를 꺼냈다. 막내 동생이 씨름부에 들었는데 씨름 선생님이 없다는 사실도 얘기했다. 그러자 남구 형님은 자신이 아이들에게 운동을 가르치겠다고 나섰다. 다음날 남구 형님은 씨름부 감독 마선생을 찾아가 자신이 씨름부 코치를 하겠다고 제안했다. 물론 수고비 따위는 받지 않겠다고 했다. 마감독은 남구 형님의 제안을 선뜻 받아들였다.

남구 형님은 소년들에게 바깥다리 걸기, 안다리 걸기, 덧걸이, 호미걸이, 잡치기, 배지기, 뒷무릎 치기, 앞무릎 치기 등 여러 씨름 기술을 가르쳤다. 당장 시합이 코앞에 다가왔으므로 소년들이 가장 잘 할 수 있는 한두 가지 기술을 집중적으로 가르쳤다. 7명의 씨름부원 중 힘이 세고 덩치가 큰 대환에게는 배지기와 안다리 걸기를 가르쳤고 몸이 날랜 봉균과 석호에게는 뒤집기와 뒷무릎 치기, 앞무릎 치기 손기술을 가르쳤다. 남구 형님의 지도 덕분에 씨름부 소년들 실력은 몰라보게 달라졌다. 남구 형님은 소년들의 실전 경기감각을 살려주고 자기보다 덩치가 큰 상대와 싸워도 주눅이 들지 않게 하기 위해 씨름부 소년들보다 머리통 하나가 더 키가 큰 육상부와 축구부 아이들을 불러 씨름부 소년들과 씨름을 붙였다. 기술은 없고 힘만 앞세우는 육상부와 축구부 아이들은 씨름부 소년들에게 힘 한 번 못쓰고 나가 떨어졌다. 체력을 기르려고 운동장을 뛰는 것 대신 문학산을 뛰어 오르게도 했다. 씨름부 소년들은 자신들의 달라진 능력에 반신반의 하면서도 강한 자신감이 혈액 속에 녹아들고 있음을 느낄 수 있었다.
　소년들에게 그해 여름은 그렇게 훌쩍 지나갔다. 샅바를 잡은 손에 물집이 생기고 못이 박히는 일이 몇 번인가 되풀이됐다. 몸에도 근력이 제법 붙었다. 가을 문턱에 들어서고 대회가 임박할 즈음 그들은 예전의 깡말랐던 소년들은 결코 아니었다. 소년들은 산을 뽑고 돌이라도 쩝쩝 씹을 기세였다.
　드디어 소년들이 대회에 출전할 날이 밝았다. 마감독과 강남구 코치를 앞세우고 7인의 씨름부 소년들은 위풍도 당당하게 대회가 열리는 부평서초등학교에 가기 위해 부평행 1번 버스에 올랐다. 차 안에서 마 감독은 소년들에게 우승하면 불고기를 사주겠다고 약속했다. 하지만 불고기를 얻어먹기엔 대진 운이 없었다. 주안북초등학교는 대회 개막 전 첫 경기에 출전하게 됐고 씨름부 역사상 첫 상대로 붙은 팀은 학교 명조차 만만찮아 보이는 전년도 우승팀 만석초등학교였다.

　씨름판 주변으로 새카맣게 모여든 구경꾼들과 대한씨름협회 인천지 사인지 지회인지 하는 관계자들 앞에서 경기하는 것이 처음인 소년들 은 이미 입도 얼고 몸도 얼었다. 첫 출전자로 나선 병훈이는 기술 한번 부리지 못하고 판을 빼앗겼다. 모래판에 엉덩방아를 찧고선 똥 누다 퍼더버린 꼴로 마감독과 강코치를 쳐다보았다. 두 번째 세 번째로 나 선 석호와 기준도 모래판에 나뒹굴었다. 팀 에이스 대환도 패해 고개를 떨군 채 자리로 돌아왔다. 상대팀 진영에서는 환호성이 터져 나왔다. 승부가 이미 판가름 났기 때문이다. 고등학생들이나 성인들 씨름 단체 전에선 내리 네판을 내주면 경기가 끝나지만 초등학생 경기라서 그랬 는지 아니면 주안북초등학교 씨름부가 단 한 판이라도 이길 수 있기를 바랐는지 심판은 경기를 끝까지 진행했다. 그러나 주안북초등학교 씨 름부는 한 판도 따내지 못한 채 치욕스런 패배를 맛봐야 했다. 봉균은 자신의 주특기인 뒤집기 기술을 쓸 새도 없이 심판의 호각 소리가 울리 는 것과 동시에 모래판에 쓰러졌고 성삼과 재남이도 삐이익 하는 호각 소리의 잔향이 끝나기도 전에 추풍낙엽처럼 쓰러졌다.

　경기 결과는 7대 0이었다. 다시 버스를 타고 학교로 돌아오는 길이 멀 게만 느껴졌다. 마감독은 학교 앞 중국집에서 짜장면을 사줬다. 우승은커녕 단 한 경기도 이기지 못했기 때문에 자장면도 감지덕지였다. 중국집에서 소년들은 치질 앓는 고양이 모양 고개를 숙인 채 굳게 입을 다물었다. 짜장면이 나왔다. 계란후라이가 얹어진 간짜장이었으나 소년들은 씨름판에서 힘 한 번 제대로 못쓰고 장승처럼 얼어붙었던 것처럼 짜장면이 불어터지도록 감히 입에 음식을 대지 못했다. 아니, 젓가락 들 힘도 없었다. 하지만 어찌됐거나 시간은 흘러갔고 자장면 그릇은 깨끗이 비워졌다. 음식을 남기면 안된다는 교육을 받은 터라 소년들은 설거지를 한 것처럼 반들반들하게 그릇을 비웠다.

학교로 돌아오고 나서야 소년들에게 패배가 현실로 다가왔다. 주안북초등학교 육성회 고회장의 막내이자 5학년 3반 반장이며 야구부 부동의 8번 타자라는 긴 직함을 갖고 있는 길용이가 "어떻게 됐냐? 졌지? 몇 대 몇으로 졌냐?" 깐죽거렸다. 대답 대신 누군가 먼저 훌쩍이기 시작했다. 이어 소년들은 내남없이 닭똥 같은 눈물을 쏟으며 통곡했다.

"너희들이 실력이 부족해서 진 게 아니다. 많은 사람들 앞에서 경기를 처음 해 보는 거라 몸이 얼었던 거야. 모든 일이란 실력도 실력이지만 정신력이 중요하다. 어떤 상대와 맞서도 반드시 이길 수 있다는 자신감이 있어야 몸에 익은 실력이 제대로 나온다. 단지 자신감이 부족했기 때문에 진 것이다."

강남구 코치는 소년들의 등을 다독거려 주며 위로의 말을 건넸다. 그러자 소년들은 더 큰소리로 울어댔다. 남구 형님은 소년들을 학교 앞 구멍가게로 데려가 '부라보 콘'을 소년들 손에 쥐어줬다. 소년들은 아이스크림 껍질을 벗기면서도 눈물을 흘렸고 아이스크림을 핥아먹으면서도 흐느꼈다. 남구 형님은 담배를 물었다. 비록 스무 살 나이지만 고등학생 신분이라는 것을 알고 있던 소년들 시선은 일제히 남구 형님에게 향했다. 담배 연기를 길게 내뿜으며 남구 형님은 소년들에게 말했다.

"괴로울 때 한 대 피우면 죽인다."

잠시 정적이 흘렀으나 누군가 말했다.

"짜장면도 죽여줬어요."

모두 웃었다. 아니, 미친 사람처럼 웃다가 울다가 했다. 짜장면 한 그릇으로 끝을 보게 된 무지개 속 같았던 여름날이 아득히 멀어져가고 있음이 서러워서 울었다.

5

좌중의 이야기는 문상을 온 마상득 선생 출연으로 중단됐다. 봉균은 빈소로 돌아가 마선생을 맞았다. 남편을 먼저 떠나보낸 미망인의 곡소리가 이어졌다.

봉균이 "수주라도 한잔 자시고 가십시오." 권했지만 마선생은 "차 가져왔다" 사양하고 제자들과 악수를 나눈 후 주안 사랑병원 지하 장례식장을 빠져나갔다.

"배리배리했던 마선생님은 저렇게 꼿꼿하게 늙어 교육위원회 의장까지 하는데 댕돌같던 남구 형님은 무슨 팔자로 한창 나이에 요절을 했는지 모르겠다."

"모난 돌이 정 맞고, 강하면 부러지는 법이다."

봉균은 알 듯 말 듯한 소리를 하고 소주 한 잔을 들이켰다. 알딸딸한 취기가 밀려들었다.

"그런데 형님은 어떻게 누님에게 장가를 들게 됐냐? 한동안 누님과 형님이 만나지 못했다고 들었는데."

"……."

봉균은 기억의 실타래를 차근차근 풀어 헤쳤다.

체육대회가 끝난 이듬해 봄이었다. 남구 형님이 다니던 응봉공고 학생들이 재단 전횡에 맞서 재단이사장 백기봉 퇴진을 요구하며 시위를 벌였는데 재단에서 고용한 폭력배들과 유단자 출신 이사장 경호원들이 학생들을 습격했다. 70명 넘는 학생들이 폭행을 당해 머리가 깨지고 갈빗대가 부러지는 중상을 입었다. 남구 형님은 누군가 휘두른 쇠파이프에 머리를 맞았다. 그 와중에도 남구 형님은 동료 학생들을 병원에 실어 날랐다. 하지만 그는 시위 주동자로 몰렸고 경찰에 쫓기게 됐다. 마땅히 몸을 숨길 곳이 없던 남구 형님은 봉자 누나와 봉균의 단칸방 다락에 은신하게 되었다. 때마침 5·18이 터지고 세상 분위기는 더욱 살천스럽고 흉흉했다. 계엄령이 떨어지고 남구 형님이 다니던 교회의 전도사와 청년회 학생들이 국보법 위반으로 수배를 받게 됐다. 남구 형님도 수배자 명단에 올랐다. 그는 더 이상 봉자와 봉균의 집에 은신해 있을 수 없었다. 떠나면서 남구는 봉균에게 말했다.

"앞으로 헤쳐나아가야 할 세상은 무척 힘들고 어려울 것이다. 하지만 허리가 꺾이고 눈물이 나도 이겨내야 한다. 뒤집기 한판이란 것이 있다.

아무리 덩치 큰 놈이 짓눌러도 단숨에 뒤집어 내다 꽂는, 언젠가 한 번은 무겁게 짓누르는 이 세상을 반드시 한판거리로 뒤집을 날이 있을 것이다. 누나 잘 돌봐줘야 한다."

　남구 형님이 다시 세상에 모습을 드러내기까진 7년이라는 세월이 흘렀다. 남구 형님은 그 7년의 반을 삼청교육대와 감옥에서 보냈다. 그후 남구 형님은 봉자 누나와 결혼했고 결혼 후 감옥을 두어 차례 더 들락거렸다. 봉균은 세상과 적당히 타협하면서 아내를 만나고 애를 낳고 가정을 꾸렸다. 씨름은 초등학교를 졸업하면서 그만두었다. 아쉬움이 많았지만 예선에서 탈락한 봉균을 선수로 불러줄 학교 운동부는 없었다. 하지만 씨름이 마냥 좋았다. 다니던 직장이 망해 놀고 있을 때 비슷한 처지의 매부와 월곶 포구로 건너가 망둥이를 낚아 소주를 마시는 자리에서도 그는 매부와 함께 씨름부 시절을 떠올리곤 했다. 말술이었던 매부는 언젠가부터 소주 서너 잔에도 취했다. 간암 말기였다.

"남구 형님 뒤집기는 예술이었어."
"운동 할 땐 세상을 들었다가 놓는 기분이었어. 씨름은 내겐 산전수전 고생을 겪으면서도 몸뚱이 하나로 세상 풍파와 맞서는 버팀목 같은 거였어."
"비록 학교에서 천덕꾸러기 신세였지만 남구 형님 덕에 씨름에서 인생을 배웠지."
"씹새끼들아, 입으로 씨름하지 말라니까!"
　길용이 술에 취해 풀린 눈을 치켜뜨고 소리를 질렀다.

"자식이, 똥구녕으로 술 처먹었나."

대환이 불끈했다.

"그래, 똥구녕 밑구녕으로 처먹었다. 네들이 그렇게 잘났냐! 그 잘난 씨름으로 한판 붙자!"

길용은 술상을 뒤집어 엎고는 대환에게 몸을 날렸다. 대환이 주먹을 치켜들었다. 석호, 성삼, 기준이 달려들어 길용과 대환을 뜯어말렸다.

"문상 와서 이게 뭐 하는 짓이냐."

석호와 성삼이 길용을 바깥으로 끌어냈고 기준이 대환을 붙들어 세우며 말했다.

"저 자식, 물려받은 재산 죄다 들어먹고 개털 돼서 저런다. 네가 이해해라."

봉균은 자리에서 일어나 빈소로 향했다. 누님과 어린 조카가 벽에 기댄 채 통통 부운 얼굴로 꾸벅꾸벅 졸고 있다. 그의 시선은 매부에게 향했다. 영정 속 남구 입가에는 환한 미소가 감돌았다. 봉균은 새로 불을 붙인 향을 향로에 꽂았다. 한줄기 연기는 향내를 뿜으며 길게 피어올랐다.

『뒤집기 한판』

인천지도(출처: 네이버)

작품해설

기획자 장한섬

제목	부처산 똥8번지	사노라면	호황기	구만길 씨의 하루	똥막대 한 자루	뒤집기 한판
인물	갑수·일남 태호아저씨	한기준	고의원	구만길	한동팔	강남구故人 씨름부生人
상징	소나무 송림동	풍경분식 석유난로	정치인 장사꾼	영미이발관 탁발 삶터	텃밭 승기川	담배 향불
주제	성장통 정체성	살림 이웃	권위 허위	세속 보살	현실 기억	통합 승화

뒤집기 한판

똥~퍼의 올림 · 향~불의 울림

1. 부처가 똥밭으로 내려간 이유

 길에서 차이는 '돌'보다 더 무가치한 게 '똥'이다. 그래서 하락세를 '똥값'이라 부른다. 반면, 부처의 자비(慈悲)는 돈으로 환원할 수 없는 의미를 지닌다. 전자는 중력이 작동하는 세속적인 가치를, 후자는 중력(속세)에서 벗어난 탈속적인 가치를 뜻한다.

 『뒤집기 한판』은 '똥 친 막대기'가 '향불'로 승화하는 세계를 그린다. 작품의 공간과 구조는 소나무를 심는 부처山에서 향불이 피어오르는 지하(地下) 장례식장으로 하강(下降)한다. 부연하면, 똥막대와 향이 창고에 따로 있는 게 아니라 과거의 똥막대가 현재의 향불로 환원되어 현세계를 채우고 피어오르며 사바세계를 환기(換氣)시킨다.

부처山	한기준(현재)	씨름부(공동체)
소나무 →	똥막대 →	향~불
송림동	한동팔(과거)	지하 장례식장

작품해설 191

2. 마을은 아이를 키우고 아이는 마을을 살린다

「부처산 똥8번지」는 인천 동구(東區)에 위치한 송림동(松林洞) 산동네다. 그야말로 구질구질한 삶터다. 공중화장실 대신 똥간이 있고, 놀이터 대신 (축대 위) 공터가 있는 황량한 곳이다. 세상은 이곳을 아름답다고 말하지 않는다. 이주민들은 돈을 벌어 하루 빨리 이곳을 떠나고 싶다. 하지만, 이곳에서 태어나 자란 동네주민(住民) 열한 살 박갑수는 고향에서 현실의 더러움과 함께 세상의 아름다움을 발견한다. 나아가 친구 일남과 동네이웃 똥바가지 태호 아저씨와 함께 황량한 송림동에 소나무(松)를 심고 동네 정체성을 손수 일군다(林).

> 우리는 잡풀과 잡목이 우거진 언덕에서 메뚜기나 풍뎅이를 잡으며 뜨거운 여름 한낮 동안 축대 위를 망아지처럼 뛰어 다녔다. 우리들은 바늘처럼 쏟아지는 햇볕을 맞으며, 마른 흙더미 위를 구르고, 원시적인 기쁨에 짜릿한 전율을 느끼곤 했다. 그리고 저녁에는 멀리 갯골과 바다에서 불어오는 비릿한 바람을 맞으며 땀에 젖은 몸을 식히고 일몰을 바라보곤 했다. 대낮에 보면 그렇게 지저분하고 우스워 보이던 산동네의 슬레이트 지붕들이 놀이 지는 저녁에는 동화 속 나라처럼 아름답게 보였다. 황혼은 천대 받고 가난살이에 찌든 부처산 사람들의 치부를 낱낱이 숨겨주었다. 붉은 일몰은 깨진 장독과 냄새나는 변소간, 마구 자란 잡목 같은 텔레비전 안테나, 빨랫줄에 엉성하게 걸린 누더기들을 수채화 속 풍경으로 채색하는 것이었다. 쇠를 달군 듯이 빨갛게 불타오르는 태양과 붉은 황혼에 잠겨 있는 산동네를 보고 있으면 우리들의 벌어진 입가에선 저절로 탄성이 흘러 나왔다. (26~27쪽)

위 문장과 비견되는 내용은 한국문학사에서 가장 아름답고 위대한 작품이라 할 수 있는 현기영 소설 『지상에 숟가락 하나』에 나온다— 한국현대사에서 가장 비극적인 사건 '제주4·3'(1948년) 속에서 발아했고, 현실의 권력이 파묻은 기억을 작품 속에서 솟게 한다.

> 우리 집을 태운 폐허의 재 속에서 그 독한 재를 먹고 어린 오동나무 한 그루가 분수처럼 힘차게 솟아올라 있었다. 아직도 검은 그을음이 남아 있는 돌축담 내부는 벽이 허물어져 내린 붉게 탄 흙더미와 검은 재, 지렁이 떼처럼 우글거리는 붉게 녹슨 못들과 숯더미뿐이었는데 그 한가운데를 뚫고 오동나무 한 그루가 시퍼렇게 솟아올랐던 것이다.
> 그리하여 그 움막의 어둠을 밝히던 접시불의 조그만 불방울과 지예의 머루알같이 빛나던 그 눈망울, 그리고 검은 재와 숯더미 속에 푸르게 솟아난 어린 오동나무는 훗날 생명의 강한 상징으로서 나의 심중에 정착하게 되었다. 그렇다. 아이는 무조건 자라나야 한다. 무조건 자라는 것이 아이의 의무이므로, 아이는 결코 과거에 붙들리지 않는다. 그래서 4·3의 유복자들은 막무가내로 자라나서 4·3의 저 검은 폐허를 푸른 풀로 덮게 되는 것이다.
>
> —『지상에 숟가락 하나』(실천문학사, 1999) 74~75쪽

갑수와 일남이 "뜨거운 여름한낮 동안" "망아지처럼 뛰어" 논 "축대 위"는 1999년 9월 11일 (인천 동구 송림5동 103-9번지) 축대 붕괴사고로 23명이 사망한 곳이다. 사고 원인은 자연재해가 아닌 부정부패였다. 그리고 사람들 기억 속에서 지워졌다.

> 축대는 10년 전 장맛비에 휩쓸려 무너진 것을 다시 쌓아 올린 것이다. 어머니의 말에 따르면 당시에 부지기수의 사람들이 흙더미에 깔려 죽었다고 한다. 집집마다 줄초상이 났고, 어떤 집은 식구들이 몰

작품해설 193

> 살당해 초상을 치러줄 사람도 없었다고 한다. 그래서 사람들은 이
> 곳을 지나길 꺼려했다. (26쪽)

그럼에도 불구하고 갑수와 일남은 (과거를 기억하지만) 과거 그늘에 짓눌리지 않고 (죽음의 장소에서) 자신들의 삶터로 다지고 스스로 정체성(소나무)을 심고 확립한다. 소설『양철북』주인공 오스카처럼 성장을 거부하지 않는다. 갑수는 장밋빛 미래를 꿈꾸며 현실을 부정하지 않고 있는 그대로의 삶으로 수용한다.

> 우리 꼬마들이 이해할 수 없는 세상이란 걸 어른이 되어 깨닫고 싶
> 지는 않다. 개를 때려잡고 손에 피를 묻히는 아버지나 어머니, 술
> 집에서 술시중을 드는 갑숙이 누나, 병이 들어 꼼짝도 못하는 일남
> 이 아버지 같은 어른이 되기는 죽기보다 싫다. 하지만 어쩔 수 없는
> 일 아닌가. 하룻밤 자고 일어나면 우리는 부쩍 커버린 느낌을 받는
> 다. (31쪽)

그런 의미에서『뒤집기 한판』첫 작품「부처산 똥8번지」는 현덕 소설『남생이』(1937)의 세계관을 수용하고 확장한다(『남생이』주인공 소년 노마는 아버지가 숨을 거두는 날, 눈물을 보이라는 어른들의 강요에 순응하는 대신 나무에 오른 것을 기뻐한다).

3. 부처山에 부처 없다

『뒤집기 한판』의 구조는 단편소설들이 횡적으로 나열된 것이 아닌 유기적인 구조로 함께 호흡한다. 그래서 쿠엔틴 타란티노 영화 [펄프픽션]을 보는 듯 소설집 등장인물은 히치콕 감독처럼 카메오(cameo)로 이 작품 저 작품 경계를 넘나들며 등장한다.「부처산 똥8번지」갑수와 일남은「사노라면」에서 파출소에서 집으로 가는 한기준 뒤를 따라나

오고63쪽, 「사노라면」 주인공 한기준은 「똥막대 한 자루」에서 한동팔의 머나먼 친척으로 재회하고, 마지막 작품 「뒤집기 한판」에서는 주안북초등학교 23회 씨름부로 등장한다.

『뒤집기 한판』(2007년 출간)은 1930년대 『천변풍경』, 1960년대 『서울은 만원이다』, 1980년대 『원미동 사람들』 계보를 잇지만, (식민지 근대화와 서울공화국의 도시화가 시작되고 가속화하는 시대에서) 탈산업화와 탈서울화가 시작되는 시기에 나온 작품이다. 위 세 작품은 산업화와 도시화의 병리현상과 반동을 담았지면, 『뒤집기 한판』은 산업화와 도시화가 낳은 세대의 적자생존과 하방연대를 담는다. 나아가 등장인물들은 금부처를 찾아 헤매는 대신 자기 마음속 부처를 발현한다.

「구만길 씨의 하루」에서 영미이발관 주인장은 동네주민을 볼 때마다 '이발할 때'를 언급하며 호객행위를 하고, 마샬미용실 개업으로 단골손님이 뜸해지자 투덜거린다. 언뜻보면 돈밖에 모르고 이기적인 소시민으로 보이지만, 영미이발관 주인장은 동네 노인들에게 무료로 이발을 해준다. 소설 마지막 장면에서 투덜거리는 주인장은 식사 직전 공짜 이발을 하러 들어온 노인을 위해 숟가락을 내려놓고, 마누라까지 불러 동네주민에게 부처가 된다.

4. 인천 386작가

1990년대 등장한 '386세대'는 386컴퓨터를 빗댄 표현으로, 30대 연령・80년대 학번・60년대 출생자들이 스스로를 명명한 자칭(自稱)이다. 참고로, 1980년 대학교 진학률은 20% 정도다. 그리고 산업화 시대의 퍼스널 컴퓨터는 (스마트폰과 달리) 화이트칼라에게 보급된 사무기기다. 요약하면, 386세대는 서울중심으로 형성된 신분 혹은 계급이라

할 수 있다. 이들은 1990년대 중반부터 사회중추로 진출하며 서울 국회와 청와대를 장악한다. 지금까지(그런 의미에서 '인천 386작가'란 모순형용이고, 실제로 존재하지 않는다. 지방도시에서 소설가는 멸종위기종이다). 이들의 문제는 민주화 투쟁 이후 민주주의를 생활문화로 정착시키지 못하고 그 관성을 유지한다는 것이다. 386세대는 군부독재 정권은 타도했지만 권력과 자본의 양극화는 막지 못했고, 이를 감시하고 견제하는 시스템도 구축하지 못했다. 오히려 자신들이 독식했다. 그래서 그들과 민주화 투쟁을 함께한 국민 대다수와 노동자 그리고 소수자의 희생과 헌신은 망각되고 정치적 발언권은 거세된다. 더불어 그들의 서울패권은 지방도시를 내부 식민지로 전락시킨다.

> 지난 십 년간 아내는 인천땅에 정을 붙이지 못했다. 도시 자체가 삭막하고 황량해서 도무지 정이 붙질 않는다로 시작해서 동네가 구질구질하다, 사람들 수준이 낮아 도무지 어울릴 맛이 나질 않는다, 무슨 놈의 도시가 여가를 즐길 만한 문화공간조차 없느냐로 이어지는 아내의 불평불만은 언제나처럼 돈이 없어 참고 살지 돈만 있었으면 이 구질구질한 동네 애진작에 떴다는 소리로 마침표를 찍었고, 그럴 때 표정을 보면 서울 입성 자체가 신분상승을 대변해준다고 믿는 기색이 역력했다.
>
> — 김한수「만년설」,『양철지붕 위에 사는 새』(문학동네, 2001) 89~90쪽

서울 부동산 불패신화는 대한민국 지방도시 시민을 2등 국민으로 전락시킨다. 그리고 1997년 금융위기 이후 경쟁력과 효율성이 최고 가치로 등극하면서 기업 구조조정과 노동자 정리해고라는 혹한기에 제조업 중심의 산업도시는 더욱 치명타를 입는다(인천은 1999년 인현동 화재참사와 2001년 부평대우자동차 폭력진압이 있었지만, 잊힌다). 이러한 시대에 노동자들의 도시 인천에서 소설을 쓰는 1960년대생 작가들은 시장과

세대의 변화를 민감하게 수용하고 대처하는 대신 자본과 권력으로부터 소외된 사람들을 조명하면서 그들의 인간성과 존엄성을 대변한다.

> 그래도 목재공단에 몸을 팔면서 행복하던 시절은 있었다. 민중이 주인 되는 세상을 꿈꾸며 반역의 깃발을 하늘 높이 치켜들었던 시절, 김씨는 환희에 차서 노도처럼 내달렸다. 하층민이라는 멸시와 푸대접을 당연한 것으로 받아들이며 살아온 김씨에게 스스로가 한 사람의 당당한 인간일뿐더러 이 사회의 주역이라는 자각은 그 자체가 이미 혁명이었다. 김씨는 지금도 그 시절만 떠올리면 가슴이 뛴다. 한반도 역사상 그 시대만큼 만인이 평등했던 적이 다시 있었을까. 정의와 자유와 평등을 위해서라면 죽음도 불사하던 정신이 도저한 강물로 흐르고, 그러한 삶이 최고의 가치로 추앙받던 시대. 그러나 불과 십 년 만에 그 시대는 용도 폐기되어 박물관에서마저 사라졌을뿐더러 인간의 순수하고 자유로운 삶을 집단 이기주의로 짓밟아 말살시킨, 다시 없는 야만의 시대로 매도되어 권력에 빌붙으려는 자들의 아첨용으로나 존재할 따름이다.
>
> — 김한수 『양철지붕 위에 사는 새』 (52~53쪽)

위 소설의 주인공은 목재공단에서 20년 간 일했으나 "IMF 여파로 회사에 한바탕 정리해고 바람이 불었을 때, 해고 일순위였던 김씨는 자진해서 사표를 냈다."[52쪽] 노동의 가치는 자본의 소모품으로 전락했기에 담배 맛조차 예전 맛이 아니다.

> 앉은자리에서도 환히 건너다보이는 목재공단의 뿌연 하늘, 김씨는 그 하늘 밑에서 이십 년간 밥을 벌어먹었다. 그러나 지금 그는 동료들의 출퇴근 길목에서 간이의자와 같은 모습으로 담배를 태우고 있다. 전기톱과 대패로 원목가구를 빚던 나날들, 그때의 담배는 얼마나 맛있었던가. 그러나 지금의 담배맛은 소태를 씹는 것이나 다름

없다. 필터까지 타들어가도록 알뜰히 태우던 습관도 덩달아 바뀌어서 서너 모금 빨다 만 장초를 아무렇게나 내버리기 일쑤다. 어디 담배뿐인가, 입에 쩍쩍 달아붙던 술도 이제는 억지로 위안 삼아 마실 따름이다. (51쪽)

주인공 김씨는 병치레 하는 아내와 사춘기 딸의 반항과 일탈로 붕괴하는 가정을 추스르고자 몸부림친다. 김씨는 아내 간호비 때문에 집을 팔고 미나리꽝 창고를 살림집으로 개조하고, 생계를 위해서 길거리 분식장사를 한다. 그러면서 고립되고 소외된다. 그럼에도 불구하고 "김씨는 멀어져가는 외국인 노동자들의 뒷모습을 짠한 눈길로 배웅했다. 돈을 벌겠다고 만리타국에 와서 죽살이치는 그들의 뒷모습이 참으로 안쓰러워 보였다. 목재공단에서 오랫동안 외국인 노동자들과 함께 생활해왔던 김씨는 그들이 남으로 느껴지지가 않았다."[67쪽] 그래서 김씨는 자신이 베풀 수 있는 인정을 베푼다. 오히려 주변 사람들의 시선이 곱지 않다. "태국 따위의 가난뱅이 나라에서 온 깜씨들이구먼"[66쪽] 하고 외국인 노동자를 비웃는다.

김씨는 비록 소외되고 고립된 인물이지만 사회적 약자에 대한 연민과 연대는 물론 짐승에게까지 애정을 쏟는다. 그것도 흉조(凶兆)인 까마귀에게. "채마밭 너머로 편한 미나리꽝에 점점이 박혀 모이를 쪼는 백로들"[10쪽]과 대조적으로 까마귀는 "굴뚝 윗부분과 양철 처마가 만나는 지점"[20쪽]에 둥지를 틀었다. "흉조가 자신의 집 위에 둥지를 트는 모습에 소스라치게 놀란 김씨는 하마터면 발밑에 놓인 큼직한 돌멩이를 던질 뻔했다."[20쪽] 그러나 김씨는 "어쩐지 녀석의 처지가 자신의 신세와 비슷해 보여 박정하게 굴 수도 없었다."[21쪽] 그러다 정이 들고, '복돌이'라는 이름까지 지어주고, 집밥도 나누어 주며 세상과 소통하고 자신만의 공동체를 생성한다(소나무를 심는 갑수처럼 정체성을 부여한다).

소설 마지막에 "미루나무 상공에 커다란 원을 그리는 복돌이를 본 김씨는 아내의 죽음을 고요히 받아들였다. 복돌이는 언제까지 그러고 있을 것처럼 미루나무 상공을 선회하는 날갯짓을 멈추지 않았다. 달빛을 가르는 복돌이의 날개 위에는 바람조차도 얹혀 있지 않았다."71쪽며 까마귀 복돌이의 비행을 병고의 굴레로부터 벗어나 "영원한 자유를 찾아 떠난 아내의 숨결"72쪽로 느낀다. 나아가 김씨는 고립과 소외 그리고 아내의 죽음으로 고통 받거나 폐쇄적인 방어로 세상을 등지는 게 아니라 아내가 살아 생전 마지막으로 창에다 단 커튼을 젖히며 세상을 향해 자신을 개방하면서 집나간 딸애를 기다린다.

주목할 점은 이 소설집에는 희망만 있는 게 아니다. 소설집 작품 「귀향」에는 비슷하면서 다른 죽음을 보여준다. 배경은 송림동이고, 주인공 송씨는 건설노동자다(「부처산 똥8번지」 갑수 아버지를 연상시킨다).

> 송림동에 각별한 애착을 묻어두었다면 모를까, 올 여름 이삿짐을 꾸릴 때만 하더라도 송씨는 이 구질구질한 놈의 동네 쪽으로는 오줌도 누지 않겠노라고 다짐을 했었다. 어지간한 촌구석에도 도시가스가 들어가는 시대에 연탄을 실은 리어카가 거미줄처럼 얽힌 골목길을 뻔질나게 오르내려야 하는 궁상도 지겹지만 무슨 액땜할 일이 그리고 많은지 송림동에 터를 잡은 십 년 동안 절기마다 우환이 닥치고 뼈를 사리물고 달려든 일마다 낭패를 보았다. 송림동에 살면서 유일하게 맛본 보람이라면 아파트를 분양받아 이사를 한 것뿐, 그 외에는 시어머니의 똥수발을 들어야 하는 며느리의 처지처럼 암울하기만 했다. 그런데도 술잔에 코를 처박기만 하면 송림동으로 기어드니 참으로 한심스럽기 짝이 없는 노릇이었다. (130~131쪽)

송씨는 술에 취해 가족과 살았던 옛 동네(송림동)에서 눈이 내리는 겨울밤에 동사(凍死)한다. 특이하게도 "송림동 산꼭대기 위로 해가 머리를 내밀자 중앙로 횡단보도 앞 전봇대에 앉아 있던 까치가 퍼득거리는 날개 사이의 깃을 다듬다 말고 까악깍, 울음소리를 냈다."[146쪽] 길조인 까치가 송씨의 죽음을 알린다(「양철지붕 위에 사는 새」에서는 "백로 한 마리가 미루나무 상공"에서 까치들에게 공격을 받는다. [17쪽]). 송씨는 목숨 걸고 싸워서 받은 임금을 가슴에 안고 눈을 감는다.

1997년 외환위기와 근접한 김한수 작품의 등장인물들은 자본과 가족(부양)으로부터 자유롭지 못하다. 반면, 홍인기 소설집 『숲의 기억』(작가들, 2007)은 10년이라는 물리적 거리 때문인지 자본의 정글(생존)과 함께 과거의 기억으로부터 구축된 정체성을 탐구한다.

> 거실 한쪽에 쌓인 원목 위에 얹혀진 텔레비전에서 아나운서의 목소리가 흘러나온다. (중략) 지난밤 화재사건은 아마도 실직한 젊은 가장의 비관이 불러온 가족 동반자살로 추정된다고 아나운서가 말한다. 친절하다. 그리고 구체적이다. 카드빚에 쫓기다가 어쩔 수 없이 선택한 사고라고 말한다. (116~117쪽)

> 주인집 아들 중에 내 또래가 있어서 그에게 빨래 걷는 모습이라든지 밥상을 차리고 설거지하는 모습을 들키는 것은 죽음보다 더 두려웠다. 어떤 때는 변소 가는 것도 부끄러웠다.
> 나는 종종 시골생활을 그리워하곤 했다. 그땐 동생들을 보살펴야 하는 부담도 없었을 뿐 아니라, 어른들의 관심 또한 지극해서 나는 언제나 귀한 장손이었다. 그러므로 도시생활이라는 게 내게는 도대체 재미있지도 폼 나지도 않았던 것이다. 유행처럼 농촌을 떠나 몇몇의 또래들과 함께 시작한 도시생활은 여러 면에서 결코 녹녹치 않았다. 시골 출신들이 무탈하게 도시로 편입되기란 사실 바늘구멍만 한 기회도 열려있지 않았다. (130쪽)

산업화가 본격적으로 가동하자 시골생활이 더욱 힘들어진 아버지는 가족을 이끌고 서울 망우역 부근으로 이주하고 연탄공장에 취직한다. 하지만 "아버지는 연탄공장 기술자도 되지 못하고" 다시 "아버지는 망우역 석탄 하치장에서 잡부로 일을 하고 있었는데, 귀향 일행들과의 동행을 거부하고 어쩌면 더 암울한 탄광촌으로의 결행을 감행했다."[131쪽] 그럴수록 가족의 생계는 가장인 아버지에게 더욱더 무거운 멍에가 된다.

> 어머니는 밥상에 매일 돼지고기를 올렸다. 찌개는 보통이요, 굽고 볶고 삶아낸 것이 순번도 어기지 않고 올라왔다. 당신은 잘 먹고 잘 싸야 한 대요. 폐 속에, 몸속에 쌓인 탄가루를 씻어내야 한 대요. 그러기엔 돼지고기가 으뜸이래요. 그때 그곳 공동화장실에선 돼지고기요리 냄새가 났다. (132~133쪽)

중학교 3학년 아들은 가난을 원망하기보다는 아버지의 고생과 사회 구조를 관찰하며 성장한다. 무엇보다 탄광 노동자의 자식임을 자각하고 부끄러워하지 않고, 오히려 아버지에게 연대감을 느끼는 아들로 성장한다.

> 사옥 사이로 뚫린 골목을 내달리는 아이들의 얼굴에서는 모두 검은 땟국이 흘렀다. 막장을 드러내는 탄부의 눈과 검은 입술 사이로 드러난 이빨이 빛났다. 공동주택의 공동화장실에 모인 똥이 죄다 까맸다. 망우리 변솟긴에서 가끔 보았던 검은 똥의 주인을 나는 그곳에서 비로소 찾아냈다. 아버지의 똥이었다. 거기 떨어진 내 똥이 조금씩 까매지고 아버지의 똥이 드디어 부끄럽지 않게 동무를 만났다. (131~132쪽)

세상의 절대진리가 있다면 "먹은 대로 싼다"는 것뿐이다. 나아가 무엇을 먹느냐보다 누구와 함께 먹느냐는 내가 누구인지를 조명하는 진리가 된다. 그래서 식구(食口)는 "밥을 함께 먹는 관계"를, 컴퍼니

(company)는 라틴어로 "함께(cum) 빵(panis)을 나누는 사람"을 뜻한다. 그런 의미에서 「숲의 기억」은 세상 진리를 똥간에서 발견한다. 내가 누구인지 내가 나에게 증명하고, 내가 나를 인정한다(아버지의 똥을 부끄럽게 하지 않는 나의 똥을 생산하고 발견한다. 공동화장실에서).

산업화는 고사하고 하루하루 끼니를 걱정하는 1950년대 전후(戰後)를 그린 소설『마당깊은 집』(1988년 출간)에는 "똥구멍이 찢어지게 가난하다"를 이해할 수 있는 내용이 나온다.

> 소금을 많이 치고 양념으로는 고춧가루와 찧은 마늘만 써서 버무린 김치였으나 김장 담근 날 먹는 김치 맛이란 그때나, 맛에 대해서는 이제 어떤 음식이든 이력이 나버린 지금이나 별반 다르지 않다. 그 시절 먹은 그 풋김치 맛이야말로 지금껏 그 어떤 음식보다 맛있었고 지금도 그 김치 생각만 하면 입에 군침이 돈다. 며칠 동안은 똥을 눌 때 똥구멍이 찢어져라 쓰릴 만큼 나는 포기김치를 죽죽 찢어, 김치를 반찬으로 먹는 게 아니라 밥을 반찬 삼아 걸게 먹었다.
>
> — 김원일 『마당깊은 집』 (문학과지성사, 2002) 184쪽

산업화의 성공으로 '마당깊은 집'보다 더 넓고 안락한 아파트에 살 게 된 주인공은 왜 고춧가루와 마늘만 넣은 '김장 김치'를 "그 어떤 음식보다 맛있었고 지금도 그 김치 생각만 하면 입에 군침이 돈다"고 하는 것일까? 이에 대한 설명은 영화 [라따뚜이](2007)에서 음식비평가 안톤 이고(Anton Ego)를 통해 대신할 수 있다.

어릴 때, 특히 나를 사랑하고 보호하는 가족이 만들어주고 함께 먹은 음식은 단순히 물질적 영양소로 공급되는 것이 아니라 공동체의 일원

임을 확인해주고 성장시킨 언어이자 기호로 평생 호흡한다. 그래서 영화 속 음식 라따뚜이(Ratatouille)는 파리사람들에게 평범한 시골음식에 불과하나 음식비평가 이고(Ego)에게는 사랑하는 엄마가 만들어준 사랑의 융합물로 작용하면서 과거의 나와 현재의 나를 접속시키고, 현재에 국한된 자아(ego)의 한계를 시공을 확장시키는 초월적인 존재로 창조한다. 일례로, 조국과 가족을 잃은 시인 백석(白石, 1912~1996)은 고향 음식과 사투리로 자신만의 시(詩)세계를 창조한다. 그리고 자신만의 독창성에 국한시키지 않고 인류애의 보편성으로 확장한다.

위와 같이 홍인기 소설 「숲의 기억」 속 주인공은 (김한수 소설에서) 가족에게 국한된 자아를 친구와 연인으로 확장시킨다. 그리고 작품 속 무덤과 나무는 숲의 기억으로 확장된다.

> 짙어가는 눈발 속에서 전나무가 높게 솟아 있었다. 상여는 그 나무 옆을 지나 조금 더 산으로 올라가 멈췄다. 어깨를 짓누르던 상여의 멜방망이 끈에서 벗어나며 나는 잠깐 그 나무가 우람한 성기 같다는 생각을 했다. 무심히 지나쳐온 전나무 옆 흙벽에서 퇴락한 무덤, 오랜 세월 절로 무너져 내린 흙무덤을 본 듯도 했다. (125쪽)

주인공은 아버지의 죽음 이후 친구의 죽음으로 다시 고향에 돌아와 장례를 치른 후 자신의 일상 공간이자 도시에 있는 작업실로 귀환한다. 의미심장하게도 그는 목판화(木版畵)를 하는 작가이다. 도시에서 숲을 가꾸고 나무를 심는 대신 그 편린(片鱗)에 자신의 꿈을 새겨 넣는다.

> "우리 집에도 있지만, 걔네 방에 네 판화, 거 뭐야 시꺼먼 얼굴, 탄부라는 작품 말이야. 그게 걸려 있어." (중략)
> 탄부라니? 어렴풋이 기억이 되살아났다. 할아버지 할머니가 돌아가신

후, 어쩌면 고아 같은 고독에 치를 떨며 고향집에 머물며 만들었던 아버지의 얼굴. 탄광을 나오는 표정을 알 수 없는 검은 얼굴, 웃음기 없는 그 얼굴에 나는 허구의 미소를 파 넣었다. (137쪽)

주인공은 작가 데뷔 이전 작품을 창작한다. 공동화장실에서 (아버지의 아들로) 배설하는 똥과 달리 자기 골방에서 목판(木板)에 체중을 실어 새겨 넣는다. 김한수 소설 속 자아보다 활동적이다. 하지만, 김한수 소설 「양철지붕 위에 사는 새」의 주인공 김씨는 아내가 죽은 후 집나간 딸애를 기다리며 (수동성으로 보일 수는 있는 행동을) 딸에 대한 믿음과 (죽은 아내가 친) 창문 커튼을 젖힌 골방을 개방적인 세계로 확장하고 소통하는 자아로 창조한다. 그런데 홍인기 소설 「숲의 기억」마지막은 떠나보낸 연인(죽은 친구의 아내)의 뜻하지 않은 작업실 방문으로 마무리된다. 적극적으로 세계와 타자에게 다가가거나 초대하는 자아로 성장하지 못한다는 점에서 '숲의 미래'를 창조하는 비전과 파워가 부재한다.

양진채 소설집 『푸른 유리 심장』(문학과지성사, 2012)에는 물리적인 공간 이동에 따른 자아의 변화가 눈에 띈다. 소설집에 실린 2008년 신춘문예 당선작 「나스카 라인」과 그 후속작 「파르초」의 주인공은 우체국에서 근무하는 여성이다. 참고로, '나스카 라인'은 페루 사막에 그려진 커다란 고대 그림이고, '파르초'는 티베트어로 깃발을 뜻한다. 위 두 남성 작가의 등장인물들은 노동을 하면서 자신의 근력을 쓰는 데 비해, 「나스카 라인」의 여주인공은 우체국이라는 실내에서 고객의 정보(data)를 다룬다. 그리고 가족부양의 책임보다 세상과의 관계(소통의 고통) 속에서 자아 성장을 시도한다. 흥미로운 점은 남성 작가의 인물들은 자신만의 영역(리어카와 작업실)에서 일을 하면서 주체적이고 주도적으로 장사와 작업을 진행하며 자신의 길을 가는 반면,「나스카 라인」여주인공은 "공단 지역이 멀리 않은"[62쪽] 우체국이라는 공공영역에서 일하면서 "하루에도 수백 통의 우편물과 소포를 취급하지만 정작 나는 한 번도 소포나 편지를 보낸 적이 없었다는 사실에 새삼 쓸쓸해진다."[83쪽] 그리고 우편물의 텍스트(data)를 처리하는 직업임에도 불구하고 여주인공은 "글자를 그림으로 이해"[105쪽]하는 특이함을 지녔다. 그 특이함은 이정표를 볼 때 "장소를 알려주는 글은 지나친 채 거기 그려진 화살표만 쫓아 가"는 행동을 하게 한다.[104쪽] 그래서 그녀에게 "길은 늘 내게 미로였다."[105쪽]

월터 J. 옹은『구술문화와 문자문화』(문예출판사, 2018)에서 다음과 같이 말했다.

> 필사문자와 활자문자에 익숙한 사람들은, 본질적으로 음성인 말을 '기호'로 간주하는 것을 당연하게 생각한다. '기호'는 시각적으로 지각되는 것을 첫 번째로 지시하기 때문이다. '기호(sign)'라는 말의 어원인 signum은 로마 군대가 각 부대를 한눈으로 분간하려고 높이 치켜 올린 군기를 말하며, 근원적으로는 '사람이 그에 따르는 것'을 의미했다(원시 인도유럽어의 어근은 sekw-즉 '따르다'이다). 로마인은 알파벳을 알았지만, signum은 문자로 된 단어가 아니라 이를테면 녹수리와 같은 회화적인 디자인 내지는 도상이었다. (135쪽)

월터J. 옹은 "사고와 표현의 세계에서 오래 지속되던 청각의 우위는 인쇄를 통해 시각의 우위로 바뀌게 되었다."[196~197쪽]고 말한다. 그리고 이러한 권력이동 속에서 건설된 문명은 남성중심의 시각과 언어로 구축된다. 흥미롭게도 글쓰기(writing) 이전 그리기(drawing)로 기록된 문명이라 할 수 있는 잉카문명의 흔적 '나스카 라인'에 여주인공은 지대한 관심을 보인다. 아니, 그 이상으로 반응한다. 집과 우체국 사이를 시계추처럼 반복한 일상에서 일탈한다.

> 나스카 라인을 다시 보러 가려고 마음먹었을 때 오랜 망설임 끝에 우체국을 그만두었다. 쉬운 일이 아니었다. 길을 잃을까 두려웠지만 이제 그만 순환선에서 내려 어디로든 가보고 싶었다. (92~93쪽)

여주인공은 나스카 라인을 보기 위해 비행기를 타고 대지의 마찰과 중력을 뚫고 하늘로 올라간다. "벌새와 콘도르, 뱀"를 바라보며 "비행기에서 내리지 않고 내내 떠 있고 싶었다."102쪽 여주인공은 지상의 텍스트로부터 벗어나 해방감을 맛본다. 그러나 "비행기에서 내려 먼지 이는 길을 걷는 동안 어느새 아스팔트 위의 커다란 싱크홀처럼 검고 깊은 구멍이 가슴 속에 생겨난 느낌이었다."102~103쪽 그녀에게 "길은 어디에나 있었지만 내가 찾는 길은 보이지 않았다."103쪽 그래서 그녀는 "집이 제일 편했다. 집 안에서 길을 잃을 염려는 없었다."103쪽 그 때문에 그녀는 "집처럼 편한 존재"인 남자를 만난다. 그런데 남자는 여자가 이정표를 텍스트로 읽지 않고 이미지(화살표)만 쫓아가는 행동으로 길을 헤맨다는 사실을 알고 이렇게 말한다. "널 볼 때마다 나까지 길을 잃고 헤매는 것 같아 참을 수가 없었어."104쪽 결국, 유부남인 남자는 그녀를 떠난다. 시간이 흐른 후 "3년 만에 6개월 시한부 선고를 받고서야"100~101쪽 남자는 아내와 이혼하고 그녀를 찾는다. 여자는 남자가 입원한 병원으로 간다. 건강하고 즐거운 해후는 아니었다. 여자는 밤에 남자가 잠들자 병실 "창문 밖 가로등 곁에 낮에 보았던 벚나무"107쪽를 발견한다. 바람에 흔들리는 나뭇잎을 보며 남자가 말한 '파르초(깃발)'를 떠올린다. 여자는 병실 화살표를 따라 병원 "밖으로 나가 낮에 그가 앉았던 벚나무 아래 의자에 앉았다. 햇빛 대신 어둠이 켜켜이 쌓여 있었

다."110쪽 여자는 자신이 걸어가야 할 길을 발견하는 대신 "어둠 속 요원한 길을 본다."110쪽

위와 같은 구조는 양진채 작가의 첫 장편소설 『변사 기담』(강, 2016)에서도 재연된다. 주인공 기담은 일제강점기 무성영화 시절 인천에서 변사로 날렸던 인물이지만, 현재는 늙고 병든 노인으로 혀까지 잘린 나머지 입을 다문 채 살아간다. 세상과 소통이 어려운 「나스카 라인」의 여주인공을 닮았다.

> 나는 사람들의 말을 이해하기 어려웠고, 자주 그 갈피에 숨은 의미를 해독하지 못했다. 다른 사람들도 마찬가지였다. 내 말을 이해했다고 하면서도 실상은 이해 못 하고 있는 경우가 더 많았다. 그럴 때마다 입을 다물었다. 나는 가끔 옹알이 할 때가 제일 행복했을지도 모른다는 생각을 했다. 몽돌같은 그 옹알거림을 곁에 있는 사람들은 모두 알아들었을 테니까. 말 대신, 옹알거림으로, 눈빛으로 얘기할 순 없는 건가? 세상은 너무 시끄러워, 나는 말이 어긋날 때마다 속으로 중얼거렸다. (66쪽)

소설 『변사 기담』은 우편배달부가 국제우편을 기담에게 전달하면서부터 전개된다(편지의 이메일 묘사로 보아 2000년대 이후로 추정된다). 부연하면, 1920년대부터 기담이 평생 잊지 못하고 사모한 "이정애, 그러니까 묘화의 편지"로부터 시작한다. "병원에서 폐암 진단을 받고 나오는 길에 문득 이렇게 죽을 수 있구나 생각하니 선생님이 그리워졌습니다."13~14쪽하고 그 옛날 맥코넬과 함께 영국으로 떠난 묘화가 서신을 보낸 것이다(「나스카 라인」 여주인공에게 문자를 보낸 시한부 남자와 유사하다). 하지만 기담은 선뜻 전화하지 못한다. 마지막에 기담은 "수십, 수백 번의 망설임 끝"에 전화를 걸지만 "전화는 연결되지 않았다."310쪽 이처럼 양진채 소설에는 시대에 뒤진 매체(우편과 무성영화)로 소통하는

인물들이 등장한다(영화를 만들고 싶어하는 정환은 증조부 기담에게 영화 연행을 배운 후 복원된 1928년 무성영화 [유랑]의 변사가 된다). 그리고 여주인공들은 현실의 마찰과 중력으로부터 벗어나고자 외국으로 떠나지만 다시 돌아오거나 돌아오고자 한다. 문제는 자기 언어를 창조하지도 못하고, 기존 언어를 버리지도 못한다는 것이다.

5. 아버지 없는 딸들의 등장

2000년대 이후 한국문학에는 아버지 없는 딸들이 등장한다. 정확히는 아버지가 없어도 명랑한 어린 딸들이 등장한다. 인류학적으로 아버지의 부재는 보호와 투자의 부재로 이어지고, 이는 자원 확보와 교육 환경의 경쟁력을 떨어뜨린다. 그럼에도 2000년대 이후 한국문학에서 아버지는 사라진다. 1997년 외환위기 직전 출간된 김정현 소설 『아버지』는 그 증후를 잘 보여준다. 이는 산업화의 종언과 함께 산업전사였던 아버지 세대의 도태를 보여준다. 즉, 산업화를 이끈 아버지 세대의 필요성은 사라졌고, 새로운 아버지는 아직 등장하지 않았다(2022년 정지아 소설 『아버지의 해방일지』는 아버지의 복권을 상징하는 듯하나, 이 아버지는 산업전사가 아닌 한국전쟁의 희생자이고, 정지아 작가는 1960년대 출생으로 데뷔작은 1990년 『빨치산의 딸』이다. 즉, 아버지가 있는 딸이다). 이러한 이유로 산업화를 이끈 아버지의 언어는 자녀들에게, 특히 딸들에게는 매력이 없다. 그렇다보니 딸들은 직접 자신의 언어를 찾기 시작한다.

대표적으로 2000년 신춘문예 당선작 조민희 소설 「우리들의 작문교실」주인공 열두 살 소녀 이은아가 그렇다. 주인공 소녀는 새학년이 시작할 무렵 (의미심장하게도 목소리를 잃는) 후두염을 앓고 열흘이나 결석한 후 등교한다. 그리고 '위니'라는 별칭으로 자기를 소개하는 아이와 짝이 된다. 위니의 엄마는 연극배우이고, 결혼과 출산으로 커리어에 문제가 생겨 딸과 남편을 미워하는 아줌마로 묘사된다(위니는 엄마에 관한 글쓰기로 엄마가 만드는 '위기의 여자'에 대하여 쓴다).
　주인공 소녀 이은아에게는 아빠가 없는 대신 엄마와 엄마의 자매인 이모들 그리고 이모부가 있다. 아빠는 딸이 태어나기도 전에, 결혼식도 올리지 못한 채 하늘나라로 가셨다. 그럼에도 소녀 이은아는 명랑하다.
　열두 살 소녀 이은아는 대지의 마찰과 중력의 간섭을 줄여주는 롤러브레이드를 타고 거리를 활주(滑走)한다. 그 때문에 동네사람들은 소녀를 비행접시라 부른다. 카페 앞 벽화에 그려진 비행접시 덕분에 카페도 비행접시 카페다.
　이곳 카페에 어느 날부터 UFO 같은 사람이 나타난다. 그는 진짜로 글을 쓰는 소설가다. 그의 유일한 취미는 사람들의 특징을 파악하고 별명을 지어주는 일이다. 소설가가 비행접시 소녀에게 하는 당부는 "어른이 되지 말라"는 것이다. 소녀는 소설가 아저씨를 좋아한다. 나중에 알게 된 사실인데, 그는 소설을 쓰지 않기로 발표한 소설가이다. 소녀는 소설가의 작품 중 목소리를 잃어버리는 소년 제제를 알게 되고, 소년 제제가 목소리를 찾는지 알고 싶지만, 어느 날부터 소설가는 사라진다.
　이 소설의 결말은 비행접시로 불린 소녀가 비행 대신 걷기(walking)를 선택한다는 것이다. 자신에게 날개와 같은 롤러 브레이드를 벗고 운동화를 신고 타박타박 걷는다. 지상의 마찰과 중력에 적응하면서, 친구 위니의 말을 들을 수 있는 속도로 자신의 삶을 통제한다. 그리고 여름방학 작문교실과 작별하지만 자신만의 작문시간을 만들어 자율적으로 글을 쓴다. 친구 위니에게 다가가기 위해서, 어른이 되기 위해서 무언가를 내려놓아야 한다는 것을 깨닫는 글쓰기를 한다.
　소설에서는 대놓고 드러나지 않지만, 소녀 이은아가 글쓰기를 하는 것은 소녀의 엄마가 예술을 전공하고 경제적으로 독립한 카페 주인으로 딸에게 교육환경을 제공하기 때문이다. 또한, 주인공은 아직 생계를 책임져야 할 의무와 노동으로부터 자유로운 소녀라는 것도 중요하다. 무엇보다 거주지는 서울(로 추정된다. 작품 속 지명은 뉴욕뿐)이다.

위와 비슷하면서 다른 결을 보여주는 작품이 김애란 소설집 『달려라, 아비』(창비, 2005)이다. 이 소설집에는 지상의 마찰과 중력으로부터 자유로운 (롤러 브레이드보다 더 역동적인) '스카이 콩콩'이 등장한다. 표제작 「달려라, 아비」에서도 아버지가 부재한다. 그럼에도 불구하고 주인공 딸은 씩씩하고 명랑쾌활하다. 참고로, 「우리들의 작문교실」과 달리 「달려라, 아비」의 부모는 지방 출신 노동자 계급이다(「우리들의 작문교실」 카페는 대도시 번화가에 있다. 카페 윗층에는 발레 학원이 있고, 주변에는 음반 가게와 서점, 아파트 단지와 백화점이 있다. 그에 반해 「달려라, 아비」 주인공 집은 달동네 반지하다). 그래서 엄마가 딸에게 "가장 많이 한 말 중 하나는 '사람은 가정환경을 잘 타고나야 된다'는 것이었다."49쪽 아빠는 "아버지가 되기 전날 집을 나가 그후로 다시는 돌아오지 않았다."45쪽

소설 후반부에 아버지의 사망 소식을 국제우편으로 전달받는다. 딸은 아버지를 원망하는 대신 상상 속 아버지에게 선글라스를 씌워준 후 "이젠, 아마 더 잘 뛰실 수 있을 것이다."62쪽라고 안도한다. 어머니가 딸에게 "물려준 가장 큰 유산은 자신을 연민하지 않는 법이었다."47쪽

문제는 이러한 명랑성이 소녀가 아닌 성인으로 성장했을 때는 소멸된다는 것이다. 이러한 현실은 소설집 마지막 작품 「종이 물고기」에서 표현된다. 이 작품의 (남자)주인공은 똥고개에서 태어난다. "'똥고개'는 오래전, 사대문 안에 산 이들이 이곳에 똥오줌을 내다버려 붙여진 이름이었다."244쪽 가족은 서울 정착에 실패하고 다시 시골고향으로 돌아간다. 주인공은 지방 전문대를 졸업하고 서울로 상경(上京)한다. 그는 집

세가 싼 옥탑방에 세를 든다. 그리고 소설을 쓰기 시작한다.

소설을 완성하고자 거주하는 옥탑방 벽에 자신이 알고 있는 언어, 외지에서 타자에게 배운 언어, 나아가 알고자 하는 언어로 문장을 만들어 포스트잇에 써서 벽에 붙인다. 네 면의 벽을 모두 채우자 방 천장까지 포스트잇을 붙인다. "그는 포스트잇이 거대한 담쟁이덩굴 같다고 생각했다. 혹은 소나무 껍질 또는 물고기 비늘 같다고. 그의 방은 온몸에 촘촘한 비늘이 덮인 어떤 생명체 같았다." "그는 그 방 전체가 하나의 종이 비늘이 달린 물고기가 되어 부드럽게 세상을 헤엄쳐 다니는 상상을 했다. 마치 자신이 물고기 지느러미 옆에 붙어 있는 것 같았고, 반대로 물고기 뱃속에 들어가 있는 듯한 기분도 느꼈다."267쪽 드디어 마지막 문장을 쓴 마지막 포스트잇을 붙이면 소설은 완성될 것 같았다. 다음 날, 공사장에서 퇴근 후 집에 도착해보니 자신의 옥탑방은 무너져 내렸다. 결국 주인공의 소설도 무너졌다(카뮈 소설 「요나」와 오버랩된다).

무너진 폐허 속에서 주인공에게 "은행나무 잎처럼 노란 포스트잇 한 장이 그의 발밑으로 날려왔다."270쪽 포스트잇에 적힌 내용은 희망이다. 그는 마찰과 중력에 저항하듯 포스트잇을 담벼락에 심듯이 손가락으로 누르며 소설은 끝난다. 주인공은 아버지처럼 서울에서 실패한 것이다. 소설 도입부에는 이런 내용이 있다. "그는 모른다. 2004년 서울에 아직도 아버지의 시간이 흐르고 있다는 것을."242쪽

소설집의 마지막 작품 「종이 물고기」를 이해하려면 대척점에 있는 소설집의 첫 작품 「스카이 콩콩」을 함께 배치해야 한다.

「스카이 콩콩」에 등장하는 가족은 "지방 소도시에 있는 조립식 주택"에 산다. 그것도 "옥상 위에 무허가로 지은 건물"에서 "마을이 내려다보이는 컨테이너박스 안에서 아버지와 형 그리고 나 이렇게 세 식구"10쪽가 산다(어머니는 없다). 그럼에도 매우 명랑하다. 화자인 '나'는

아버지에게 '고추'를 보여주고 스카이 콩콩을 갖게 된다. 지구의 마찰과 중력으로부터 벗어난 듯 "나는 한번 올라가면 다신 내려오지 않을 정도로 스카이 콩콩을 잘 탔다."[14쪽] 형은 스카이 콩콩 대신 진짜 스카이(sky)를 나는 고무동력기로 과학경시대회에서 1등을 한 후 과학자를 꿈꾼다. 그러던 어느날 "서울에서 사촌형이 우리집에 왔다"[22쪽] "그는 대학교에서 천문학을 공부하는 진짜 과학도였다."[23쪽] 서울에서 온 사촌형은 형이 고치지 못한 라디오에서 음악이 나오게 한다. "형은 사촌형을 새엄마 대하듯 했다."[23쪽]

형은 대학교에 응시하나 떨어지고 집에 돌아오지 않는다. 그날 밤 폭설이 내렸고, "집앞 가로등의 전구가 나갔다."[28쪽] 형이 돌아온 날, 가족은 (사촌형과 함께 음악을 들은 라디오로) 형이 사온 바흐 테이프로 음악을 함께 듣는다. "순간 창밖 가로등이 잠시 깜빡하고 꺼졌다, 켜졌다."[30쪽] 이 가로등은 아버지가 술에 취해 씨름을 하는 대상으로, 걷어차며 이렇게 말한 적이 있다. "너는, 나무가 되려는 것이냐?"[27쪽]

「스카이 콩콩」의 결말은 동생(둘째 아들) '나'는 "그날 밤 집으로 돌아온 뒤 홀로…… 스카이 콩콩을 탔다."로 끝이 난다. 그날 밤이란, 형이 고무동력기로 1등을 한 후 이듬해 연승을 노리며 과학경시대회에 출전한 날이다. 작년과 달리 "형의 비행기는 피융— 하고 비상하자마자 곧바로 추락하기 시작했다."[34쪽] 추락하려는 포스트잇을 담벼락에 심듯이 손가락으로 누르는 「종이 물고기」의 결말과 오버랩된다.

「스카이 콩콩」의 화자인 소년은 「우리들의 작문교실」 소녀와 비슷한 연령이다. 하지만, 출생계급과 교육환경은 대조적이다. 비행접시 소녀 이은아는 말하지 않고 원하지 않아도 주위의 어른들이 롤러 브레이드(선물)를 선사하지만, 「스카이 콩콩」의 소년은 갖고 싶은 스카이 콩콩을 얻고자 아버지에게 '고추'를 보여준다. 「우리들의 작문교실」 소녀는 예술을 전공한 엄마가 작문교실에 보내주지만(그것도 대도시에 살면서), 「종이 물고기」 청년은 소설을 쓰고자 아버지의 반대를 무릅쓰고 서울로 올라와 (아버지로부터 생활비도 끝기고) 공사장 일을 하며 소설을 완성해간다. 그렇지만 (서울의 십대 소녀 이은아는 글쓰기를 통해 성장감을 맛보지만) 1980년 서울 똥고개 출신이자 지방전문대를 졸업한 이십대 청년은 서울로 다시 올라와 소설 완성을 목전에 두고서 좌절과 절망을 맛본다.

  그럴 수밖에 없는 것이 '종이배'는 물에 띄울 수 있지만 '종이 물고기'는 물속에서 헤엄치게 할 수 없다. 종이는 수분에 취약하다 못해 곰팡이를 피우고 결국 썩는다. 무엇보다 「종이 물고기」의 주인공은 소년에서 청년으로 성장함에도 「스카이 콩콩」의 고추→가로등(나무)→ 밤하늘 아래 스카이 콩콩처럼 발기하는 남근(男根)이 드러나지 않는다(「달려아, 아비」에서는 혼자서 출산을 하는 엄마가 탯줄을 끊기 위해 준비한 가위를 칼처럼 사용한다. 그리고 엄마는 외할아버지(남성)에게 철부지 딸이 아닌 매력적인 여성으로 인정받는다). 오히려 「스카이 콩콩」에서 '할머니의 아랫배'[10쪽]로 연상되는 불모지 동네 풍경이 「종이 물고기」에서는 (신문지로 도배한 방처럼) '엄마의 아랫배'[249쪽]로 쭈그러진다. 그런 의미에서 이십대 청년이 마련한 서울 옥탑방은 '종이 물고기'를 잉태할 젊은 자궁이라 할 수 있다. 하지만, 종이는 물(羊水) 많은 곳(자궁)에서 물고기로 자라지 못하고 편린(片鱗)으로 벽에 붙여진 채 중력에 의해 점점 처지기 시작한다. 그래서 소설을 쓰는 청년의 옥탑방은 무너진다. 현실의 중력을 떠받치는 기둥을 창조하기 못하기 때문이다. 청년은 신문에 실린 (남성성이 강화된) 겨드랑이 털을 드러낸 역도 소녀처럼[256쪽] 중력을 거스리며 무거운 역기를 드는 것이 아니라 "두 팔을 머리맡에 둔 '만세' 자

작품해설 213

세로 자는 버릇"246쪽을 (현실에서 소설로 완성하는) 지식과 건강으로 승화시키지 못한다.

참고로, 종이는 나무로 만든다. 포스트잇은 문구점에서 저렴하게 구매할 수 있지만, 씨앗이 나무로 성장하려면 태양과 토양, 바람과 비 그리고 시간이 필요하다. 사람이 나무를 키우려면 돈과 시간(토지) 그리고 지식과 건강이 있어야 한다. 하지만, 먹고 살기 바쁜 자본주의 체제하에서는 나무를 키우기보다 땔감을 구매하고 소비하기 바쁘다. 그래서 대부분의 사람들은 현실의 마찰과 중력에 순응하게 된다.

이러한 현실의 마찰과 중력은 삼십대이자 (서울이 아닌) 지방도시에 사는 기혼여성이자 주부에게 더 크게 작용한다. 오선영 소설집『호텔 해운대』(창비, 2021) 표제작에는 다음과 같은 내용이 나온다.

> 부산에 출판사도 있어요? 출판사는 다 서울이나 파주에 있는 줄 알았는데. (13쪽)

부산의 작은 출판사에 다니는 수정에게는 부산시 9급 공무원을 준비하는 대학교 동창이자 애인 민우가 있다. 민우는 '인(in)부산'을 희망한다. 만일 공무원 시험에 합격하지 못한다면, "부산에서 일자리를 구하지 못한 이들이 살아온 터전에서 추방됨을 뜻했다."24쪽

소설집『호텔 해운대』를 이해하려면 표제작과 대척점에 있는 소설집 마지막 작품「바람벽」을 함께 배치해야 한다.

「바람벽」의 여주인공 정현은 고향 부산에서 대학을 진학하고 문학동아리에 가입하여 소설가를 꿈꾼다. 그러나 "집안 형편 때문에 수도권 대학을 포기"199쪽할 정도로 생활 형편이 넉넉하지 않기에 "문학동아리 활동을 접고 임용고시에 매진"202쪽하여 중등교사가 된다. 그리고 결

혼을 하고 아이를 낳고 주부가 된다. "그리고 몇년 후, 1월 1일자 신문에서" 그것도 "중앙지 신춘문예에 당선된 지수"의 이름을 보게 된다.

지수는 대학 문학동아리 동기다. 그녀는 소설가 되고자 (부산에서 졸업을 1년 앞둔 시기에) 수능시험을 다시 치르고 서울의 한 사립대학교 문예창작과에 입학한다. 정현은 지수의 신춘문예 당선 소식을 접하고 이십대에 내려놓은 소설가의 꿈을 다시 꾸게 된다.

부산에서 아내이자 엄마 그리고 교사라는 직업을 가진 정현은 소설가가 되고자 지수의 소개로 서울에 있는 원로 소설가의 문하생으로 들어가고, "이주일에 한번, 혹은 삼주에 한번씩 서울─부산을 오르내렸다. 남편은 옆집에 가듯 부산─서울을 오가는" 정현을 "탐탁지 않게 여겼다."198쪽

정현은 고생 끝에 첫 소설집 『고독의 끝에서』 출판기념회를 열고 축하를 받는다. 그리고 조언도 받는다. "장편소설을 쓰려면 부산 집을 정리하고 서울로 이사하라는 충고도 있었다. 서울과 부산의 글쓰기 환경이 많이 다르다는 말도 덧붙였다."188쪽

정현은 출판기념회를 끝내고 밤에 부산행 기차를 타고 내려가는 중 친구 지수에게 축하 전화를 받는다. 그리고 대학 문학동아리 현정 선배의 부고(訃告)를 듣는다. 정현은 첫 소설집의 "출판기념회를 성공적으로 끝내고 장례식장에 왔다."211쪽

현정 선배는 "부산─서울의 위계와 서열 차이에서 벗어나, 내가 있는 이곳에서 소설을 써야 한다고. 더 나아가 그 위계성과 차별의 구조를 전복시키기 위해 문학이 일해야 한다"200~201쪽고 열의를 보인 선배였다. 그런 현정 선배는 휴학 후 "대학교 때부터 살던, 학교 인근의 자취방에서 살았다."210쪽 "마흔이 되도록 결혼도 안 하고, 혼자"208쪽살면서 "최소한의 돈벌이만 하면서 나머지 시간은 글을 쓰고, 글을 쓰고, 글을 썼

다."210쪽 죽은 현정 선배의 어머니는 딸이 남긴 원고를 정현에게 건네며 작품을 봐달고 한다. 선배가 남긴 노트에는 "작고 여린, 부서지기 직전의 창백한 인간이 들어 있었다."212쪽

정현은 "언제 오냐는 남편의 문자메시지"를 받는다. "서둘러 집에 가서 아이 등원 준비를 하고, 남편 출근 준비를 도와야 한다."212쪽 그리고 자신도 학교 출근을 준비해야 했다. 하지만, "흰 바람벽 속에 앉아 있는 현정 선배를 차마 두고 갈 수가 없었다. 그래서" 정현은 "조금 더 그 자리에 앉아 있었다."212~213쪽 소설은 이렇게 끝난다.

주목할 점은 장례식장에는 현정 선배의 어머니만 있다는 것이다. 아버지는 부재한다. 대학 휴학 후 부모(정확히는 아버지)의 보호와 투자를 받지 못한 것 같고, 이는 교육 환경의 경쟁력을 떨어뜨린다.

위 세 작가(1970~80년대생)의 작품을 요약하면, 십대 소녀의 작문 수련기, 이십대 청년의 창작 도전기, 삼십대 아줌마의 작가 데뷔전이라 할 수 있다. 구조적으로 인물의 자아가 권력과 자본이 집중된 서울에 소속되거나 편입되지 못할 때 일상의 삶이 어떻게 되는지를 보여준다. 실제로, 대도시 중 서울과 가장 멀리 떨어진 부산의 경우 (2023년 현재) 인구소멸 위기지역구가 세 곳이나 된다.

6. 서울 아닌 서울 옆에 산다는 것

다시, 인천 386작가로 돌아오면, 양진채 소설집 『푸른 유리 심장』에는 구체적인 장소가 없다. 공원 정상에 있는 맥아더 장군 동상과 똥바다로 불리는 포구의 언급으로 인천을 추측할 뿐이다.

「나스카 라인」 주인공 직장은 공단 근처 우체국이다. 타국의 페루와 타지역의 법성포구만이 고유지명으로 나온다. 장편소설 『변사 기담』

은 인천을 배경으로 하지만, 1920년대까지 시간을 확장시켜 근대공간이자 신문물인 영화의 유입지로, 그리고 민족과 독립운동이라는 집단과 대의로, 거기다 무성영화의 복원과 재연으로 구체적인 장소성은 희석된다.

홍인기 소설집 『숲의 기억』 표제작에서도 떠나온 고향과 현재의 삶터가 모호하다. 서울 망우역과 강원도 탄광촌만이 고유지명으로 나온다. 나의 기억은 나무처럼 장소에 뿌리 내린 것이 아니라 숲의 기억이라는 관념의 공간으로 떠 있다.

김한수 소설집 『양철지붕 위에 사는 새』 표제작도 어떤 도시의 삶인지 알 수가 없다. 소설 속 "방죽 너머, 사십만 평에 달하는 간척지"[36쪽]와 커튼을 만들고자 "아내는 동대문 시장까지 원정을"[37쪽] 가는 물리적 거리, 그리고 "삼화고속 종점"[43쪽]으로 서울 아닌 서울 옆 도시라는 것을 유추할 뿐이다.

왜 뉴욕과 파리처럼 드러나지 않을까? 이는 정주하는 도시에서 자부심을 성취하지 못하기 때문이다(제주 출신 현기영 소설가를 보라).

'한국문학=서울문학'이라는 등식은 '서울문화=한국문화'로 확장한다. 이는 서울 초집중화를 가중시키고, 지방도시를 더욱 황폐화시킨다(인천에는 인천문학관은 없고 한국근대문학관이 있다). 소설 「호텔 해운대」(330만 명이 넘게 사는 대도시)에서 "부산에 출판사도 있어요?"라는 질문은 소설 속 텍스트로 국한되지 않는다.

'2015 세계 책의 수도 인천' 자문위원으로 필자는 참여한 적이 있다. 도서목록을 보고 경악했다. 인천에서 하는 '세계 책의 수도'인데 인천 책은 없었다. 자문위원으로 인천책을 추천했지만, 인천책과 인천출판사는 배제되고, '2015 세계 책의 수도 인천'은 서울에서 잘 나가는 책과 출판사의 홍보행사로 전락한다. 이처럼 정치경제뿐만 아니라 문화 예술까지 내부 식민지로 전락한 게 대한민국 지방도시의 자화상이다. 이런 곳에서 자부심을 갖는다는 것은 어렵다(『뒤집기 한판』은 이것을 뒤집는 작품이기에 이토록 긴 해설을 하는 것이다).

7. 『광장』과 『난쏘공』을 뒤집는 문학

 문학을 넘어 문화의 정전이 된 소설『광장』(1960)과 『난장이가 쏘아올린 작은 공』(1978)은 고전 넘어 우상으로 자리매김하자 후배작가들은 건설적인 비판 대신 존경을 담아 작품의 가치관과 세계관을 재생산하는 악순환에 빠진다. 그로인해 소설『광장』주인공 이명준은 영화 [공동경비구역 JSA](2000) 주인공 이수혁 병장까지 그 계보를 잇는다. 소설『난쏘공』의 노동자 가족은 용산참사(2009)와 청년 김용균(2018) 사망으로 현재까지도 진행형이다. 의미심장하게도 인천은『광장』의 도시로 배치되고,『난쏘공』의 기계도시 은강시로 묘사된다. 그것도 서울의 권력과 자본에 종속된 시각과 언어로 배치되고 묘사된다.

 반면, 인천을 배경으로 한 강경애 소설『인간문제』(1934)에는 "인간은 일하는 곳에서만 진실과 우미(優美)를 발견"할 수 있다는 가치관으로 "인천의 이 새벽만은 노동자의 인천 같다!"는 세계관을 그린다. 노동자를 약자로 그리거나 불쌍하게 그리지 않는다. 오히려 단결하면서 부조리하고 불합리한 세상을 바꾸려 노력하는 주체로 그린다. 자부심은 이러한 결단과 태도 그리고 연대에서 피어난다.

 『뒤집기 한판』은 386세대(1980년대)의 언어로 대중을 계몽하려 들지 않고, 자본주의를 전복시키고자 계급투쟁을 선동하지도 않는다. 특히, 반공도시이자 공단도시 인천에서 수입된 외국 이념과 언어로 지식인과 엘리트의 우위에 서려 하지 않고, 괴물과 싸우면서 괴물이 되는 길을 가지 않는다. 『광장』과 『난쏘공』처럼 이념과 불의에 대하여 비판하거나 계몽하지 않는다. 인천 386작가들에게 나타나는 공통점이다.

「양철지붕 위에 사는 새」의 주인공 김씨는 현실의 마찰과 중력으로부터 도피하지 않는다. 불모지를 개간함으로써 자부심을 창조한다.

> 석축에서 내려서기 직전 김씨는 산비탈을 개간해 배추를 심어놓은 텃밭을 둘러보았다. 인분을 먹어 실하게 물이 오른 배추는 포기마다 속이 꽉꽉 들어차서 여간 달아 보이지 않았다. (중략) 변소에서 똥을 퍼올려 개간한 밭에 인분을 먹이던 기억도 새삼스러웠다. 밭을 둘러보던 김씨는 모처럼 자신이 대견스러웠다.²²쪽

「숲의 기억」의 주인공 인혁은 아버지의 죽음과 어머니의 가출 후 고향집에 칩거하면서 목판화 작가로 거듭난다. 양진채 소설의 여주인공은 관념적이지만, 자신의 생계를 스스로 책임지는 노동자다. 변사 기담은 말장난 대신 말을 (채플린 영화처럼) 육화시키고자 노력한다. 이들은 자기 몸으로 혼돈스런 세상을 뚫고 나아간다(변사 기담에게 "혀는 말의 몸"²⁷쪽이다).

위 소설의 공통점이 있다면, 주인공들은 노동하는 인간이다. 즉, '땀 흘리는 몸'으로 산다(나아가 자신의 삶터에서 똥을 싸고 거름을 만들고 밭을 일구어 식구를 먹여 살린다).

> 동팔은 푸성귀 밭 옆에 편지로 변소간을 지어 올렸고 변소간 옆에는 커다란 구덩이를 파놓고 인분을 삭여 퇴비를 만들어 푸성귀 밭에 퇴비를 뿌렸다. 푸성귀가 솟고 넝쿨이 뒤엉키고 옥수수단이 겅중 오르듯 동팔도 어느덧 단란한 일가를 이루었다.
>
> ─「똥막대 한 자루」, 『뒤집기 한판』 (143쪽)

이념도 없고 선동도 없다. 관계 맺기와 공동체가 있을 뿐이다. 관념가인 이명준 대신 한동팔이 있고, 난장이 가족 대신 똥바가지 태호 아저씨와 친구가 되어주는 동네 아이들이 있다. 21세기 지구생태계를 위한 가치관과 세계관이라 할 수 있다.

그런 의미에서 『뒤집기 한판』의 진짜 주인공은 「부처산 똥8번지」의 똥바가지 태호 아저씨다. 소설집 전체를 관통하는 가치관과 세계관을 상징하는 인물이다. (뺑소니 사고 후) 똥바가지 태호 아저씨는 지능도 낮고 사회성도 없다. 그야말로 무가치한 존재(똥값)이다. 그래서 머리 모양 똥바가지가 태호 아저씨의 캐릭터를 상징한다.

영화 [엑스맨]의 매그니토(Magneto)는 전략을 짜는 높은 지능과 함께 자신의 초능력으로 철을 통제하고, 타자로부터 자신을 방어하고자 텔레파시를 차단하는 헬멧을 쓴다. 미국의 급진흑인해방운동가 말콤X(1925~1965)를 모델로 창조된 매그니토는 어릴 때 독일 나치로부터 받은 박해와 상처로 인해 분노와 불신으로 세상을 대면한다.

그와 반대로, 똥바가지 태호 아저씨는 반공도시 인천에서 증오와 혐오의 정치를 재생산하지 않는다. 또한, 산업도시 인천에서 속도와 효율을 신봉하는 대신 자신을 가해한 (청소)차를 따라다니며 환경미화원과 쓰레기를 함께 치우며 "행복한 웃음"을 짓는다.

8. 소설가 소설에서 '몸의 소설'로의 진화

몽상은 우리 (인간) 존재에게 행복한 통일성을 부여한다. 식물적 삶이 우리 안에 있으면 그것은 느릿한 리듬의 고요함, 저 평온하고 넉넉한 리듬을 부여하는 법이다. 나무는 바로 저 넉넉한 리듬의 존재요, 해(年) 따라 바뀌는 리듬을 사는 진정한 존재이다. 해가 바뀌는 것을 드러내는 가장 분명하고, 가장 정확하고, 가장 확실하고, 가장 풍요롭고, 가장 넘쳐나는 표현이 바로 나무이다. 식물은 대립을 알지 못한다. 구름이 하지(夏至)의 태양을 거스르기 위해 몰려오기도 한다. (그러나) 그 어떤 폭풍우도 나무로 하여금 제 철을 맞아 녹빛으로 되는 것을 막을 수 없다.

- 바슐라르 『공기와 꿈』(민음사, 정영란 옮김, 1993) 444쪽

『소설가 구보씨의 일일』(박태원, 1934)은 한국의 대표적인 소설가 소설로, 1976년 최인훈의 『소설가 구보씨의 일일』과 1995년 주인석의 『검은 상처의 블루스—소설가 구보씨의 하루』로 재창조되어 변화하는 한국사회의 소설가로 등장한다. 그렇지만 식민지 문화와 분단체제 그리고 신자유주의 속 소설가는 룸펜·관찰자·분석가에 머물 뿐 행위자로 나아가지 않는다. 그래서 땀냄새가 없다. 물론 똥냄새도 없다.

위에서 언급한 인천작가들의 작품 속 주인공들은 편집자, 미술가, 소설가 그리고 변사가 있지만, 이들은 노동하는 인간으로 나온다. 즉, 땀 흘리는 인간으로 나온다. 다시 말해, 현실의 마찰과 중력을 몸으로 뚫고 나아간다. 니체는 『차라투스트라는 이렇게 말했다』를 통해 "나는 고스란히 몸이며 그리고 그 외에는 아무것도 아니고, 그리고 영혼이란 몸에 딸린 무엇인가를 위한 말일 뿐이다"라고 말했다.

『뒤집기 한판』 두 번째 작품 「사노라면」에서 소설을 탐닉한 한기준은 글 쓰는 고뇌 대신 똥 푸는 고민을 한다. 한기준은 사물과 세상을 관찰하고 분석하는 대신 학생들에게 팔 음식을 만들고, 똥(푼)값을 받으려고 이웃집 여자에게 말을 걸고, 거친 동네사람 장기팔과 몸싸움을 하고 파출소로 끌려간다. 그리고 밤하늘 아래(가게청)에서 화해하고 함께 술을 마신다.

한기준은 주안북초등학교 씨름부 출신이다. 남구(친구의 누나를 좋아해서 무보수로 코치가 되어준) 형님에게 씨름을 배운다.

> "앞으로 헤쳐나아가야 할 세상은 무척 힘들고 어려울 것이다. 하지만 허리가 꺾이고 눈물이 나도 이겨내야 한다. 뒤집기 한판이란 것이 있다. 아무리 덩치 큰 놈이 짓눌러도 단숨에 뒤집어 내다 꽂는, 언젠가 한 번은 무겁게 짓누르는 이 세상을 반드시 한판거리로 뒤집을 날이 있을 것이다." (184~185쪽)

남구 형님은 세상의 불의와 싸우지만, 씨름판에서 보여준 뒤집기를 세상을 상대로는 보여주지 못한다. 하지만, 소설 속에서 전횡을 저지르는 학교재단은 훗날 (현실에서) 학생과 시민의 민주화운동으로 이사장은 해임되고 학교재단은 개혁된다.

남구 형님은 소설 같은 현실을 공상한 것이 아니라 현실을 소설처럼 뒤집는 세상을 '몸의 정치'로 후배 세대에게 가르친 것이다. 니체는 차라투스트라를 통해 '산상(山上)의 나무에 대하여' 이렇게 말했다.

> 인간의 경우도 이 나무와 같다. 높은 곳으로 밝음 속으로 올라가려고 하면 할수록 더욱더 강하게 땅 속으로, 밑으로, 암흑 속으로, 심연 속으로, 악 속으로 향하게 된다.

위에서 언급한 인천작가들의 작품에는 공통적으로 나무(소나무, 미루나무, 전나무, 벚나무, 앵두나무)가 등장한다. 그렇지만 나무를 몸으로 옮겨 심고, 나무처럼 (모래판에 뿌리 내리듯) 발을 뻗고 몸을 쓰는 자아의 등장은 『뒤집기 한판』이 유일한다. 그래서 이 소설은 '몸의 소설'이다.

9. 서로가 서로를 주인공으로 만드는 하방연대

 소설집(集)『뒤집기 한판』은 높은 곳 '부처山'에서 시작한 후 언덕 중간 '풍경분식'을 거쳐 시장판 '부처산 주택재개발조합'과 '영미이발관'과 과거 신기 네거리 '똥밭'을 지나 현실 속 주안 사랑병원 지하(地下) 장례식장으로 하강한다. 그렇지만 그 낮은 곳에서 고인을 기억하고 추모하는 공동체는 향을 피어 상승(승화)한다. 즉, 소설집『뒤집기 한판』은 **똥~퍼**의 올림과 **향~불**의 울림으로 세계관을 채운다.

 덧붙이면, 『뒤집기 한판』이 위대한 것은 혁명을 꿈꾸며 성공한 386세대를 미화하거나 비판하지 않을 뿐만 아니라 그 주류에서 벗어나 그들이 소외시킨 이웃의 삶을 애정어린 시선으로 바라본다는 것이다. 그 감정은 연민으로 그치는 것이 아니라 진정한 연대가 무엇인지 말해준다. 그래서 내가 되고 싶은 주인공(신분상승) 혹은 되고 싶지 않은 인물(적대세력) 너머 이웃에 대한 적당한 관심과 하방연대(下方連帶) 속에서 자아를 성숙시키고 세계를 확장한다. 즉, 열한 살 갑수는 친구 일남과 똥바가지 태호 아저씨와 소나무를 송림동의 황량한 축대 위에 심어 마을과 집단 정체성을 함께 창조한다(현덕 소설『남생이』에서 나무를 타는 노마의 세계관을 뛰어넘는다). 이들은 소외된 이웃이 아닌 서로가 서로를 주인공으로 만드는 공동체다.